**THAIS BERGMANN**

Escrito na Neve

astral cultural

Copyright © 2025 Thais Bergmann
Todos os direitos reservados à Astral Cultural e protegidos pela Lei 9.610, de 19.2.1998. É proibida a reprodução total ou parcial sem a expressa anuência da editora.

**Editora**  Natália Ortega

**Editora de arte**  Tâmizi Ribeiro

**Coordenação editorial**  Brendha Rodrigues

**Produção editorial**  Gabriella Alcântara, Manu Lima e Thais Taldivo

**Preparação**  Paula Vivian Silva

**Revisão de texto**  Carlos César da Silva, Fernanda Costa e Mariá Moritz Tomazoni

**Design de capa**  Carmell Louize Montano

**Foto da autora**  Arquivo pessoal

Dados Internacionais de Catalogação na Publicação (CIP)
Angélica Ilacqua CRB-8/7057

B436e
    Bergmann, Thais
      Escrito na neve / Thais Bergmann. — São Paulo, SP : Astral Cultural, 2025.
      304 p.

    ISBN 978-65-5566-637-3

    1. Ficção brasileira I. Título.

25-1343                                     CDD B869.3

Índice para catálogo sistemático:
1. Ficção brasileira

BAURU
Rua Joaquim Anacleto
Bueno 1-42
Jardim Contorno
CEP: 17047-281
Telefone: (14) 3879-3877

SÃO PAULO
Rua Augusta, 101
Sala 1812, 18º andar
Consolação
CEP: 01305-000
Telefone: (11) 3048-2900

E-mail: contato@astralcultural.com.br

*Para todo mundo que também duvida do próprio potencial.*
*Tenho certeza de que você tem um futuro brilhante escrito na neve.*

# 1

## NÃO TINHA COMO O UNIVERSO ME MANDAR UM SINAL MAIS CLARO

É uma sensação muito estranha ter que encarar a maior decisão da minha vida sem saber se estou prestes a viver um sonho ou se acabei de ferrar com tudo. Neste exato momento, estou pendendo mais para a segunda opção.

E não digo isso só porque não sei ler um simples mapa e acabei de passar os últimos vinte minutos carregando duas malas enormes de um lado para o outro da Universidade de Calgary. Claro que isso não ajuda, mas o principal motivo é o nó que se instalou no meu estômago desde que me despedi da minha família e entrei na sala de embarque do aeroporto.

De lá até aqui, eu já quase desisti de tudo e voltei para casa pelo menos dez vezes. E agora de novo, enquanto encaro o botão para chamar o elevador como se ele tivesse dentes e fosse me morder.

— Você ainda pretende ficar muito tempo parada aí? — A pergunta mal se sobressai à música no meu fone de ouvido, mas é o bastante para me fazer pular de susto. Estou tão focada repensando todas as decisões que já tomei na vida, que demoro um segundo para perceber que ele está falando em inglês e para entender o que quis dizer. — Desculpa, não queria te assustar.

— Desculpa — respondo, também em inglês, e pauso a voz do Jão no meu fone. — Eu tava distraída.

Viro para trás bem a tempo de ver as sobrancelhas do rapaz se erguendo.

Ele parece ter mais ou menos a minha idade, no máximo uns vinte e três anos, e está com a camiseta vermelha do "Calgary Dinos" que vi vários alunos usando desde que cheguei. Mas o que mais me chama a atenção é como ele é grande; não só na altura, que deve ser uns dois palmos a mais do que meu um metro e sessenta e sete, mas principalmente nos ombros largos. Tudo bem que o hall de entrada do prédio é meio apertado, mas a sua presença imponente ocupa quase todo o espaço — sua presença e minhas malas enormes.

— Você não é daqui, né? — Os olhos de um azul intenso estudam meu rosto como se tentassem descobrir de onde eu sou com um simples olhar.

— Tá tão óbvio assim? — É difícil não ficar chateada por ele ter percebido que não sou canadense em menos de um minuto.

E é ainda mais difícil não pensar que esse é outro sinal de que foi um erro vir para cá.

— Seu sotaque — ele explica, mas minha expressão deve deixar claro que não gostei da resposta, porque ele se apressa em completar: — Não é forte nem nada, mas... dá pra perceber.

— Ah... — respondo, agora consciente demais de cada palavra que sai da minha boca.

Meus pais me colocaram no cursinho de inglês quando fiz dez anos, então cresci assistindo a filmes e séries de língua inglesa sem legenda. Ainda assim, fiz um intensivo de conversação antes de viajar, só por garantia. Mas estas poucas horas no Canadá me mostraram que uma coisa é bater papo com a professora em uma sala de aula, e outra bem diferente é responder a um nativo que fala muito rápido e franze as sobrancelhas quando você começa a tropeçar nas palavras, como se estivesse com pena da sua burrice.

— Precisa que eu te ensine a chamar um elevador? — o rapaz pergunta depois de alguns segundos de silêncio constrangedor.

— Você acha que eu sou idiota só por não ser daqui? — Cruzo os braços em frente ao peito, um calor subindo pelo meu pescoço.

— É que você ainda não se mexeu. — Ele torce os lábios, com um quê de impaciência. — E eu tô com pressa.

Talvez, em qualquer outro dia, eu não ficasse tão irritada com o jeito que ele me fita, como se eu fosse a pessoa mais burra que já pisou em Calgary. Mas faz mais de vinte e quatro horas que vi um chuveiro e me deitei em uma cama. Não é à toa que não estou no meu dia mais paciente.

— Eu sei apertar um botão — resmungo e, para provar o que estou dizendo, chamo o elevador, esquecendo completamente que esta parecia a tarefa mais difícil do mundo há apenas alguns minutos.

A porta abre em poucos segundos, e eu pego uma das malas, lutando contra a rodinha que sempre dá problema. Puxo duas vezes, mas ela se mexe apenas um centímetro e com um barulho agudo insuportável.

— Quer ajuda? — O rapaz se inclina para pegá-la.

— Não precisa, tem um jeitinho específico... — Eu me apresso, fazendo o movimento que tive de fazer umas quinze vezes desde que saí de casa.

É só empurrar para a frente e para trás até a rodinha destravar. Era para ser simples, mas, como ele se aproximou, o movimento brusco faz com que a mala vá para cima do seu pé e, com um barulho seco, ela acerta em cheio sua canela.

Escrito na neve • 9

— *Fuuuck*! — ele berra um xingamento, empurrando a mala para longe e segurando o pé com as mãos.

— Desculpa, desculpa, desculpa! — Puxo a mala, e ela desliza com tanta facilidade que até parece de propósito.

— O que tem aí dentro? — ele grita, ainda pulando em um pé só. — A sua *casa*?

— Eu vim pra ficar vários meses! — me defendo, a voz um pouco esganiçada. — Você queria que eu viesse só com uma mochila?

— Não, mas também não precisava trazer tijolo! — Ele faz uma careta e apoia o pé no chão com um cuidado exagerado.

Quero dizer um "para de drama, nem foi tão ruim assim", mas apenas resmungo mais um "desculpa" e levo a mala até o canto do elevador. Quando me viro para pegar a outra, ele está segurando a alça, prestes a trazê-la até mim.

— Pode deixar comigo! — Eu me adianto, quase batendo na sua mão para afastá-la.

— Só queria evitar outro acidente. — Ele dá um passo para trás, os lábios se transformando em uma linha fina. Então, acrescenta mais baixinho, quase como se não quisesse que eu ouvisse: — E ir mais rápido.

Arrasto a segunda bagagem, tentando me esforçar para não bufar, e só depois de ajeitá-la me dou conta de um grande problema: não vamos caber os dois aqui dentro de maneira confortável.

— Eu pego o próximo — ele sugere, mas seu nariz franzido deixa claro que não está nada satisfeito.

— Nem pensar! — Talvez eu devesse aproveitar para me livrar dele de uma vez, mas virou questão de honra. — Você está com *muita* pressa, não quero atrapalhar ainda mais.

Coloco a mala menor em cima da outra. Ela dá uma balançadinha, ameaçando cair, mas se assenta no lugar. O rapaz estuda meu quebra-cabeças com uma careta, então suspira e entra. Ele aperta o botão sete e eu, o cinco. Eu não diria que ficamos confortáveis, mas sobrou espaço suficiente para não encostarmos um no outro.

A pior parte é que a subida demora um tempo excruciante, com aquele silêncio incômodo típico de elevador se instalando entre nós. Quase solto um "e esse clima, hein?" só para acabar com a tortura. Mas, considerando que nossa interação foi um completo desastre desde as primeiras palavras, decido que é melhor pegar o celular no bolso e mandar uma mensagem para Flávia, minha irmã.

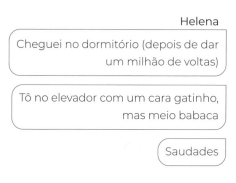

Minha mão coça para também avisar meu ex-namorado de que cheguei bem, mas respiro fundo e me obrigo a lembrar que Igor terminou comigo dois meses antes da viagem e não faz a menor questão de saber como estou.

Guardo o celular de volta no bolso, e meu cotovelo esbarra na mala que está por cima, pendendo por apenas um fio, e isso é o bastante para desequilibrá-la. Tudo acontece rápido demais, e nem tenho tempo de reagir antes de ouvir o estrondo que ela faz ao atingir o chão. O elevador treme de um jeito tão assustador que posso jurar que meu coração para por um segundo, e então tudo fica em silêncio.

Silêncio *demais*.

— O elevador parou? — Minha voz sai banhada de desespero. — Não, não, não, não, não!

— *Fuck* — o rapaz xinga baixinho, encarando o visor dos andares como se ainda tivesse esperança de ver o quatro mudar para cinco.

Mas é claro que não muda.

— Porra — xingo em português, mas acho que dá para entender o significado geral. Então completo em inglês: — O que a gente faz agora?

— Sei lá, nunca fiquei preso num elevador. — Dá para perceber sua irritação pela acidez na sua voz e pela vermelhidão que tomou seu pescoço e parte do seu rosto. Ele se inclina na minha frente e aperta o botão com o desenho de um sino. Um alarme toca e nós esperamos por alguns segundos, mas nada acontece. — *Fuuuuuck.*

— Acho que já vai voltar a funcionar — digo mais para me convencer do que por realmente acreditar. — Não vai?

— É bom que volte mesmo — ele resmunga.

— O que você quer dizer com isso? — Estamos tão próximos que não consigo cruzar os braços sem esbarrar nele, então me contento em erguer as sobrancelhas em desafio.

Ele arregaça as mangas enquanto me estuda. Apesar de a ventilação continuar funcionando, o ambiente já está ficando abafado.

— Que, se não fosse por você, a gente não estaria nessa situação — ele devolve no mesmo tom. — Como você consegue ser *tão* desastrada?

— Se não fosse por *mim*? — Minha voz sai alta e esganiçada, reverberando pelas paredes de metal.

— Quem foi que agiu como criança e recusou ajuda? — Ele bufa, parecendo prestes a explodir de frustração. — E ainda colocou a mala de qualquer jeito em cima da outra.

— Se você não tivesse agido como um idiota, eu teria aceitado sua ajuda de bom grado! — me defendo, sem dar o braço a torcer.

— Tanto faz. — Ele balança a cabeça, pegando o celular no bolso.

Aproveito que ele está ocupado — pedindo ajuda, eu espero — e ajeito as malas. Desta vez, coloco as duas no chão, o que significa que temos que ficar mais perto um do outro, mas ainda é melhor do que sofrer mais um incidente.

— Avisei no grupo do meu time que estamos presos. — Ele se senta no chão, aceitando nosso destino mais rápido do que eu. — Mas acho que vai demorar um pouco pra resolverem.

— Ótimo — resmungo e me sento também, ficando de frente para ele.

Sua cabeça está escorada na parede; ele está encarando o teto como se planejasse fugir por ali. Eu apenas puxo as pernas em direção ao peito e apoio o queixo nos joelhos. Mas não importa a posição em que eu fique, é impossível não encostar nele.

Se eu estava na dúvida se tinha cometido um erro vindo para o Canadá, ficar presa com um cara que mal conheço e que parece determinado a me tirar do sério é a confirmação. Não tinha como o universo me mandar um sinal mais claro.

# 2

## ME FAZ UM FAVOR?
## FINGE QUE EU NÃO EXISTO

— Alguma resposta? — pergunto quando o rapaz pega o celular de novo.

É difícil acompanhar a passagem do tempo quando se está presa em uma caixa de metal. Não sei se é a luz branca na minha cara ou só a sensação horrível de que talvez eu morra aqui dentro, mas cada minuto parece durar uma hora. E minha companhia deve pensar o mesmo, porque não para de suspirar e de pegar e guardar o celular.

— Pode deixar que eu aviso quando tiver alguma novidade. — Ele é tão seco que não consigo evitar me encolher. Pelo menos ele percebe o gesto e, com mais um suspiro dramático, completa: — É a garota que eu ia encontrar.

E então, para a minha surpresa, ele ergue o celular e dá play em um áudio.

*"Eu já tô cansada das suas desculpinhas, é sempre uma coisa diferente!",* diz uma voz fina e bastante irritada pelos alto-falantes. *"Se você não quer mais sair comigo, é só virar homem e me falar! Você conseguiu ser ainda mais babaca que o Sebastian, parabéns!"*

— Desculpa. — Faço uma careta, me sentindo mal de verdade pela primeira vez.

Estamos tão próximos um do outro que posso sentir sua respiração pesada e carregada de raiva. A proximidade também é o suficiente para que eu note outros detalhes, como o maxilar marcado, a barba levemente por fazer e as ondinhas no cabelo loiro-escuro, terminando na altura do queixo. A única coisa imperfeita nele é o nariz, que parece ter sido quebrado.

Perceber que ele é tão bonito é desconcertante, principalmente porque não estou no meu melhor momento. Nem preciso olhar o espelho atrás de mim para saber que meus cachos castanhos estão bagunçados e que tenho duas bolsas enormes embaixo dos olhos, isso sem contar o inchaço por conta da viagem de avião.

— Pelo menos ela tá procurando ajuda pra gente?

— Pelo áudio, acho difícil. — Ele checa o celular de novo, apesar de não ter soado nenhum aviso de notificação.

Quero muito saber o que ele fez para a garota achar que inventou uma desculpa dessas. Mas já o irritei o suficiente por um dia, então, em vez disso, digo:

— A essa altura, a gente já tem intimidade pra saber o nome um do outro, né?

Espero que a brincadeira arranque um indício de sorriso em seu rosto, mas ele só levanta os olhos, sem esconder a impaciência.

— Justin — diz, e não pergunta o meu.

É bom finalmente dar um nome para o rosto que vai assombrar meus próximos pesadelos.

— Helena, prazer.

— Eu não diria que foi um *prazer*, mas tudo bem. — Mais uma vez, seu tom é ácido.

Preciso de todas as minhas forças para não revirar os olhos. Ficar presa em um elevador também não estava nos meus planos, mas não acho que isso seja desculpa para sair distribuindo patadas. Então, como não estou disposta a ouvir grosseria de graça, pego meu celular e ligo a música, me sentindo mais tranquila quando "Vou Morrer Sozinho", do Jão, volta a ecoar nos meus ouvidos — não, a ironia não me passa despercebida.

Minha irmã ainda não respondeu, mas mando mais mensagens mesmo assim.

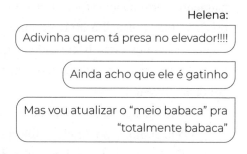

Helena:
Adivinha quem tá presa no elevador!!!!
Ainda acho que ele é gatinho
Mas vou atualizar o "meio babaca" pra "totalmente babaca"

Acho que estas mensagens foram mais interessantes do que as anteriores, porque ela me responde bem rápido.

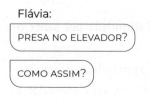

Flávia:
PRESA NO ELEVADOR?
COMO ASSIM?

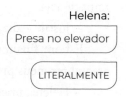

Helena:
Presa no elevador
LITERALMENTE

Mando uma foto discreta das malas e de um pedacinho de Justin.

**Flávia:**

meu deus do céu!!!!!

esse tipo de coisa só acontece com vc

**Helena:**

EU SEI!!!!!!!!!!!!!!!

**Flávia:**

posso fazer alguma coisa pra ajudar?

**Helena:**

Pode vir aqui liberar a gente

Ou me distrair, pq esse cara não tá se esforçando nem um pouco pra ser simpático

**Flávia:**

não dá, tô estudando

por isso não tinha respondido ainda

vc tá me atrapalhando

**Helena:**

Nossa, você é a PIOR IRMÃ DO MUNDO

Eu tô presa num elevador do outro lado do planeta

Escrito na neve • 17

> E você tá preocupada com os estudos????

Flávia:

vc n vai morrer

mas eu vou se não passar na prova de embriologia

> Helena:
>
> Eu te odeio

Flávia:

tá, eu te faço companhia se vc mandar uma foto melhor do cara

quero ver se ele é mesmo gatinho

> Helena:
>
> Você é muito fofoqueira

Inclino o celular da forma mais discreta possível e tiro a foto.

Justin está com os braços cruzados e apoiados nos joelhos, o olhar fixo no chão. O cabelo loiro-escuro está atrás da orelha e, mesmo com a cabeça abaixada, dá para ver como ele é bonito, o nariz quebrado destoando no rosto quase perfeito.

— Você acabou de tirar uma foto minha? — A pergunta me pega de surpresa e eu levanto os olhos, preocupada.

— Não... — falo sem convicção nenhuma.

— Deixa eu ver. — Ele soa irritado, mas um sorrisinho desponta em seus lábios cheios.

Meu coração dispara, não só por ter sido pega no flagra, mas porque a resposta da minha irmã deixa tudo pior ainda.

Flávia:

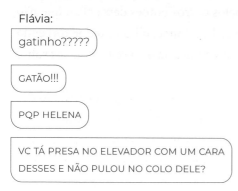

Justin continua me encarando, então estendo o celular, a mão tremendo de leve. Ele pega o aparelho, analisa por alguns segundos e me devolve.

— Que língua é essa? — pergunta em um tom mais tranquilo.

Eu estava pronta para que ele brigasse comigo, então me permito relaxar um pouco. Também ajuda ter certeza de que ele não entendeu o que está escrito.

— Português.

— Portugal ou Brasil?

— Brasil. — Fico tão surpresa por ele saber que não falamos espanhol no Brasil que nem pontuo que outros países também falam português.

Ele assente.

Crio expectativa de que a conversa vai fluir e que o resto do tempo aqui dentro não será tão insuportável, mas Justin logo pega o celular e volta a ignorar minha existência.

A sua falta de esforço para tornar a situação menos desagradável me enche de ódio. Eu também não estou feliz por estar presa no elevador, mas pelo menos estou tentando fazer o tempo passar mais rápido.

Fico de pé em um ímpeto, movida pela raiva, e começo a procurar alguma coisa para fazer. Apertar o alarme não ajudou, e uma busca pelos outros botões deixa claro que não vou encontrar nada de útil ali. Então, olho ao redor, torcendo para ter alguma coisa nas paredes, mas só vejo anúncios sobre o início das aulas.

— O que você tá fazendo? — Justin pergunta, irritado por eu estar atrapalhando o seu momento de não fazer nada.

— Tô tentando achar uma solução, ao contrário de uns e outros — respondo, os olhos perscrutando o entorno. — Você não disse que a culpa é minha? Então deixa que eu resolvo.

Justin nem reage. Não tenta me dissuadir, mas também não me incentiva. Só solta um de seus longos suspiros e volta para o celular.

Com ainda mais raiva, olho para o teto, o único lugar que me resta, e encontro um recorte que parece uma portinhola. Mexer ali é um risco que não sei se eu deveria correr, até porque nem saberia o que fazer depois de abri-la. Sair pelo teto? O elevador pode voltar a funcionar comigo lá em cima. Botar a cabeça para fora e gritar por ajuda? Essa parece uma ideia um pouco melhor.

Sem pensar muito, deito a mala menor no chão.

— O que você tá fazendo? — Justin repete, mas, apesar de as palavras serem as mesmas, seu tom é diferente. Em vez da irritação de antes, ele parece impaciente e preocupado, o mesmo jeito que falaria com uma criança que não para de correr pela casa.

— Eu já falei... — Testo a firmeza da bagagem maior, e ela se mexe um pouco. — Vou resolver nosso problema.

Subo na mala menor, que range baixinho sob mim, e apoio o joelho direito na maior. Ela balança de leve, mas consigo me equilibrar e subir com a outra perna.

— Você tá louca, Helena? — Justin fica de pé em um pulo, fazendo o elevador tremer, e se apressa para me acudir. Ele não chega a encostar em mim, mas sinto sua presença, pronto para me segurar caso eu caia. — Você vai se machucar.

É estranho que, mesmo em uma situação tão tensa, meu cérebro se fixe no fato de que é a primeira vez que Justin fala meu nome, e ele soa de um jeito diferente, quase como "Elina"?

— Não vou. Eu sei o que tô fazendo — digo, retomando o controle das minhas faculdades mentais, apesar de não ter a menor ideia se meu plano vai dar certo.

Quando sinto que meus dois joelhos estão bem firmes na mala maior, pego impulso para me levantar. No meio do caminho, no entanto, meu pé se choca contra algo, seguido de um som abafado e um "*what the fuck, Helena?*". Tento me virar, mas a mala treme embaixo de mim e preciso de um instante para me estabilizar antes de descer.

Assim que estou segura no chão do elevador, me viro para Justin, que está com a cabeça tombada para trás e uma das mãos na frente do nariz. Apesar disso, vejo um brilho vermelho no seu rosto.

— Meu Deus! — grito, ainda mais alarmada do que quando a mala caiu no chão. — Meu Deus! Você tá sangrando!

Sei que estou entrando em pânico e que gritar não ajuda nada, mas não consigo me conter. Uma sensação gelada se espalha pelo meu corpo enquanto meu coração bate mais forte.

— Tá tudo bem, é só... — ele tenta dizer.

— Eu não queria te machucar, desculpa! Juro que foi sem querer — falo mais rápido, dando um passo em sua direção para ver o tamanho do estrago. — Tá sangrando muito, acho que tem que...

— Meu nariz é assim mesmo, não... — Justin tenta me acalmar, mas não o deixo concluir a frase.

— Eu vou pegar alguma coisa na mala pra gente estancar o sangue! Eu não sei nada de primeiros socorros, mas minha irmã tá no primeiro semestre de medicina, vou ligar pra ela e pedir ajuda! — Levanto a mão para tocar seu nariz, mas Justin agarra meu punho no meio do caminho. — Eu acho que tá quebrado, mas talvez ela...

— Para! — ele diz mais alto, tão firme que até tranco a respiração. — Pelo amor de Deus, só para!

Seu rompante me deixa em choque e eu me afasto. Nós nos encaramos por um momento, Justin com um brilho de raiva no olhar, e eu tentando recuperar a calma.

— Eu só... — Ele volta a tapar o nariz, seu tom mais baixo, mas ainda cheio de irritação. — Só preciso que você fique quieta.

— Eu só queria ajudar. — Mordo o lábio inferior, sentindo uma vontade repentina de chorar.

— Eu não preciso da sua ajuda. — Seu tom ácido sai quebrado pela voz anasalada. — O que eu preciso é que você pare de gritar.

Isso, mais do que qualquer outra coisa que Justin disse até agora, me tira do sério.

— Não tem problema! — Cruzo os braços e me sento, emburrada. — Eu também não faço a menor questão de ouvir a sua voz. Na verdade, tenho a solução perfeita: você não fala comigo e eu não falo com você.

— Fechado. — Ele revira os olhos.

O que, é claro, inflama ainda mais o ódio dentro de mim.

— Na verdade, me faz um favor? Finge que eu não existo que eu vou fazer o mesmo.

— Perfeito — ele diz devagar, a raiva pesando em cada sílaba.

# 3

## NÃO POSSO GARANTIR
## QUE ELE SAIRÁ ILESO DE OUTRO
## ENCONTRO COMO ESTE

Quase uma hora depois, um técnico chega para nos socorrer, e Justin sai tão rápido do elevador que nem tenho tempo de pegar as malas antes de ele sumir.

Depois do incidente, enquanto esperávamos, nós passamos quase cinquenta minutos mexendo no celular, e eu ouvindo a playlist que montei para me animar durante a viagem. Definitivamente, não é o começo que eu esperava para o meu intercâmbio, mas pelo menos estamos vivos.

Já é meio-dia quando chego ao meu dormitório. Eu peguei a chave na recepção, mas, como tenho uma colega de quarto que pode estar nua lá dentro, acho melhor bater à porta primeiro. Não quero criar uma segunda inimizade em menos de três horas.

— Tá aberta — uma voz abafada responde.

— Com licença. — Entro devagar, como se fosse uma mera visitante.

Duas garotas me encaram, sentadas lado a lado em uma das camas de solteiro. Elas não dizem nada, mas me estudam na expectativa de que eu explique por que estou parada sob a soleira com duas malas enormes, o cabelo desgrenhado e uma cara de cu.

— Eu sou a Helena — digo, procurando dentro de mim o misto de empolgação e nervosismo que estava sentindo quando saí do Brasil. — Acho que vou dividir o quarto com uma de vocês...

— *C'est vrai*! Eles me avisaram que você chegaria nessa semana! — uma das garotas diz, com um sotaque forte que me deixa confusa. — Eu sou a Claire, sua colega de quarto.

— E eu sou a Sidney — a outra se apresenta com um sorriso doce.

— Prazer em conhecê-las. — Minha voz sai com tanta formalidade que até parece que estou falando com o primeiro-ministro do Canadá.

— Prazer — Sidney responde, seu sorriso ganhando um quê de diversão.

Nós três nos encaramos, mas eu continuo parada, meio que esperando que alguém me convide para entrar. Acho que Claire percebe, porque solta uma risadinha e diz:

— Pode ficar à vontade!

Agradeço com a cabeça, sentindo o rosto esquentar de vergonha enquanto puxo as malas e tento descobrir a melhor forma de guardar minhas coisas.

O quarto é maior do que eu esperava, pelas centenas de fotos que procurei obsessivamente quando descobri qual seria meu dormitório. Mas, de resto, é como imaginei. De um lado, há uma cama encostada na parede, daquelas com gavetas embaixo, um armário pequeno próximo à porta e uma escrivaninha estreita com uma cadeira que parece bem desconfortável, tudo em um tom de madeira clarinho. O outro lado é um reflexo perfeito, e entre as duas camas tem um corredor que é o suficiente para deitar a mala no chão e encaixar um frigobar.

A maior diferença entre os dois lados é que um deles está claramente ocupado. A cama está desarrumada, algumas roupas estão largadas no chão e, em cima da mesa, vários papéis e cadernos estão espalhados ao redor de um notebook preto. Considerando que as aulas ainda nem começaram e que Claire chegou há poucos dias, posso presumir que minha colega de quarto não é das mais organizadas.

Pela primeira vez, me dou conta de como vai ser estranho dormir em um lugar que não tem a minha cara. Estou acostumada com os pôsteres das minhas bandas e cantores favoritos, e a passar o tempo todo ouvindo meus vinis, mas eu não teria onde colocar meu toca-discos mesmo que o tivesse trazido comigo.

— A gente tá indo almoçar — Claire diz num sotaque arranhado. — Você deve estar cansada, mas, se quiser ir junto, a gente aproveita pra te mostrar uma parte do campus.

Eu já estava exausta por causa da viagem, mas ficar presa no elevador drenou o pouco que me restava de energia. Só quero cair na cama e dormir pelas próximas vinte e quatro horas.

Só que esse convite é exatamente o que eu sonhei para o meu primeiro dia de intercâmbio. Tudo que eu mais queria era uma colega de quarto simpática, de quem eu pudesse me tornar melhor amiga. E aqui está a minha chance de fazer isso acontecer. Fazer *duas* amigas logo de cara seria a forma perfeita de anular o desastre que foi o começo do meu dia.

— Vocês esperam eu tomar um banho? — Estou disposta a adiar o encontro muito aguardado com a cama, mas não consigo sair sem trocar de roupa.

— Claro, *pas de problème* — Claire concorda, e posso jurar que a última parte é em francês.

— Obrigada — agradeço, mesmo sem saber ao certo o que ela disse.

Enquanto pego uma roupa e meu nécessaire, as duas aproveitam para me perguntar de onde sou, o que achei da viagem e se fiz planos para a última semana de férias. Ambas são simpáticas e se esforçam para manter o assunto fluindo.

Esses poucos minutos são o suficiente para eu perceber que elas não poderiam ser mais diferentes. Claire é desenvolta e animada, já Sidney parece tímida, se limitando a fazer um ou outro comentário. Mas não é só isso, elas também são o completo oposto na aparência. Claire é alta, com o cabelo loiro descolorido na altura dos ombros e uma pele tão branca que parece não ver a luz do sol há meses. Sidney é toda pequeninha e usa tranças rosas longas que combinam muito bem com sua pele negra retinta.

— Acho que peguei tudo de que preciso — digo quando enfim encontro o creme para pentear na bagunça que virou minha mala.

— A gente te espera. — Claire abre um sorriso enorme que deixa os dentes levemente tortos à mostra.

Saio do quarto me sentindo muito melhor do que quando entrei. Talvez aquele pequeno percalço no elevador tenha sido apenas isso: um pequeno percalço. Só um lembrete de que as coisas nem sempre vão sair do jeito que eu quero, mas que vão se ajeitar depois. Talvez estes próximos meses sejam mesmo os melhores da minha vida.

Apresso o passo, equilibrando minhas coisas com cuidado. Meu shampoo quase cai três vezes, e sinto que minha calcinha vai escorregar do topo da pilha a qualquer momento, mas consigo chegar ao fim do corredor sem nenhum acidente.

No entanto, assim que viro a esquina, sou atropelada por alguém muito maior do que eu. E todo meu esforço vai para o chão, literalmente. Minhas roupas ficam espalhadas aos meus pés, a calcinha vermelha bem em cima — pelo menos escolhi uma bonita — e meu shampoo caríssimo para cabelos cacheados aberto ao lado, derramando sobre o carpete. Quero chorar tanto pela vergonha quanto pelo prejuízo.

— Desculpa — uma voz grossa diz.

Sinto uma fisgada no peito antes mesmo de olhar para cima.

— Não é possível — digo em português.

Levanto a cabeça e dou de cara com Justin. Ele me olha com uma expressão muito parecida com a minha, uma mistura de incredulidade e raiva. Como pode todos os sentimentos ruins que tinham se dissipado nos últimos minutos voltarem com tanta força?

— Não era pra você estar no sétimo andar? — pergunto, ao mesmo tempo que uma voz feminina grita algo ininteligível do quarto de que ele acabou de sair. Não entendo o que ela diz, mas dá para ver que não está nem um pouco contente.

Parece que Justin não está tendo um bom dia com garotas.

Espero que ele vá se desculpar de verdade ou pelo menos juntar minhas coisas, mas em vez disso ele fita o fundo dos meus olhos, depois dá uma última espiada na bagunça no chão, focando na calcinha vermelha por alguns segundos, e abre um sorrisinho cínico. Então simplesmente segue seu trajeto, sem me dirigir a palavra.

Olho para trás, incrédula, fuzilando suas costas largas enquanto meu corpo esquenta com o mais puro ódio, e ele anda como se não tivesse nenhuma preocupação no mundo.

Tomara que a gente não continue se esbarrando pela faculdade, porque não posso garantir que ele sairá ileso de outro encontro como este.

# 4

## ISSO SIGNIFICA QUE VOU SER MANDADA DE VOLTA PARA O BRASIL?

São exatamente três e trinta e três da madrugada quando acordo. Meu cérebro demora alguns segundos para pegar no tranco, e só quando o relógio vira para o próximo minuto é que me dou conta de que ainda deveria estar dormindo. Aos poucos, meus olhos se acostumam com a escuridão e percebo qual é o problema: não estou no meu quarto. Ou melhor, estou, sim, mas no que vai ser meu quarto pelos próximos meses, não no meu quarto de verdade.

Eu me reviro na cama enquanto os últimos acontecimentos passam pela minha cabeça em um flash: as horas intermináveis dentro do avião, o incidente no elevador e o passeio pelo campus com Claire e Sidney.

Helena:

Meu Deus

EU TÔ NO CANADÁ

Não tenho certeza de que minha irmã vai ver as mensagens porque, como uma boa estudante de medicina, ela tem o costume de deixar o celular no silencioso e dentro da mochila para não se distrair. Mas é provável que a sua aula ainda não tenha começado, porque em menos de um segundo minha tela se acende.

**Flávia:**

VC TÁ NO CANADÁ!!!!!!

AAAAAAAAAAAAAAAAA

**Helena:**

O que eu tô fazendo aqui?

Pqp

Eu só tenho 6 anos!!!

**Flávia:**

paraaaaa, vai ser incrível!!!

tirando a parte que vc vai matar a sua irmã de saudade, vai ser perfeito

**Helena:**

Cala a boca, você vai estar tão ocupada com a faculdade que nem vai ter tempo de sentir saudades

**Flávia:**

falando nisso, eu só tenho mais uns minutinhos

daqui a pouco o professor chega

**Helena:**

Tá bom, eu só tava passando por um pequeno surto e precisava desabafar

**Flávia:**

kkkkkkkkkk tô vendo

aí não é tipo 3 da manhã?

**Helena:**

É, a mãe ficaria doida se soubesse que eu acordei no "horário da besta"

**Flávia:**

vc devia ligar pra ela

ela ficou me enchendo o saco ontem o dia inteiro

tá chateada pq só soube da história do elevador por minha causa

vc sabe como ela é

**Helena:**

Ngm manda você ser fofoqueira

Mas você tem razão

Vou ligar pra eles daqui a pouco

Boa aula

Flávia:

Obrigada e bom segundo dia

Aproveita por nós duas!!!!

Vai ser impossível pegar no sono de novo, mesmo que eu ainda esteja exausta, então me levanto com todo o cuidado para não acordar Claire. Escolho minhas roupas no escuro, provavelmente pegando peças que não combinam, e me apresso porta afora.

A melhor parte de acordar de madrugada é que o corredor e o banheiro estão vazios, e posso me demorar debaixo do chuveiro pelo tempo que quiser.

Eu estava preocupada em usar um banheiro compartilhado depois de ter passado a vida inteira dividindo um só com Flávia. Mas Claire me explicou que nosso prédio é separado em alas, e cada ala tem o próprio banheiro, o que significa que o dividimos com apenas vinte meninas. O mais importante é que os boxes são fechados, então temos mais privacidade do que eu esperava.

Como não sei se terei esta oportunidade de novo, passo mais de uma hora me arrumando e, pela primeira vez desde que saí de casa, me sinto bem comigo mesma. Não estou mais com aquela cara de acabada de quem passou um dia inteiro no avião, e consigo amassar meus cachos de um jeito que até parece que perdi muito mais tempo finalizando.

Mas isso quer dizer que, quando volto para o corredor, já deu a hora de meus pais trabalharem. O ideal teria sido ligar antes de eles saírem de casa, mas sei que vão reclamar se eu só mandar uma mensagem, ainda que para me atender eles tenham que fazer uma pausinha no trabalho. Essa é uma das vantagens de ter o próprio negócio, mesmo que seja uma pequena loja de tecidos que às vezes mal paga as contas.

Escrito na neve • 31

— Adriano, é a Helena! — minha mãe diz quando atende, sem nem me cumprimentar. — Vem cá.

— Oi, mãe — falo baixinho, porque estou no lobby do dormitório.

— Oi, filha! — Ela olha para a câmera, o rosto todo iluminado. — Como você tá? A gente já tá morrendo de saudade.

— Oi, filhota! — Meu pai aparece logo atrás, ainda mais animado do que ela.

É impossível vê-los e não sentir o peito apertar de saudade, mesmo que a gente tenha se despedido há menos de dois dias. Eu sabia que essa seria a parte mais difícil de morar fora, mas não imaginei que sofreria tão cedo. Nesse ritmo, não vou sobreviver até depois do Natal.

— Oi, pai. — Minha voz sai embargada. — Como estão as coisas por aí?

— Tudo bem, só morrendo de saudades da minha filhinha — ele diz, sem tirar o sorrisão do rosto. — E como foi o primeiro dia?

— Que história é essa de que você ficou presa no elevador com um gato? — minha mãe se intromete, a voz subindo algumas oitavas.

— Mãe! — Faço sinal para que ela fale mais baixo, como se alguém fosse entender.

Eu gostaria de esquecer esse incidente, então explico o que aconteceu sem muitos detalhes e foco em compartilhar tudo que veio depois. Conto que Claire e Sidney me levaram para almoçar e para conhecer os arredores do dormitório, e que já foi o bastante para perceber que não dá nem para comparar com o campus da Universidade Federal de Santa Catarina, que não vê um cortador de grama há meses.

A nossa conversa dura um bom tempo e, quando desligamos, sinto como se eu tivesse passado os últimos dois dias embaixo de uma coberta abafada e agora finalmente conseguisse respirar direito. Matar a saudade e ver o quanto estão felizes por mim me trouxe de volta a sensação de que vir para o Canadá foi a escolha certa.

Nove horas em ponto, recebo um e-mail pedindo que eu vá até a sala do coordenador do meu curso. Eles só devem querer conversar sobre o intercâmbio, mas meu cérebro dá várias voltas até decidir que eu fiz algo de errado e vou ser deportada, comprovando a teoria de Igor de que sou uma fracassada.

Deixo minhas coisas no quarto, onde Claire continua roncando baixinho, e me dirijo até o prédio que informaram no e-mail.

Sou recebida pelo sr. Harrison, um homem de meia-idade não muito mais alto do que eu, com cabelo preto cacheado e barba por fazer. O mais importante, no entanto, é que seu olhar tranquilo me diz que não me meti em confusão.

O lugar é bem diferente das salas brancas e atulhadas com que eu estava acostumada na coordenadoria da UFSC; o escritório é grande, com uma estante preta cheia de livros e prêmios. No canto esquerdo, tem uma poltrona marrom de couro que parece confortável, e no centro, em frente a uma janela ampla, fica uma mesa de madeira comprida com duas cadeiras imponentes nas quais nos sentamos.

— A senhorita chegou ontem, certo? — ele pergunta depois de me servir um café.

— Sim. — Em outras situações, eu me esforçaria para dar uma resposta mais complexa, mas é difícil encontrar as palavras certas em inglês quando estou tão nervosa.

— Já conheceu o campus? — O sr. Harrison me olha com expectativa.

— Ainda não consegui ver tudo, mas minha colega de quarto me levou pra dar uma volta ontem. — Por algum motivo, sinto que esta resposta é muito importante, então completo: — A universidade é linda.

— É mesmo. Você vai ver que temos muito a oferecer, ainda mais para alguém com um currículo tão impressionante quanto o seu.

— Ah... — balbucio com o coração batendo mais forte. — Obrigada?

É neste momento que tenho certeza de que tem alguma coisa errada. Meu currículo não é *nada* impressionante. Não foi justamente por isso que decidi fazer intercâmbio? Porque, como meu ex pontuou muito bem, enquanto todos os meus colegas estavam participando de congressos e conseguindo empregos incríveis, minha vida estava estagnada e eu não tinha nada do que me orgulhar além de ter passado na faculdade para dois cursos diferentes — e odiado os dois.

— Você já teve oportunidade de analisar sua grade horária? — ele pergunta, sem notar o suor que começou a escorrer pela minha têmpora.

— Sim... — Opto por ser monossilábica mais uma vez para disfarçar minha confusão.

— Nós escolhemos aulas compatíveis com as que você teria no Brasil, mas também incluímos o *Ice Stars Project*.

— Eu vi. — Analiso o papel que ele estende para mim, percebendo que os dias do projeto estão destacados em marca-texto amarelo. Toda terça e quinta à tarde. — Mas confesso que fiquei um pouco confusa.

— O *Ice Stars* e o *Ultimate Soccer Battle* são parecidos em vários aspectos, então ficamos muito empolgados quando recebemos o seu currículo. Achamos que seria interessante ter alguém com a sua experiência na nossa equipe. — Não entendo quase nada do que ele fala, mas não sei se é culpa do inglês ou se é apenas o fato de nada daquilo fazer sentido. — Na verdade, nós escolhemos você entre tantos candidatos por causa da sua participação no *Ultimate Soccer Battle*.

Meu corpo fica mole e, por um segundo, acho que vou desabar na cadeira. Minha respiração fica mais pesada e minha visão embaça.

Porque eu não faço ideia do que o sr. Harrison está falando. Eu nunca participei de projeto nenhum. Nunca nem ouvi falar deste tal de *Ultimate Soccer Battle*. Não faço a menor ideia do que se trata.

Sei que deveria esclarecer a situação. Deveria explicar que houve algum engano e que este currículo — ou pelo menos esta parte específica — não é meu. Mas as palavras dele se repetem na minha mente. *Na verdade, nós escolhemos você entre tantos candidatos por causa da sua participação no* Ultimate Soccer Battle.

Isso significa que vou ser mandada de volta para o Brasil se descobrirem que essa participação nunca existiu?

Não posso voltar para casa. A única coisa pior do que ser uma fracassada que nunca conquistou nada no Brasil é ser uma fracassada que foi expulsa de um intercâmbio no Canadá antes mesmo de ele começar e continua sem ter conquistado nada, só que agora nem no Brasil, nem no Canadá. Tenho vontade de vomitar só de pensar em reencontrar Igor na faculdade.

Eu estou completamente ferrada!

# 5

## ACHO QUE FIZ UMA MERDA ENORME

— Está tudo bem? — A voz preocupada do sr. Harrison me puxa do vórtice de desespero que tomou minha mente. — A senhorita está meio pálida.

Não estou bem. Não estou *nada* bem. Qual é o pior antônimo de bem? Porque é assim que me sinto. Estou mal, péssima, horrível.

Fazer um intercâmbio nunca foi meu sonho. Claro que já tinha cogitado a ideia de estudar ou até morar fora do Brasil, mas sempre naquelas conversas sem propósito com os amigos, quando a gente bebe demais e decide falar sobre o futuro. Eu nunca tinha sequer pesquisado sobre o assunto. Foi Igor quem me convenceu de que essa era a única forma de incrementar meu currículo — depois, é óbvio, de jogar na minha cara que a vida de todo mundo, principalmente a dele, estava evoluindo enquanto a minha continuava estagnada. Eu sabia que ele estava certo, então fingi gostar da sugestão.

Faltando dois meses para o intercâmbio, ele terminou comigo. E, por mais que a ideia não tivesse sido minha, viajar pareceu a melhor opção. Eu precisava ficar o mais longe possível de Igor se pretendia superá-lo; um continente de distância ainda parecia pouco. Além disso, eu tinha que provar que ele estava errado. Não porque tinha esperanças de voltarmos — tudo bem, talvez eu tivesse *um pouquinho*, sim —, mas porque precisava provar que eu poderia ser alguém. Eu poderia ser tão bem-sucedida quanto ele e todos os nossos amigos.

Só que acabo de descobrir que a única conquista decente que tive na vida não foi mérito meu. E, ao que tudo indica, contar a verdade talvez signifique ter de retornar para o Brasil. Não posso voltar depois de tudo que Igor me disse. Não quero provar que ele tinha razão.

— Tudo certo. — Pigarreio, tentando encontrar a voz. — Só estou cansada da viagem. Acordei às três da manhã por causa do fuso horário.

— É questão de costume. — Ele sorri, como quem entende bem do assunto. — Todos os intercambistas passam por essa adaptação, mas tenho certeza de que até o fim da semana você se sentirá em casa.

Ou estarei *literalmente* em casa.

— Espero que sim. — Eu me obrigo a abrir um sorriso, como se o mundo não estivesse desmoronando ao meu redor. — O senhor poderia me explicar melhor o que é o *Ice Stars Project*?

— É o projeto principal da nossa turma de desenvolvimento de jogos — ele diz, mas parece meio contrariado por eu não saber a resposta. — É um jogo de hóquei *multiplayer* para celular. Tem mecânicas bem parecidas com o jogo de futebol que a sua equipe lançou no Brasil, com poderes e habilidades específicas para cada personagem. Por isso achamos que a senhorita seria uma adição muito interessante para o projeto.

A resposta me pega de surpresa. Não sei o que eu estava esperando, mas não achei que estivéssemos falando de um jogo para celular.

Escrito na neve • 37

Sei que meu curso na UFSC tem matérias optativas de jogos digitais e que a universidade tem uma empresa júnior nesta área, mas não fazia ideia de que eles eram bons a ponto de se tornarem referência em outro país.

Isso não explica como o *Ultimate Soccer Battle* foi parar no meu currículo, mas pelo menos me dá um norte.

— Certo, e qual seria o meu papel no projeto? — pergunto, a voz sumindo.

Por mais que a minha parte favorita de ciências da computação seja programar, nunca cheguei nem perto de trabalhar em um jogo. Minha turma na faculdade viu tão pouco sobre programação que a maioria dos meus conhecimentos vêm de vídeos no YouTube. E acho que pouquíssimo do que aprendi na internet pode ser aplicado em um jogo.

Eu deveria falar isso para o sr. Harrison. O certo seria contar a verdade e convencê-lo de que não foi minha culpa, de que foi um erro inocente e que eu nem sei como aconteceu. Mas as palavras não saem. Preciso de mais informações antes de decidir o que fazer.

— A ideia é que a senhorita compartilhe a sua experiência com a turma e que auxilie de modo geral nos obstáculos que estamos enfrentando. — Ele pega uma pasta vermelha com *"Ice Stars Project"* escrito na capa e abre na página da equipe. Tem pelo menos uns dez nomes ali. — Mas é claro que você também tem liberdade para trabalhar como programadora ou designer de jogos se quiser.

— Entendo... — Faço que sim com a cabeça, apesar de não entender absolutamente nada.

— Nós temos um aluno responsável por supervisionar o projeto, ele te dará todos os detalhes no primeiro encontro do grupo, mas acredito que, com a sua experiência no *Ultimate Soccer Battle*, você não vai ter problemas para se situar.

— Não sei... — Mordo o lábio inferior, tentando encontrar uma desculpa plausível para recusar sem prejudicar meu intercâmbio. — Meu inglês não é tão técnico assim.

O sr. Harrison faz uma careta que deixa bem claro que não gostou da resposta.

— Entendo que tenha receios, mas dá para ver que seu inglês é ótimo. Vai pegar o jeito rápido, é só se acostumar com o linguajar. E nós realmente estávamos contando com a senhorita no projeto. — Ele cruza as mãos sobre a mesa e me fita em expectativa. — O que me diz?

É agora que eu conto a verdade. É agora que explico que alguém da minha faculdade cometeu um erro gravíssimo e colocou no meu currículo um projeto do qual eu nunca ouvi falar. E é agora que o sr. Harrison me diz que sou mesmo uma fracassada e que preciso fazer minhas malas e voltar para o Brasil o quanto antes.

Por mais que eu já soubesse, é triste ter a confirmação de que tudo que faço é um grande desperdício de tempo. *Eu* sou um grande desperdício de tempo. Este intercâmbio era minha última chance de provar que meu ex estava errado, e até nisso eu falhei.

Mordo o lábio inferior para conter as lágrimas.

Não posso voltar para o Brasil. Não posso. Seria humilhante demais até para os meus padrões.

— Vai ser uma honra — me pego dizendo. — Vou adorar participar do projeto.

— Aconteceu alguma coisa? — Claire pergunta assim que entro no quarto. — Você tá com uma cara *atroce*.

Ela ainda está deitada, apesar de ser o meio da manhã. Mas pelo menos abriu a cortina, então um feixe de luz entra

Escrito na neve • 39

no cômodo, iluminando seu cabelo desgrenhado e, muito provavelmente, minha expressão de desespero.

— Não, não... eu só... — Eu me sento na cama e apoio a cabeça nas mãos, ainda tentando assimilar tudo que acabou de acontecer. — Eu não dormi direito.

Ouço Claire se remexer e, alguns segundos depois, ela diz em um tom mais doce:

— Eu sei como é difícil se mudar pra um novo país, mas juro que a primeira semana é a mais complicada, você vai ver que as coisas só vão melhorar com o tempo. — Ela faz uma pausa, mas, como não digo nada, completa: — O importante é você se distrair até as coisas ficarem mais fáceis. Eu vou te apresentar meus amigos! E essa semana tem o primeiro jogo de hóquei da pré-temporada, podemos ir juntas!

— Obrigada. — Levanto os olhos, me sentindo um pouco melhor com o gesto dela. — Mas não é isso, eu...

Não conheço Claire o suficiente para ter certeza de que ela não vai sair daqui e ir correndo contar tudo para o sr. Harrison, mas preciso conversar com alguém. Para ser mais exata, preciso que alguém me diga que não fiz nada de mais e que vou conseguir dar um jeito de ficar no Canadá.

— O que foi? Aconteceu mais alguma coisa? — Ela franze as sobrancelhas.

— Acho que fiz uma merda enorme.

Conto em detalhes toda a minha conversa com o coordenador do curso. Falo com calma para garantir que ela vai me entender, e Claire fica anuindo a cabeça o tempo inteiro, fazendo um ou outro comentário.

Achei que me abrir com alguém fosse me acalmar, mas tem o efeito contrário. Quanto mais falo, mais a realidade do que acabei de fazer recai sobre mim, me sufocando. Como vou conseguir sustentar uma mentira tão grande? Vou ter encontros duas vezes na semana de um projeto que não faço ideia de como funciona, sobre um assunto que estou longe de dominar. E, o pior de tudo: eu deveria ser uma especialista! Vai ser impossível manter a fachada por muito tempo.

E ainda tem o fato de que eu meio que roubei a vaga de outra pessoa que merecia estar no Canadá mais do que eu. Eles estavam à procura de alguém com algo a acrescentar ao projeto, e eu não sou essa pessoa.

— Respira fundo! — Claire me interrompe, provavelmente percebendo que estou hiperventilando. — Vamos lá, respira fundo comigo.

Ela levanta e abaixa as mãos para que eu acompanhe o movimento com a respiração. Na terceira tentativa, começo a me sentir um pouco melhor.

— Obrigada — sussurro, o nó menos apertado na garganta.

— Você não fez nada de errado. — Ela balança a cabeça, mas não sei se está sendo sincera ou se quer apenas me acalmar. — Não foi você que mentiu no currículo, foi?

— Não, mas...

— Então! O bom de ser estrangeira é que você sempre pode alegar problemas de comunicação. É só falar que não entendeu direito o que ele disse. — Claire pisca um olho para mim. — Eu já me safei de vários problemas assim.

— Obrigada — digo mais uma vez, não só pelo conselho, mas porque conversar com ela até que ajudou.

— Você não precisa contar a verdade pra ninguém — ela diz em um tom mais sério. — Você só precisa estudar o assunto. Se no fim das contas você for útil pro projeto, que diferença faz um *petite erreur* no seu currículo?

Claire tem razão. Eles não me chamaram por acharem meu currículo bonito, me chamaram porque queriam que eu ajudasse no *Ice Stars Project*. Eu só preciso aprender sobre o *Ultimate*

*Soccer Battle*, programação de jogos e hóquei. Considerando que estou acostumada a trabalhar com a linguagem c++, não deve ser tão difícil. Nada que umas horinhas debruçada sobre meu notebook não resolvam.

Não tenho por que me desesperar. Tenho quase uma semana até o início das aulas, tempo mais do que suficiente para me especializar no assunto. Quando a terça-feira chegar, vou ser a melhor pessoa que eles poderiam ter chamado para este intercâmbio!

# 6

## VOCÊ É UMA FARSA!

Programar jogos é muito mais complicado do que parece. Ainda é programação, o que significa que várias das funções usadas são as mesmas que já aprendi, mas isso não facilita muito a minha situação. Se ao menos eu pudesse usar o vscode, o IntelliJ ou qualquer outro editor de código com o qual estou acostumada, talvez conseguisse fingir que sei o que estou fazendo. Mas eles usam um "motor de jogo", e eu levaria meses só para entender a fundo o que a Unity é capaz de fazer.

Mesmo assim, passo horas pesquisando sobre o *Ultimate Soccer Battle*, o *Ice Stars Project* e design de jogos de modo geral. Claro que não fico o dia inteiro grudada no computador, até porque quero aproveitar para me enturmar, mas, quando não estou com Claire e seus amigos — especialmente Sidney, que parece passar mais tempo no nosso quarto do que em seu próprio —, estou tentando impedir que a universidade descubra que sou uma farsa.

O problema é que o *Ultimate Soccer Battle* é ainda mais complexo do que achei que seria. Eu não fazia ideia, mas a empresa júnior da ufsc é referência no meio acadêmico. O jogo foi considerado inovador por ser um MOBA (*Multiplayer Online Battle Arena)* com esporte, além de ter sido muito bem recebido pelos usuários.

Comprei o *Ultimate Soccer Battle* para entender melhor do que se trata, e ele é mesmo muito bonito e sofisticado. A princípio, parece só um joguinho de futebol para celular com uma arte linda e algumas mudanças nas regras, como o fato de não ter cobrança de lateral e a bola nunca sair de campo. Mas logo percebi por que ele fez tanto sucesso: é viciante. Além de ser divertido, cada personagem tem um poder diferente que muda toda a estratégia e a jogabilidade.

Pelo que consegui descobrir sobre o *Ice Stars Project* — e não foi muita coisa, já que ainda não foi lançado —, ele realmente tem uma pegada bastante parecida. Os dois são MOBA, com esportes diferentes, mas a ideia é quase igual. Eu de fato seria uma ótima adição para a equipe se aquele fosse meu currículo de verdade.

Tirando esse detalhe, minha experiência com o intercâmbio tem sido ótima. A universidade é muito agradável e as aulas do primeiro dia foram bem interessantes, embora ainda seja ciências da computação e eu continue não gostando muito das matérias.

Nestes últimos dias, o nervosismo pela mudança de país foi se dissolvendo e sendo substituído pelo medo de ser mandada de volta para o Brasil — tive alguns pesadelos em que encontro Igor na UFSC e ele joga na minha cara que sou a maior fracassada com quem ele já namorou.

Então, quando terça-feira chega, estou ansiosa, mas determinada a passar despercebida. O ideal seria *ser útil* desde o primeiro encontro do *Ice Stars Project*, mas, se eu abrir a boca para opinar sobre qualquer coisa, vai ficar na cara que não sei nada sobre jogos digitais.

O encontro acontece em uma sala de informática com quatro mesas compridas que vão quase de uma parede à outra, cada uma com cinco computadores. Oito dos lugares estão ocupados, e tem um rapaz sentado na mesa do professor, virado de frente para os outros. Deve ser o tal do aluno responsável por supervisionar o projeto.

Tento entrar de fininho e escolher um computador mais ao fundo, mas é claro que ele me interrompe antes que eu dê dois passos.

— Helena?

— Oi! — Estaco no lugar, o coração disparando. Será que vai ficar muito óbvio se eu virar de costas e sair correndo?

— A gente tava só te esperando. — Ele se levanta e estende a mão para mim, com uma espécie de reverência, como se eu fosse uma celebridade. — Eu sou o Dylan. O responsável pelo projeto tá um pouco atrasado e me pediu pra ir te explicando até ele chegar.

— Prazer. — Aperto sua mão, mas me arrependo assim que percebo o quanto minha palma está suada.

Se ele se incomoda, não deixa transparecer, apenas me cumprimenta com firmeza, um sorriso empolgado no rosto.

Ele parece ter uns vinte e dois anos, tem mais ou menos a minha altura e os ombros atarracados. É o tipo de pessoa que só de bater o olho você já sabe que pratica algum esporte. Ele até tem uma aparência mais durona, mas o rosto tranquilo e a voz suave me deixariam à vontade se eu não estivesse morrendo de medo de ele apontar um dedo na minha cara e gritar "você é uma farsa!".

— O prazer é todo nosso! — ele diz em um tom tão animado que estou cada vez mais convencida de que as pessoas que realmente têm o *Ultimate Soccer Battle* no currículo são bem relevantes nesse meio. — Nós estudamos bastante o seu jogo

Escrito na neve • 45

pra fazer a base do *Ice Stars*, então é uma honra ter você na nossa equipe.

— Legal. — É tudo que consigo dizer.

Dylan me analisa por um momento e depois lança um rápido olhar para o resto do grupo. Tenho a impressão de que eles trocam alguma informação importante neste breve segundo.

— Você pode compartilhar um pouco da sua experiência com a gente? — ele pergunta muito mais devagar do que antes, enunciando cada uma das palavras como se eu não entendesse inglês.

Só então me dou conta de qual foi a conversa telepática entre eles: minha vergonha e meu medo foram confundidos com falta de fluência.

— Eu... hã... — Meu rosto esquenta e as palavras somem de vez.

A sala inteira me encara com expectativa, esperando que eu dê a fórmula secreta de como construir um jogo que na verdade mal joguei.

Eu até ensaiei uma resposta para esse tipo de pergunta, mas era uma frase genérica e que me fugiu por completo com toda esta pressão.

— Não tem problema se você precisar de um tempo pra conseguir se comunicar melhor com a gente. — Dylan acena com a cabeça, me encorajando.

Sendo sincera, isso fere um pouco o meu ego, mas também é uma mentira bem conveniente. Talvez essa desculpa não dure até o fim do intercâmbio, mas me daria tempo para estudar mais sobre o assunto.

— Obrigada... acho que... preciso de... mais tempo — digo, carregando o sotaque e dando pausas maiores entre as palavras.

Se vai me ajudar a me safar, então vou dar ainda mais motivos para acharem que não sou fluente em inglês.

— Pode escolher uma cadeira — Dylan fala devagar, mas suas sobrancelhas estão franzidas e dá para ver que ele está frustrado. — O dia hoje vai ser basicamente pra gente recapitular onde parou. Vai ser um bom momento pra você ficar a par de tudo.

— Perfeito! — Quase suspiro de alívio enquanto apresso o passo até uma das cadeiras livres na segunda fileira.

Estou terminando de arrumar minhas coisas quando alguém entra na sala, se desculpando pelo atraso. Levanto o rosto, pronta para receber o supervisor com um sorriso enorme, mas minha cara fecha assim que nossos olhares se cruzam. Não consigo decifrar muito bem o que encontro no rosto dele, mas tenho a impressão de ver impaciência e desconfiança.

Meu coração aperta, e eu começo a suar ainda mais do que quando estava conversando com Dylan lá na frente. Porque essa é uma das piores coisas que poderiam me acontecer. Tudo de que eu *não* precisava era que a única pessoa que não me suporta nesta universidade, a pessoa que pedi para fingir que eu não existia, fosse supervisora do *Ice Stars Project*.

Sem saber o que fazer, forço um sorriso para Justin. Mas ele não sorri de volta, apenas me encara com a expressão de quem não está nem um pouco feliz em me ver.

# 7

## EU NÃO TERIA TANTO AZAR ASSIM... TERIA?
## É ÓBVIO QUE TERIA

Vou a minha primeira *house party* no meu segundo fim de semana em Calgary. Não é exatamente como nos filmes, em uma fraternidade, com caras gostosos e aqueles barris de cerveja no meio do jardim onde, por algum motivo, sempre tem alguém pendurado de cabeça para baixo bebendo. Mas chega bem perto do que imaginei.

A casa onde está rolando a festa fica fora da universidade, o que significa que demoramos quase meia hora para chegar a pé. Eu jamais teria andado à noite pela UFSC com a confiança que Claire me levou pelo campus da UCalgary, mas as coisas aqui são muito diferentes do que estou acostumada. Apesar de estar escuro, todos os postes de luz estavam acesos e vários alunos andavam de um lado para o outro, provavelmente indo para as dezenas de *house parties* que devem estar rolando hoje. Então a pior parte da caminhada não foi o medo, mas o clima.

Estamos no meio de setembro, ou seja, o inverno de verdade ainda nem começou, mas já está frio o suficiente para que eu me arrependa de ter seguido o conselho de Claire e colocado um vestidinho preto de manga comprida com uma meia-calça por baixo. Nem o sobretudo está conseguindo me aquecer. Talvez, se tivéssemos ido direto para dentro da casa, a calefação ajudasse, mas Claire faz questão de me puxar pela mão para o gramado na parte de trás, onde tem bastante gente ao redor de uma piscina, bebendo, dançando e conversando.

— Quer beber algo? — ela grita por cima da música alta.

— Tem cerveja? — Ainda estou meio perdida sobre como as coisas funcionam nestas festas. Será que eu deveria ter trazido minha própria bebida?

— *Ne bouge pas* — Claire diz.

Não entendo uma palavra, mas, pelo gesto que ela faz antes de se apressar pelo gramado, acho que não devo me mexer, então fico parada, apenas observando.

Como é de se esperar, tem gente se pegando por todos os lados, mas a maioria das pessoas está em grupinhos jogando conversa fora.

— Aqui! — Claire reaparece do meu lado menos de um minuto depois, segurando uma garrafa de cerveja e dois copos de plástico vermelhos, igualzinho aos filmes.

— Obrigada. — Levanto o copo para brindar com ela e dou um gole.

A cerveja é fraquinha, mas o gosto amargo é um afago na minha garganta e me deixa mais à vontade. Posso estar em um lugar totalmente novo, mas uma festa é sempre uma festa.

— Quero te apresentar o Seb, mas vai ser difícil encontrar ele nessa loucura. — Claire olha ao redor, procurando o namorado pelo gramado mal iluminado.

Sebastian estava passando as férias na casa dos pais em Vancouver e por isso chegou em Calgary só na segunda. Mesmo assim, acho estranho que eu ainda não o conheça, considerando a quantidade de vezes que vejo Sidney. Tudo bem que Claire dormiu na casa dele algumas noites e que os dois passam o dia

Escrito na neve • 49

*inteiro* conversando pelo celular, mas é estranho ele não ter aparecido no nosso quarto nenhuma vez.

Talvez ter recém-saído de um relacionamento tóxico me deixe mais alerta do que o normal, mas estes poucos dias foram suficientes para me deixar com o pé atrás em relação a ele. Não só pelo jeito que Claire endeusa o namorado, mas porque ela já teve que mandar foto para provar que estava comigo, além de eu ter percebido o quanto fica angustiada se não consegue responder às mensagens dele na mesma hora.

— É sempre cheio assim? — Mudo de assunto para não opinar sobre o desaparecimento de Sebastian.

— Costuma ser um pouco mais tranquilo. — Ela nem se vira para mim, ainda procurando o namorado entre os grupinhos. — Essas festas de começo do termo são as mais bombadas. Achei!

Antes que eu consiga entender o que aconteceu, Claire me puxa com animação até um grupo que está do outro lado da piscina. Três garotos estão em uma rodinha, todos com bebida na mão, e dois estão ouvindo atentamente a um deles.

— Aí está você! — Um cara, que imagino ser Sebastian, agarra Claire pela cintura e lhe dá um beijo demorado nos lábios. — Já tava achando que você tava fugindo de mim.

— Tá muito lotado, não foi fácil te achar. — Claire se aninha no peito do namorado como se as horas longe dele tivessem sido uma tortura.

— Não é nossa culpa se a gente dá as melhores festas — um dos rapazes diz, e os outros concordam com gritos.

— Sempre muito humilde. — Claire revira os olhos, mas não tira o sorriso do rosto. Então se vira para mim. — Essa é a Helena, minha nova colega de quarto.

— Prazer, Helena. — Sebastian arrasta um pouco meu nome e completa com um sorriso sedutor: — Você é do Brasil, né?

— Sou.

Uma semana foi o suficiente para perceber que não gosto quando as conversas tomam este rumo, porque sempre acabam me fazendo perguntas idiotas, do tipo "vocês têm internet lá?" ou "você mora no meio da floresta?".

— E você vai ficar só um termo aqui? — ele pergunta, me surpreendendo.

"Termo" é como eles chamam o período das aulas, que aqui são três quadrimestres em vez de dois semestres. Consegui me organizar de um jeito que não perco aulas nem aqui nem na UFSC, porque cheguei no início de setembro e volto no meio de janeiro, assim fico um termo inteiro e retorno para o Brasil antes de o próximo semestre começar.

— A princípio, sim. — Essa é a minha resposta padrão, mas, como ele é o namorado de Claire e eu quero muito que a gente se dê bem, completo: — Quem sabe, se eu gostar da experiência, talvez estenda por mais um termo. Mas, por enquanto, meu contrato é só até o início do ano.

— Legal. — Ele assente e, lembrando que não estamos só nós três na rodinha, se vira para os amigos. — Esses são meus colegas de time, Roy e Cole. E esses dois — ele aponta com a cabeça para trás de nós — são Dylan e Justin.

Ao ouvir os últimos nomes, meu coração erra uma batida. Eu não teria tanto azar assim... teria? É óbvio que teria.

Eu me viro e encontro meus parceiros do *Ice Stars*. E, pela cara dos dois, dá para perceber que eles ouviram mais do que eu gostaria. Dylan me estuda com um sorriso confuso, e Justin dá um gole na cerveja, o olhar severo — o mesmo que recebi durante os encontros — me julgando e deixando bem claro que não confia em mim.

— A gente se conhece — Dylan responde, ainda com a expressão de quem não está entendendo nada.

E não é para menos. Nas últimas vezes que me viram, eu fiz questão de gaguejar e fazer gestos exagerados para fingir que não consigo me comunicar. Todo mundo pareceu acreditar em mim, menos Justin. E eu não posso culpá-lo, nós interagimos o bastante no elevador para ele saber que meu inglês não é tão ruim quanto estou fingindo ser.

Dou um passo para o lado, abrindo espaço para eles na rodinha, e engulo em seco.

— De onde? — Claire levanta as sobrancelhas e olha deles para mim, como se fosse uma traição eu conhecer pessoas além das que ela me apresentou.

— A gente tá fazendo um projeto de jogos digitais junto — Justin responde.

— Aquele que... que eu te falei — balbucio e, desta vez, não estou fingindo.

— Ah! — Claire arregala os olhos, percebendo o que isso significa.

Respiro fundo, pensando seriamente em sair correndo.

Antes que eu passe mais vergonha, no entanto, uma mão delicada envolve minha cintura e a aperta de leve.

— Achei vocês! — Sidney passa a outra mão pela cintura de Claire e puxa nós duas para mais perto. O jeito como enrola as palavras e o leve cheiro de vinho barato entregam que andou bebendo.

— Oi, Sidney! — Eu me inclino como se fosse cumprimentá-la com um beijo na bochecha, mas sussurro em seu ouvido: — Me tira daqui, por favor.

Ela se afasta um pouco e me fita com um olhar divertido. Por um momento, acho que vai negar, mas então ela abre um sorriso enorme e diz, olhando para mim:

— Quer pegar mais bebida? — Sidney nem me espera responder antes de me puxar pela mão.

Espio atrás de nós para garantir que Claire não está chateada, e ela faz um joinha com a mão. Quem não parece nada feliz é Justin, que está com os lábios espremidos em uma linha.

— Obrigada — agradeço quando entramos na casa. — Você me salvou!

— O que aconteceu?

Por mais que eu adore a Sidney e que a gente tenha passado bastante tempo juntas, não tive coragem de contar sobre o problema com meu currículo. Não é que eu não confie nela, mas quanto menos pessoas souberem, menor a chance de eu ser descoberta.

— É que... — tento pensar rápido — ... lembra o cara babaca que ficou preso comigo no elevador? Ele tava lá.

— Qual deles? — Ela ergue as sobrancelhas, interessada.

— O Justin, você conhece?

— Ele é meu irmão! — Ela solta uma risada que se sobrepõe e muito à música alta.

— Mentira!

A informação me pega de surpresa, não só porque eu nem sabia que Sidney tem um irmão, mas porque eles não se parecem nem um pouco.

— Ele é adotado — ela explica, vendo o espanto na minha cara. — É uma longa história, mas os pais biológicos dele morreram num acidente, e meus pais eram os padrinhos. Teve uma briga horrível na justiça, mas os dois conseguiram a guarda quando ele ainda era bebê, e logo em seguida minha mãe descobriu que tava grávida de mim. Ele não tinha nem dois anos quando eu nasci.

— Ah... — Faço uma careta, pensando em todas as coisas terríveis que falei sobre ele no dia que a gente se conheceu. Isso porque ela não sabe o que falei para Claire desde que descobri que ele estava envolvido no projeto. — Desculpa por... ter xingado ele.

Escrito na neve • 53

— Tudo bem. — Ela abana a mão, ainda se divertindo com a situação. — Eu amo o Justin, mas ele tem seus momentos.

Dou um gole na cerveja para me impedir de falar mais alguma besteira. Porque agora que sei que eles são irmãos, estou ainda mais preocupada. A última coisa de que eu precisava era de mais um motivo para conviver com Justin. Mas, ao que tudo indica, ele está se entrelaçando cada vez mais na minha vida.

# 8

## É TUDO MENTIRA!

Se não fosse pela ameaça de ter que voltar para o Brasil pairando sobre a minha cabeça o tempo todo, eu diria que minha adaptação no Canadá está indo muito bem.

Ainda estou tentando me ajustar a algumas diferenças culturais, como o costume que eles têm de jantar às seis da noite ou o frio que piora a cada dia. Mas, considerando que estou aqui há pouco mais de duas semanas, não é difícil me convencer de que logo meu estômago se acostumará a jantar mais cedo e de que basta usar roupas mais grossas. Só tem uma coisa que parece impossível: aprender sobre jogos digitais.

Não importa o quanto eu me esforce, é um assunto complicado demais para que eu estude sozinha. Até consegui entender o básico sobre o *Ultimate Soccer Battle* — mais jogando do que pesquisando — e sei qual é a proposta do *Ice Stars*, mas ainda estou longe de compreender como os jogos foram construídos.

Depois da *house party*, passo o resto do fim de semana debruçada sobre o notebook, mas sinto que não avancei quase nada quando a terça-feira chega. E, agora que Dylan e Justin me viram conversando na festa, é apenas questão de tempo até descobrirem a minha mentira.

Dylan passa a tarde me observando de um jeito estranho, como se estivesse tentando compreender o que está acontecendo, e Justin parece ter percebido que estou escondendo algo. Sei disso não só pelo jeito que ele me olha, mas porque me enche de perguntas técnicas que preciso fingir que não entendi por causa do inglês. E para piorar, lá pelo meio do encontro, ele sugere para Dylan que eu o ajude na programação. Sugere para Dylan, porque Justin tem se esforçado para só se dirigir a mim quando é extremamente necessário.

Dylan diz um "*programming*" e faz gestos de digitar, ainda se comunicando comigo por mímica, e eu não tenho o que fazer além de aceitar. Então, em um momento de puro pânico, digo que o menu do jogo está muito básico e que posso consertar. Sei que não é o que nenhum dos dois tinha em mente, mas Dylan concorda com um suspiro e se retira para o seu computador.

Passo o resto da tarde trabalhando nisso e ouvindo músicas animadas para me motivar. Sendo sincera, não tem nada de errado com o menu. Eles fizeram uma arte bem bonita e que combina com o jogo, mas ninguém se preocupou em aprimorar a programação — o que faz sentido, porque, se eu tenho dificuldade com a programação de jogos, imagino que eles tenham com a parte de *front-end*.

Não tenho tempo de mexer em muita coisa, mas consigo fazer com que os botões afundem, e deem retorno tátil quando o usuário clica. Enquanto faço essas alterações, tenho a ideia de habilitar a parte de criar uma conta, o que vai me tomar pelo menos mais duas tardes. Depois, vou ter que ser mais criativa. Não sei se tem tanto trabalho assim para um programador *full stack*.

Quando o alarme de alguém toca, anunciando que já são cinco da tarde, quase todo mundo se levanta, arrastando as cadeiras para trás para ir embora logo.

Desligo o computador ouvindo "Não é fácil" do Silva nos meus fones, e só então percebo que, além de mim, a outra única pessoa na sala é Justin. Eu deveria apenas guardar minhas coisas e ignorar a presença dele, como já venho fazendo, mas não paro de me perguntar se ele ter me enchido de perguntas e pedido para eu ajudar Dylan na programação foi algum teste. Porque, se foi, tenho certeza de que não passei.

Preciso reverter a situação antes que seja tarde demais, antes que ele conte para o sr. Harrison que tenho sido inútil para o projeto e eles decidam tomar alguma providência.

Respiro fundo, pauso minha playlist e caminho devagar até a mesa de Justin, tentando organizar meus pensamentos para não fazer nenhuma besteira. Não sei o que falar ou como perguntar "e aí, você sabe que estou mentindo?" sem acabar me entregando. E ainda tem o fato de que é impossível ficar perto de Justin sem sentir uma vontade quase irrefreável de esganá-lo.

O ranço que sinto por ele desde o nosso encontro no elevador só piorou nas últimas semanas. E cada vez que me olha com desconfiança, como se estivesse apenas esperando eu pisar na bola para me mandar de volta para o Brasil, a minha raiva aumenta um pouquinho.

Mas, se quero descobrir o quanto Justin sabe e o que pretende fazer com esta informação, preciso tomar cuidado para não mostrar como me sinto de verdade.

Paro em frente à sua mesa, torcendo para que ele facilite e me diga tudo que quero saber sem eu precisar abrir a boca. Mas é claro que Justin nem reconhece a minha presença e continua digitando no próprio computador, o olhar fixo na tela.

Pigarreio.

E nada. Absolutamente nenhuma reação.

Ele vai mesmo me fazer implorar pela sua atenção.

— Você tem um minuto? — peço com a voz controlada, para não deixar minha impaciência transparecer.

Justin continua digitando.

Sei que tenho de ser simpática, especialmente se tiver que convencê-lo a guardar meu segredo, mas *não dá*. A raiva começa a tomar forma na boca do estômago e preciso de todas as minhas forças para impedir que ela exploda pela minha garganta.

— Justin! — falo mais alto, muito perto de ser considerado um grito, e apoio as mãos na mesa. — Eu tô falando com você!

Ele para de digitar, mas ainda fita a tela. Por um segundo, acho que vai insistir em me ignorar até eu tomar providências físicas, o que só faz a raiva dentro de mim dobrar de tamanho, mas então Justin finalmente levanta a cabeça. Seus olhos azuis grudam nos meus com um brilho perigoso. Sem pressa, ele se recosta na cadeira, a postura ao mesmo tempo relaxada e calculada.

— O que você quer? — ele pergunta do jeito mais cínico possível.

— Eu quero que você me responda! — finalmente explodo, dando um tapa na sua mesa, mesmo que agora ele esteja prestando atenção em mim.

— Eu achei que tava te fazendo um favor. — Ele encolhe os ombros, na maior inocência. — Você não me pediu pra fingir que você não existe?

Meu Deus, ele é impossível!

Justin é a pessoa mais irritante que tive o desprazer de conhecer na minha vida. Preciso de todas as minhas forças para não mandar ele ir se catar e virar as costas, de preferência para nunca mais encontrá-lo de novo.

— Você tem razão, desculpa — me forço a dizer, embora as palavras quase me causem dor física. — Eu me passei naquele dia, não devia ter pedido isso.

Justin podia se desculpar também, mas apenas cruza os braços e pergunta:

— O que você quer?

O que eu quero? Não sei como dizer. Não sei como abordar o assunto sem parecer ainda mais suspeita. Preciso escolher bem cada uma das minhas próximas palavras para garantir que vou continuar no controle da situação.

— Eu tô... tentando entender como as coisas funcionam — digo por fim. — O jeito que vocês trabalham é um pouco diferente do que eu tô acostumada, então ainda tô me sentindo muito perdida.

Fico tão orgulhosa da minha resposta que até ganho mais confiança. Infelizmente, Justin não parece concordar, porque seus lábios se crispam enquanto ele me estuda por um tempo muito mais longo do que o necessário.

— As coisas funcionam do jeito que *eu* quero — ele diz, mais seco agora, a ironia de antes abandonando sua voz. — *Eu* sou o supervisor do projeto. Então, se eu digo pra você ajudar o Dylan na programação, é pra ajudar o Dylan na programação, não é pra inventar menu ou qualquer outra coisa pra fazer. Você não manda nesse projeto.

Suas palavras causam uma fisgada no meu peito. Eu achei que minha recusa em ajudar Dylan tivesse aumentado sua desconfiança, mas não imaginava que Justin fosse interpretar como um desafio à sua autoridade.

Definitivamente, conversar com ele não foi a melhor ideia que tive.

— Desculpa, eu... eu... — Não sei o que dizer. A conversa foi para um caminho muito diferente do que eu esperava.

— Sabe, Helena — ele começa, sem me dar uma chance de procurar as palavras certas —, eu também tô tentando entender como as coisas funcionam.

— Como... como assim? — Eu não deveria demonstrar fraqueza, mas é impossível não gaguejar.

— Em alguns momentos, você parece bastante interessada no projeto. Eu vejo você fazendo perguntas sobre o *Ice Stars*. — Ele se inclina para a frente, os olhos semicerrados. — Mas aí, quando eu peço pra você programar, você se esquiva. Eu não consigo decidir se você só é teimosa ou se não sabe fazer o que eu pedi.

Minha coluna inteira gela.

— Você... você não tem que decidir nada — consigo balbuciar, meu corpo todo tremendo.

— Aí é que tá, tenho, sim. — As palavras saem ácidas. Não sei se é a sua intenção, mas soa quase como uma ameaça. — Eu sou o supervisor do projeto.

Meu coração aperta e então dispara, um misto de sinais que me faz hiperventilar e querer sair correndo. Era melhor eu ter deixado Justin quieto e ter esperado ele escolher se faria algo contra mim. Agora, parece que apenas dei mais munição para ele.

— É culpa do inglês, eu ainda tô tentando me acostumar — exagero o sotaque, mesmo sabendo que é em vão.

— Isso também é estranho. — Justin fica de pé, e eu me sinto ainda menor, ainda mais mentirosa. — Porque tem horas que seu inglês é quase perfeito, mas, quando a gente precisa de alguma ajuda no projeto, você não entende nada.

— Eu...

— E o *Ultimate Soccer Battle*? — questiona com uma calma calculada.

Minha garganta se fecha. Só tem um motivo para ele trazer o outro jogo à tona, e não é nada bom.

— O que tem? — me forço a perguntar.

— Quando você vai compartilhar sua experiência com a gente? — Justin fita meus olhos e posso jurar que ele enxerga o fundo da minha alma.

— Quando eu estiver falando inglês melhor. — Quero muito desviar o olhar, mas seria uma admissão de culpa, então me fixo em seus olhos azuis, que parecem mais desconfiados do que nunca.

Ele anui e enfim para de me encarar. Eu inspiro fundo e solto o ar devagar, deixando um pouco do desespero e do medo escaparem com ele. Mas então Justin se vira para mim de novo e se apoia na mesa de um jeito descontraído demais para não ser proposital.

— Sabe o que é engraçado? Eu li todos os nomes nos créditos do jogo e não achei nenhuma Helena.

Ter a confirmação de que Justin está desconfiado a ponto de procurar meu nome na equipe do *Ultimate Soccer Battle* lança um arrepio gelado dos meus pés à cabeça. Porque significa que ele está prestes a descobrir a verdade, e é óbvio que Justin não vai hesitar antes de contar para o sr. Harrison.

— Eu... — balbucio, tentando encontrar palavras para me justificar. — Deve ser um erro.

Justin apenas me encara, seus olhos brilhando com tanta intensidade que até parece estar lendo cada pensamento desesperado dentro da minha cabeça. É quase como se estivesse me dizendo que não adianta mais tentar enganá-lo.

Se ele dissesse qualquer coisa, seria mais fácil rebater e continuar arrastando essa mentira, mas o silêncio e o jeito intenso que ele me estuda me fazem perder completamente o controle do que sai da minha boca.

— Tá bom! Tá bom! — Minha voz sobe algumas oitavas, com um quê de pânico. — É tudo mentira! Eu nunca trabalhei em um jogo!

# 9

## NÃO É O PLANO PERFEITO, MAS PELO MENOS É UM PLANO

O silêncio que recai sobre a sala é aterrorizante. Justin não grita comigo, não diz um "eu sabia!" nem faz perguntas, apenas me encara com desprezo. Só resta saber se ele vai me entregar ou se consigo convencê-lo a guardar o meu segredo.

— Eu sei que você me odeia, mas não pode contar pra ninguém, por favor. — Minha voz sai chorosa.

É meio vergonhoso, mas estou disposta a implorar.

Justin continua em silêncio, me estudando como se procurasse alguma resposta. *Preciso* que ele fale alguma coisa, qualquer coisa. Se insistir nesta estratégia de ficar só me fitando, vou acabar contando todos os meus segredos para ele.

— Diz alguma coisa — sussurro, deixando a derrota óbvia na minha voz.

— Eu tô tentando entender o porquê — ele diz alguns segundos depois, com uma mistura de indignação e raiva. — Por que alguém coloca no currículo que trabalhou em um jogo sem ter experiência?

— Eu não coloquei! — me apresso em explicar, percebendo de repente que, no desespero, acabei esquecendo de falar a parte mais importante. — Eu não faço ideia de como isso aconteceu, foi um erro da minha faculdade no Brasil. Só descobri que esse projeto tava no meu currículo quando cheguei aqui.

Meu Deus, eu juro que vou explodir se ele continuar me encarando sem dizer nada!

Antes que eu possa reclamar, Justin se senta de novo e desvia o olhar para o chão, sua expressão ainda mais séria. Não sei se está tentando decidir se acredita em mim ou não, mas os segundos se estendem enquanto analiso seu nariz quebrado e ouço apenas o som da sua respiração.

— Você contou pro sr. Harrison? — Ele enfim levanta os olhos.

— Não, só você e a Claire sabem. — Mordo o lábio inferior, tentando conter o nó que está se formando na minha garganta.

— Você sabe que eu vou contar pra ele, né?

— Não, por favor! — eu me adianto, a angústia evidente quando me inclino na direção dele. — Eu não fiz nada de errado, a culpa não é minha! E o sr. Harrison deixou bem claro que só recebi a bolsa do intercâmbio por causa disso. Eu não posso voltar pro Brasil! Eu vim pra cá porque o meu ex disse que eu sou uma acomodada que nunca vai alcançar nada na vida! Eu não posso voltar pra casa agora e provar que ele tava certo, seria humilhante demais! — falo tão rápido que só depois de terminar percebo que, em algum momento, troquei o inglês pelo português.

— Helena, eu... — ele começa, mas não preciso que fale mais nada. A impaciência em sua voz diz tudo.

— Por favor, Justin. *Por favor!* — Eu me inclino mais um pouco, a um passo de me jogar no chão, agarrar as pernas dele e chorar em seu colo. — Eu juro que tô me esforçando pra aprender. Tô pesquisando o máximo que posso sobre o assunto, só que é mais difícil do que eu esperava.

Escrito na neve • 63

— Não adianta você... — ele tenta de novo, e, mais uma vez, eu o corto.

— Juro que vou ser útil pro projeto! Eu posso não ter participado do *Ultimate Soccer Battle*, mas vou ser útil pra vocês!

Justin coloca uma mecha de cabelo para trás da orelha, depois aperta o pescoço de leve, flexionando os músculos do braço com o gesto. Ele solta um longo suspiro e relaxa um pouco a postura. Ainda parece bastante contrariado, mas pelo menos não acho que vai sair correndo para a sala do sr. Harrison.

— Programar um jogo não é fácil. — Ele faz uma careta. — A maioria dos alunos do projeto tá cursando matérias sobre o assunto há dois anos.

É a minha vez de ficar em silêncio. Eu devia saber que Justin não guardaria meu segredo. Ele não me suporta desde o incidente no elevador, e era óbvio que descobrir que estou mentindo ia piorar tudo. Ele só precisava de uma oportunidade para me mandar embora.

— Você não vai conseguir aprender sozinha — ele continua, o olhar sério

— Por favor! — Meu coração se aperta, e minha voz sai tão triste que se quebra no final.

Justin suspira e cruza as mãos. Pelo menos ele parece estar considerando o problema, o que é uma vitória.

— Você precisaria fazer aulas de jogos digitais. Ou no mínimo encontrar alguém pra te ensinar o básico...

— Você! — Não sei o que me impele, já que é uma ideia ridícula, mas a palavra sai pela minha boca, e eu insisto, sem muito controle do que estou dizendo: — Você é um dos programadores. Você poderia me ajudar!

Justin ergue as sobrancelhas, parecendo quase ultrajado.

— Helena, eu nem tenho tempo pra...

— Agora! — eu o interrompo, a ideia criando forma. — Você pode me ensinar depois dos encontros! Ou eu posso ir até onde você mora. Ou a gente vai na biblioteca no horário que for melhor pra você.

— Eu nunca dei aula sobre design de jogos. — Ele balança a cabeça de um lado para o outro, mas só o fato de estar considerando a possibilidade me enche de esperança.

— Eu posso te recompensar! — Quase pulo no lugar, empolgada. Agora que tenho uma solução palpável, vou agarrá-la com unhas e dentes. — Não consigo te pagar, porque a grana tá bem curta e a conversão do real pro dólar canadense é absurda. E também não vou... *você* sabe. Mas, tirando isso, eu faço qualquer coisa!

— Eu realmente não tenho tempo. — Ele passa a mão pelo cabelo comprido, seu tom e sua expressão deixando claro que não vou ganhar esta briga.

— *Por favor* — sussurro, sem saber o que mais fazer para convencê-lo. — Eu sei que você não gosta de mim, mas você não pode me mandar embora. Tem que ter alguma coisa que você quer. Eu faço *qualquer coisa*.

Dá para ver que Justin está travando uma batalha interna. Os olhos azuis vasculham meu rosto, e sua respiração fica mais pesada.

— Tem *uma* coisa que eu quero — ele diz um tempo depois, parecendo não acreditar nas próprias palavras.

— Eu topo! — Nem preciso saber o que é.

— Eu dou aula de hóquei pra crianças todo domingo. O cara que me ajudava se formou ano passado e tá impossível encontrar gente pro trabalho voluntário. — Justin faz uma careta, como se a ideia de passar mais tempo comigo lhe causasse dor física. — Se você me ajudar, eu te ensino a trabalhar com jogos.

Ele parece tão contrariado que é difícil não ficar ofendida. Também não estou ansiosa para vê-lo *mais um dia* da semana, mas não chega a ser o fim do mundo.

— Perfeito! Eu amo crianças! — digo, com uma animação forçada.

Na verdade, não tenho muita paciência com crianças e também não sei nada sobre hóquei. Mas, a esta altura, esse é o menor dos meus problemas.

Não vai ser fácil passar tanto tempo com Justin, mas, se ele conseguir me ensinar o que preciso, talvez seja o bastante para enrolar todo mundo até o fim do termo.

Não é o plano perfeito, mas pelo menos é um plano. E isso é mais do que eu tinha alguns minutos atrás.

# 10

## ESSA É UMA DAS COISAS
## MAIS RIDÍCULAS QUE JÁ VI

É muito bom riscar mais um item da lista de "coisas que não posso deixar de fazer no Canadá", principalmente porque ainda não tenho certeza de que meu plano para não ser descoberta vai dar certo. Então, fico mais do que feliz em acompanhar Claire e Sidney para o primeiro jogo da pré-temporada.

Hóquei é um esporte muito grande em Calgary. O time oficial da cidade, o Calgary Flames, joga na National Hockey League, a liga de hóquei dos Estados Unidos e do Canadá, que é tão relevante quanto o nosso Brasileirão. Faz algumas décadas que eles não ganham nada, mas todo mundo parece confiante de que é questão de tempo até trazerem a Copa Stanley para casa de novo.

Só que não foi para um jogo do Calgary Flames que Claire me convidou, foi para um jogo do time da universidade. Tem até uma arena de hóquei dentro do campus, com um rinque de gelo que é rodeado por uma arquibancada de concreto em três lados. No quarto lado, fica uma parede vermelha com o dinossauro do Calgary Dinos junto com a logo do Calgary Flames.

O jogo nem começou e já está sendo uma experiência incrível. Tem uma energia diferente no ar. Vários alunos estão de vermelho da cabeça aos pés, alguns com bandeira e até aqueles dedos enormes de espuma, que eu só tinha visto em filmes. Mas a minha parte favorita é o mascote da universidade, que, claro, é um dinossauro. Algum estudante azarado está andando de um lado para o outro da arena com uma fantasia de dinossauro vermelha gigante, abanando uma bandeira do time acima da cabeça.

— Essa é uma das coisas mais ridículas que já vi — digo quando ele passa na nossa frente, mal conseguindo conter o riso.

— Anos atrás, ele ficava patinando até o jogo começar — Sidney sussurra para mim, quase como se fosse um segredo. — Foi antes de eu entrar na UCalgary, mas já vi alguns vídeos e posso confirmar que era ainda mais engraçado.

Como alguém que nunca patinou na vida, não consigo nem imaginar como deve ser difícil patinar no gelo com aquela fantasia, ainda por cima balançando uma bandeira.

— Será que vai demorar muito? — pergunto quando o mascote passa correndo por nós mais uma vez.

— A qualquer momento. — Claire consulta o relógio em seu punho. Ela está ainda mais ansiosa do que eu, embora seja por motivos bem diferentes. — Tá animada?

— Na verdade, tô com medo de morrer de frio — tento soar descontraída, mas batuco os pés no chão para me aquecer.

Todos os prédios da universidade têm calefação, então me acostumei a usar uma jaqueta pesada com uma roupa mais leve por baixo. Foi assim que saí de casa hoje, sem me dar conta de que a arena seria refrigerada — imagino que para manter o gelo da pista intacto. Ou seja, minhas pernas estão congelando. É um tipo de frio diferente do que estava acostumada a sentir no Brasil, que vai tomando minha pele por baixo da calça e parece chegar aos ossos.

— Vai começar! — Ela pula de pé um segundo depois, apontando para os rapazes que entram no rinque. Então, coloca as mãos ao redor da boca e grita a plenos pulmões: — Vai, Seb! Uhuuuuuuul!

Eu me levanto também, pulando mais para me esquentar do que para torcer pelo time da minha nova universidade. Ao nosso redor, todo mundo está tão animado, gritando e xingando o time adversário, que nem parece um jogo de pré-temporada.

— O Seb é o número vinte e um — Claire diz quando ele se posiciona, toda orgulhosa.

— Vou torcer por ele, pode deixar.

Como é minha primeira vez assistindo a um jogo de hóquei, ainda estou meio confusa. Mas sei que o time tem vinte jogadores no total e que eles ficam revezando entre si. Dentro do rinque são apenas seis; os outros permanecem no banco, esperando sua vez de entrar no gelo, o que acontece *o tempo todo*.

O uniforme do nosso time é de um vermelho-vivo, com um dinossauro apoiado na palavra "Dinos" bem grande no peito, e listras pretas e amarelas nos ombros. Para piorar, eles ainda vestem uma bermuda preta por cima de uma calça térmica e meiões. Ninguém consegue ficar bonito com um look desses. A roupa do outro time, os Cougars da Universidade de Regina, é bem parecida, mas de um amarelo vibrante com um puma no meio.

Passo a maior parte do jogo tentando me lembrar das regras que estudei e me situar na partida, mas, quando acho que estou pegando o jeito, acontece algo que me deixa confusa de novo. Sem contar que manter o disco em vista é muito mais difícil do que eu esperava. Mesmo estando sentada bem na frente, o disco é tão pequenininho que de repente aparece do outro lado do rinque e eu não faço ideia de como foi parar lá.

Apesar disso, a energia é contagiante, e quando vejo estou gritando junto com os outros torcedores e xingando quando Claire reclama que estamos sendo roubados. Mesmo um pouco perdida, a eletricidade dentro da arena é o suficiente para me fazer querer assistir aos próximos jogos.

— Esse árbitro tá perseguindo o Seb! — Claire se vira para nós, o rosto escarlate de raiva, quando o namorado é penalizado pela quarta vez.

Essa é a parte mais engraçada no hóquei. Os jogadores são penalizados com uma frequência assustadora e, em vez de ganhar cartão vermelho ou amarelo, eles são colocados em uma caixa de vidro que fica na lateral do rinque, como se estivessem de castigo, ficando por um tempo presos lá dentro dependendo da infração que cometeram.

Nós levamos um gol enquanto Sebastian está na *penalty box* e estamos com uma pessoa a menos no rinque — dois a um para nós. Assim que ele entra na partida de novo, um dos nossos jogadores se aproxima e, pelo jeito que Seb o recebe, dá para ver que tem algo de errado. Os dois discutem por alguns segundos, se peitando como se estivessem prestes a começar uma briga, mas um terceiro rapaz se aproxima antes que a situação saia do controle. Nenhum dos dois parece feliz, mas eles se afastam.

— Lá vem o Justin querendo causar confusão. — Claire se vira para Sidney com uma careta impaciente no rosto. — Seu irmão é um pé no saco às vezes.

— Eu não me meto nessa rixa. — Sidney ergue as mãos em frente ao corpo.

Acho que, em algum lugar da minha mente, eu já tinha a informação de que Justin joga hóquei, até porque ele dá aulas aos domingos. Ainda assim, não tinha me dado conta de que ele estaria no jogo de hoje. Eu me acostumei a vê-lo como supervisor do *Ice Stars*, e é estranho ter que colocá-lo em uma nova caixinha.

— Meu irmão e o Seb não se dão muito bem... estão sempre brigando — Sidney me explica enquanto Claire levanta, nervosa porque um jogador adversário se aproximou demais do nosso gol.

— Aconteceu alguma coisa entre eles? — Meus olhos acompanham Justin, que corre para tomar o disco.

— Acho que é coisa antiga. — Sidney dá de ombros, como se não ligasse muito. Então ela também fica de pé e aponta para o rinque, assustada. — Meu Deus, essa foi por pouco!

Eu apenas continuo sentada, meus olhos, por algum motivo, acompanhando Justin em vez de seguirem o disco como deveriam.

# 11

## UMA TARDE DIVERTIDA
## E UM POUCO HUMILHANTE

A arena vazia parece um lugar completamente diferente de ontem. Sem os jogadores gritando uns com os outros e a torcida pulando na arquibancada, sinto até uma espécie de vazio.

Justin já está no rinque quando chego, usando um conjunto de moletom cinza e patinando de um lado para o outro, brincando com o disco. Ao mesmo tempo que seus movimentos são bruscos, eles têm certa graciosidade, quase como se estivesse dançando.

Justin acerta o gol e dá uma volta atrás da trave, fazendo tudo parecer tão simples que quase acredito que conseguiria patinar assim também. Então ele finalmente me nota e vem, devagar, até onde estou. Não dá para ver direito por causa da distância, mas posso jurar que ele revira os olhos.

— Você chegou cedo. — Ele para na minha frente com o cenho franzido.

Prometi que seria mais gentil com ele. Justin está me fazendo um favor e pode mudar de ideia a qualquer momento e me delatar para o sr. Harrison. Não é porque começamos com o pé esquerdo que precisamos brigar o tempo todo, certo? O problema é que, quando ele me fita assim, como se preferisse qualquer outra pessoa no meu lugar, fica difícil manter a compostura.

— Você também. — Forço um sorriso.

— Eu costumo treinar antes das aulas — ele diz, seco, sem se deixar influenciar pela minha tentativa de ser agradável.

— E eu pensei que seria bom você me ensinar a patinar antes dos alunos chegarem — explico, mas sinto a impaciência crescendo dentro de mim.

— Você não sabe patinar? — ele pergunta, os olhos semicerrados. — Você não achou que essa era uma informação relevante quando eu falei que precisaria de você pras aulas de hóquei?

Claro que pensei. Mas também pensei que seria um motivo para ele dar para trás.

— Quantas vezes você acha que eu tive a chance de patinar no gelo no Brasil? — devolvo, cruzando os braços.

Três minutos na sua presença e minha resolução de ser gentil foi para o saco. Este é o efeito que Justin tem sobre mim.

— Como eu vou saber que esportes vocês praticam no Brasil? — Justin retruca, torcendo os lábios.

— A gente mal tem neve lá, então patinação no gelo e hóquei com certeza não estão na lista. — Reviro os olhos, o que faz com que ele semicerre os seus. Como sei que não vou ganhar nada reforçando a nossa inimizade, respiro fundo. — Mas eu aprendo rápido. Tenho certeza de que antes das crianças chegarem eu já peguei o jeito.

Ele assente, mas ainda parece contrariado. Deve estar se segurando para não me mandar embora e cancelar o acordo. Como sou a maior interessada em garantir que o nosso combinado continue de pé, me obrigo a recobrar a compostura.

Ter o meu destino nas mãos de alguém que não gosta nem um pouco de mim foi uma das piores coisas que poderiam ter me acontecido.

Escrito na neve • 73

— Onde pego os patins? — digo, antes que mude de ideia.

— Lá naquela sala. — Justin aponta para uma das portas na parede vermelha com o Dino.

Pego o celular para mandar uma mensagem para Flávia.

Helena:

Será que se eu quebrar a perna posso culpar a universidade e usar isso como chantagem pra não ser expulsa?

Flávia:

E como você pretende quebrar a perna?

Helena:

Patinando

Flávia:

Alguém te obrigou a patinar?

Helena:

Não exatamente

Flávia:

Então acho que não

Mas não esquece de gravar e me mandar

Helena:

Eu te odeio

Guardo o celular em um dos armários e calço os patins, agradecendo Claire mentalmente por ter me emprestado sua meia-térmica. A esta altura, minha colega de quarto já percebeu que sou friorenta. Não só por causa do meu sofrimento ontem durante o jogo, mas porque reclamo mais do frio a cada dia que passa. E ainda nem começou a nevar!

Pelo menos vim preparada desta vez. Estou com uma meia-calça grossa por baixo da calça de moletom, uma blusa de manga comprida, um suéter e uma jaqueta peluciada, além do cachecol e do gorro. Eu não diria que é um look bonito, mas o importante é que não estou passando frio como ontem.

— O que eu preciso saber? — grito para chamar a atenção de Justin quando chego à entrada do rinque.

Ele está na ponta oposta, mas se aproxima de mim em poucos segundos, parando bem na minha frente com uma derrapagem perfeita, lançando pequenos pedaços de gelo ao seu redor. Ele nem disfarça que está apenas se exibindo.

— Faltou colocar o capacete, a tornozeleira e a joelheira. — Ele abre um sorrisinho convencido.

— Você não está usando nada disso! — Minha voz sobe uma oitava, indignada.

Não sou contra me precaver, pelo contrário. A mensagem sobre quebrar a perna era apenas brincadeira. O problema é ter que voltar até o vestiário, tirar os patins, colocar a proteção e calçá-los de novo.

— Eu sou profissional, Helena. — Ele encolhe os ombros, e o brilho em seus olhos me diz que não me avisou sobre os equipamentos de propósito. — Você vai patinar pela primeira vez.

Com um suspiro, volto para o vestiário e faço todo o procedimento de novo, dessa vez me perguntando qual som o taco faria se eu batesse com ele na cabeça de Justin.

Escrito na neve • 75

Quando volto, ele está me esperando e, dessa vez, não faz nenhum floreio para se aproximar.

— O mais importante é ter cuidado e calma — ele me explica em um tom professoral. — Segure na borda e entre marchando. Aos poucos, você vai pegar confiança e começar a deslizar.

Tento fazer o que ele disse, mas marchar no gelo é terrível, então só coloco um pé na frente do outro devagar, meio caminhando, meio deslizando.

A sensação de estar sobre o gelo é bem diferente. Ele é mais escorregadio do que eu imaginava, e tem ranhuras e desníveis que me desequilibram.

— Fica perto da borda pra poder se segurar. — Justin me acompanha, a mão estendida para me ajudar caso seja necessário. — Se você perder o equilíbrio ou estiver indo rápido demais, pode dobrar os joelhos e colocar as mãos sobre eles. — Ele faz uma demonstração. — Só nunca se apoie com as mãos no gelo. Você não vai se machucar se cair de joelhos ou de bunda, mas *nunca* apoie as mãos.

— Acho que entendi. — Concordo com a cabeça.

Solto minhas mãos da borda, uma de cada vez, testando quanto posso me arriscar. Deslizo por alguns metros e nada de ruim acontece, então me afasto mais, acelerando um pouco. Quanto mais rápido vou, mais confiante me sinto. Não é muito diferente de andar de patins normal, e eu passei a infância toda brincando com a minha irmã na rua de casa — tudo bem que eu quebrei o punho uma vez, mas isso é apenas um detalhe.

— Quer apoio? — Ele oferece uma das mãos.

— Não, obrigada. — Sei que é idiota, mas quero mostrar que não preciso da ajuda dele.

Assim que nego, meu pé esquerdo encontra uma ranhura e a segue, indo muito para o lado e formando um ângulo que não parece natural. Perceber isso me desespera, é claro, e, como forma de compensar, jogo a outra perna mais para a direita. Antes que eu possa me agarrar na borda, minhas pernas abrem em direções contrárias, me fazendo perder o equilíbrio e cair de bunda no chão.

O impacto reverbera pelas minhas pernas, e sei, na hora, que vou ficar com um roxo enorme, mas a pior parte, com certeza, é o ego ferido. Nada dói tanto quanto saber que levei um tombo na frente de Justin.

— Tá tudo bem — ele fala como se eu fosse uma criança, o que só piora tudo. — Seu primeiro tombo até que foi tranquilo.

— Por que você não me segurou? — Minha voz sai cheia de raiva.

Estou pronta para brigar. Até quero um motivo para descontar minha frustração e vergonha em cima dele, mas Justin não responde, e sou obrigada a me remoer em silêncio.

Ele estende a mão, mas a empurro para longe e tento me levantar sozinha, esquecendo por completo as suas instruções. Assim que minha pele toca o gelo, entendo o aviso de Justin. Minha mão arde. E não só porque o gelo está, obviamente, gelado, mas porque é áspero e pontiagudo, o suficiente para arranhar minha palma e causar um sangramento leve.

— Eu avisei pra não se apoiar nas mãos. — O rosto de Justin se contorce em uma careta, e pelo seu tom até parece que *ele* está bravo *comigo*.

Justin não se oferece para me ajudar de novo, apenas observa enquanto tento fixar uma das pernas no gelo e usá-la para dar impulso.

— Não foi nada de mais. — Esfrego as mãos na calça, sentindo um pequeno incômodo.

— Deixa eu ver — ele pede, ainda em um tom irritado, como se eu tivesse me jogado no chão de propósito.

Demoro um segundo para responder, e, quando me dou conta, Justin já está segurando minha mão nas suas. Apesar do jeito impaciente, ele pega minha mão com cuidado, e o toque sutil faz um arrepio percorrer do ponto que ele encosta até os dedinhos dos meus pés. Se já estava difícil me equilibrar antes, agora, com as pernas trêmulas, fica quase impossível.

Quero puxar a mão de volta, mas todas as minhas terminações nervosas parecem estar sobrecarregadas. Eu mal consigo respirar. A única coisa que meu cérebro tem capacidade de fazer é estudar as nossas mãos, comparando a palma pequena e marcada por pontinhos de sangue com a sua, tão grande que poderia engolir a minha.

— É melhor fazer um curativo — ele diz, a voz mais rouca que o normal.

Então Justin me solta e desliza para trás.

Finalmente consigo respirar. Puxo o ar como se estivesse há uma semana sem inspirar fundo, e é mais ou menos assim que me sinto, mesmo que tenham sido apenas alguns segundos. Levanto os olhos e encontro uma expressão consternada no rosto de Justin, além das bochechas avermelhadas.

Não faço ideia do que está acontecendo, mas não gosto das reações do meu corpo. Não gosto nem um pouco.

— Acho que não precisa — consigo dizer, mas minha voz sai meio esganiçada.

— Precisa — ele informa, seco. — Tem um kit de primeiros socorros lá no vestiário.

E é isso. Ele nem me ajuda a sair do rinque. Apenas vira as costas e continua patinando, sem dar a mínima.

Vou até o vestiário com o ego ferido e, acima de tudo, irritada com a reação de Justin. Porque não dá para entender. Como alguém parece preocupado e cuidadoso e ao mesmo tempo irritado e impaciente? Quero grunhir de frustração, mas apenas respiro fundo e me convenço de que não posso deixar que Justin — logo Justin! — mexa comigo deste jeito.

Demoro uns bons minutos para fazer o curativo, o tempo todo o xingando por não oferecer ajuda. Do vestiário, ouço o barulho dos patins e do taco contra o gelo, o que quer dizer que ele está lá treinando, completamente indiferente.

Quando volto, um garoto está no rinque com Justin e os dois passam o disco de um lado para o outro.

— Helena, você pode ficar aí fora hoje — Ele aponta com a cabeça quando uma menina entra na arena. — Pode ajudá-los a colocar as proteções, depois me auxiliar com os equipamentos... esse tipo de coisa.

A sugestão me deixa aliviada; eu de fato não estou pronta para entrar no rinque de novo tão cedo.

A maioria dos alunos são meninos de cerca de dez anos, mas tem algumas meninas também. São dezesseis crianças no total, e todas parecem muito animadas. Além disso, fica claro o quanto Justin gosta de dar aula. Ele é muito mais paciente com eles do que foi comigo, explicando termos e movimentos de hóquei quantas vezes forem necessárias.

É uma tarde divertida e um pouco humilhante, porque as crianças são mil vezes melhores no gelo do que eu. Mas é muito legal vê-las se divertindo e observar Justin trabalhando, o modo como consegue dar atenção individual para cada uma.

Em poucos minutos, entendo por que ele queria uma assistente. Não faço ideia de como dava conta de tantas crianças sozinho. Preciso ficar de olho nelas o tempo todo para garantir que estão seguindo as instruções e que não estão tirando o capacete — tenho que intervir com quatro crianças diferentes sobre isso. Também separo uma briga e ajudo uma menina que cai e machuca a mão, do mesmo jeito que aconteceu comigo. A gente até compara os machucados!

Escrito na neve • 79

Não era assim que eu tinha imaginado meu novo trabalho voluntário, mas é com certeza a melhor forma de passar a tarde de domingo. Apesar disso, não consigo relaxar por completo porque sempre tem uma nuvem pairando sobre a minha cabeça, me lembrando de que Justin pode mudar de ideia a qualquer momento e acabar com a minha vida. Mas não parece que esse momento vai ser hoje.

Quando a aula acaba, duas horas depois, estou suada e cansada. Ajudo Justin a organizar tudo, e ele me libera, dizendo que vai aproveitar para treinar mais um pouco.

Na rua, sou abraçada pelo friozinho de meio de tarde, que só reforça a sensação de que, por mais que meu mundo esteja a um fio de desabar, pelo menos o dia de hoje foi bom. E, na situação em que estou, a única coisa que posso fazer é viver um dia de cada vez. E mandar uma mensagem para Flávia.

Helena:

> A aula foi muito mais legal do que eu esperava

> Quem sabe até o fim do termo eu viro uma profissional de hóquei

Espero um minuto para ver se minha irmã vai me responder, mas faz mais de uma hora que ela não fica online. É provável que esteja aproveitando o domingo para colocar os estudos em dia.

Escolho a playlist com minhas músicas mais ouvidas e guardo o celular no bolso. "Pupila", de Anavitória e Vitor Kley, começa a tocar, o que é bem conveniente porque, no momento em que ouço "Gosto do seu cheiro, da cor do seu cabelo", avisto um casal se agarrando dentro de um carro no estacionamento. Sei que é feio ficar encarando, mas, por algum motivo, não consigo desviar o olhar.

Assim que Vitor Kley canta "Que ela faz minha pupila dilatar", os dois se separam por tempo suficiente para eu entender o que chamou tanto a minha atenção: o rapaz no carro é Sebastian, mas a garota ruiva ao seu lado definitivamente não é a Claire.

# 12

## SÓ PRA VOCÊ SE LEMBRAR
## DE TUDO QUE PODE PERDER

Estaco no meio do estacionamento, encarando enquanto Sebastian faz carinho no rosto da garota, desce a mão até o pescoço dela e a puxa para mais um beijo cheio de paixão.

E o pior é que a música continua tocando nos meus fones, como se esta fosse a cena mais romântica do mundo.

"Só ele faz minha pupila dilata-a-ar."

Devo confrontar Sebastian? Tirar uma foto? Sair correndo? Continuar andando e fingir que não vi nada?

No fim, demoro demais para me decidir, e é claro que uma pessoa boquiaberta parada na frente do carro chamaria a atenção deles. "Sabe, depois que eu te conheci, ficou difícil de viver", canta o Vitor Kley, e Sebastian levanta os olhos, encontrando os meus. Por um segundo, ele nem liga. Mas aí acho que se lembra de onde me conhece, porque empurra a ruiva para longe e se ajeita no banco, dizendo algo que, por leitura labial, parece muito com *fuck*.

Ficamos ali, ele dentro do carro e eu do lado de fora, nos encarando, esperando que a situação se resolva sozinha. Por um momento, parece que ele vai ficar imóvel até eu ir embora, e então vai apenas fingir que nada aconteceu e me chamar de louca se eu contar para Claire. Mas, depois do que parecem horas, ele diz algo para a garota e sai do carro, sem pressa nenhuma.

Eu tinha esquecido como Sebastian é alto, quase tanto quanto Justin. Seus ombros estão para trás, o peito estufado como se tivesse orgulho de ser flagrado traindo a namorada. Seus passos são lentos, e ele vai tomando todo o controle da situação para si.

— Oi, Helena — ele diz quando para na minha frente, a voz tranquila.

— Oi, Sebastian. — Quero confrontá-lo, mas não consigo, ainda mais porque ele me fita como quem acha que não fez nada errado.

— O que você tá fazendo aqui? — Seu tom não é de acusação, é como dois colegas que mal se conhecem e se encontram do outro lado da cidade em uma terça-feira de manhã enquanto deveriam estar na faculdade.

— Eu tô fazendo trabalho voluntário na arena. — Aponto para o prédio.

— Com o Justin? — Ele franze o cenho.

— Isso... dando aula de hóquei pra crianças. — Então percebo que não sou eu que preciso dar explicação e completo: — E você tá fazendo o que por aqui?

É a primeira vez que Sebastian demonstra algum desconforto. Ele passa a mão pelo cabelo castanho e olha para o outro lado do estacionamento.

— Eu tava conversando com uma amiga... — Sebastian indica o carro com a cabeça, de onde a ruiva nos observa. — Ela tava com uns problemas e precisava de alguém pra desabafar.

Nem tenho que me esforçar para entender o que ele está fazendo. Sebastian quer me convencer de que entendi tudo errado, de que não vi os dois se agarrando. Mas, a não ser que ela esteja com algum problema na língua e que eles estivessem procurando uma solução prática, sei muito bem o que vi.

— E a Claire sabe que você tá aqui? — Ergo as sobrancelhas para deixar bem claro que ele não me convenceu.

— A Claire é meio ciumenta... — Sebastian balança a cabeça como quem diz que a namorada é exagerada. — Se eu contasse pra ela, seria motivo pra uma briga enorme, e não tem necessidade disso.

— Eu não vou mentir pra ela. — Cruzo os braços, me esforçando para parecer confiante, apesar de ele ser uns bons dez centímetros mais alto do que eu.

— Eu não tô te pedindo pra mentir. — Sebastian abre um sorriso tranquilo, até carismático. — É só... não comentar nada.

— Desculpa, Sebastian. — Mantenho o tom firme, mesmo querendo evitar uma briga. — O que a Claire vai fazer com essa informação não é problema meu, mas eu vou contar, sim.

— Você vai arrumar confusão sem necessidade nenhuma. — Ele balança a cabeça de novo. — E você devia pensar um pouco em si mesma, não acha? Você acabou de chegar ao Canadá, e as coisas não são fáceis pra estrangeiros. Qualquer probleminha e você pode ser deportada.

Às vezes, algumas expressões em inglês se embolam na minha cabeça e eu tenho que deduzir o sentido pelo resto da frase. Não é o que acontece agora. Entendo muito bem cada uma das palavras. E, mais importante, entendo o significado por trás delas: Sebastian está me ameaçando.

— O que você quer dizer com isso? — Minha voz sai incerta, transparecendo medo.

Sebastian não tem como saber do erro com o meu currículo, tem? Repeti para Claire um milhão de vezes que ela não podia contar para ninguém, porque meu intercâmbio estava em jogo; ela não trairia minha confiança deste jeito. Não, com certeza são apenas ameaças vazias para me intimidar.

— Nada. — Ele encolhe os ombros. — Só tô te dando um toque. Só pra você se lembrar de tudo que pode perder.

— Quem tem algo a perder aqui é você. — Semicerro os olhos, me deixando levar pela raiva. — Se você não quer que a Claire descubra por mim, pode entrar no carro e dirigir até o nosso dormitório, porque assim que eu chegar no quarto ela vai ficar sabendo da sua traição.

Pelas reações de Sebastian até agora, eu não esperava que ele fosse recuar e se desculpar, pelo contrário. Ele se aproxima de mim, e eu tenho que me segurar para não me encolher.

— Ei, ei, ei! — Uma voz quebra o silêncio tenso entre nós. — O que tá acontecendo aqui?

De repente, Justin está ao meu lado, o corpo levemente em frente ao meu, servindo como um escudo, perto o suficiente para fazer Sebastian se afastar.

— Não é da sua conta. — Assim que coloca os olhos sobre Justin, a expressão de Sebastian muda. Se antes ele estava firme e ameaçador, agora está com ódio e nojo.

— Helena? — Justin se vira para mim e, para a minha surpresa, seu rosto é quase um espelho do de Sebastian.

— Tá tudo bem. — Respiro fundo, tentando me acalmar.

— A situação tá bem clara pra nós dois — Sebastian concorda, a voz ainda cheia de ódio.

Ele se vira, marcha até o carro e abre a porta com tanta força que a garota se encolhe.

Justin e eu ficamos em um silêncio pesado, apenas observando o carro roncar ao longe.

— Você tá bem? — Sua voz soa mais tranquila quando ficamos sozinhos.

— Acho que sim.

Mas não tenho tanta certeza. Agora que Sebastian foi embora e meu corpo consegue relaxar, a realidade do que acabou de acontecer me acerta como um soco. Meus ombros tremem de leve, mas acho que é pelo susto ou pelo estresse, porque não derramo uma lágrima.

Estou encurralada. Por um lado, sinto a obrigação moral de contar o que presenciei para Claire. Não tenho certeza de que ela gostaria de saber, mas eu não conseguiria viver guardando este segredo. Por outro, Sebastian tem razão; se ele quiser me ferrar e não tiver muitos escrúpulos, é bem fácil me incriminar de alguma coisa e fazer com que eu seja deportada.

— Quer entrar? — Justin oferece, preocupado o bastante para deixar todas as nossas diferenças de lado. — Pra respirar um pouco e tomar uma água.

— Não, não. — Suas palavras me despertam do transe, e eu balanço a cabeça, já andando para longe. — Eu preciso falar com a Claire.

Justin não diz mais nada, só observa enquanto me afasto.

Sozinha com meus pensamentos, percebo que a playlist ficou ligada este tempo todo, e outra música toca baixinho no meu ouvido.

"E até quem me vê lendo o jornal na fila do pão sabe que eu te encontrei."

# 13

## NÃO VALE A PENA O RISCO

Eu me sinto como no primeiro dia na UCalgary, mas, em vez de estar enrolando para chamar o elevador, estou com medo de entrar no meu próprio quarto.

Um barulho escapa pela fresta, então sei que Claire está lá dentro, e isso me dá ainda menos coragem de entrar. Porque, assim que eu ficar cara a cara com ela, vou ter que tomar uma decisão. Vou ter que decidir se conto para a minha colega de quarto que ela está sendo traída ou se deixo Sebastian se safar — provavelmente desta e de muitas outras traições.

Eu deveria entrar de uma vez, até porque preciso estudar os links que Justin me mandou sobre programação. Mas, como sempre que tenho que fazer uma escolha difícil, recorro à Flávia. Também estou com saudade de ouvir a voz da minha irmã, então encontro uma sala vazia e aproveito a desculpa para ligar para ela.

— Alô? — Ela demora para atender e, quando atende, está com uma cara de cansada.

— Eu sei que você tá estudando, mas preciso da sua opinião — digo e, porque sei que vai deixá-la mais interessada, acrescento: — E tenho uma fofoca.

— Manda. — Ela fica mais acordada no mesmo instante.

— O Sebastian tá traindo a Claire!

— O Seb? — Flávia fica tão chocada que sua voz sai desafinada. — Não acredito!

— Seb? Amo que parece que você tá falando dos seus amigos de infância. — Balanço a cabeça, mas não consigo conter o calorzinho que se espalha em meu peito só por ouvir a voz dela. — Você não conhece nenhum dos dois, Flá!

— Não conheço mesmo, porque eu jamais esperaria que ele fizesse algo desse tipo! — Ela faz uma careta decepcionada. — Você já leu a legenda das fotos que ele posta com ela? Todo apaixonado!

— Na internet é fácil. — Lembro como Sebastian estava quase sugando a outra garota, bem longe de parecer apaixonado por Claire.

— Me conta os detalhes!

Aproveito que não tem ninguém por perto e passo mais de meia hora ao telefone. Narro tanto a nossa discussão quanto a disputa para ver quem é mais macho alfa que rolou entre Sebastian e Justin. Minha irmã ouve com atenção, fazendo comentários como "que desgraçado" e "o Justin devia ter dado um pau nele!".

— Eu não sei o que fazer... acho que no lugar dela eu gostaria de saber. — Suspiro, me sentindo muito melhor só por ter dividido o fardo com alguém. — Ele basicamente ameaçou me deportar, mas eu não quero que a Claire continue sendo enganada.

— Mas como ele faria você ser deportada? — Flávia é irônica, sem disfarçar que acha que estou viajando.

— Sei lá... vai que ele esconde drogas no meu colchão?! A gente nunca sabe realmente até onde as pessoas estão dispostas a ir.

— Eu acho que ele não vai fazer nada — Flávia começa e, quando abro a boca para protestar, ela levanta um dedo, me interrompendo. — E acho que você não deve contar pra Claire. Você não sabe como ela vai reagir, e vocês vão ter que dividir o quarto por mais quatro meses. Não vale a pena o risco, Lelê.

Claro que o argumento de Flávia faz sentido. Mas ao mesmo tempo parece tão errado que só me dá ainda mais certeza de que preciso contar a verdade. Claire não merece ser enganada só porque quero me proteger.

— Obrigada por me ouvir, Flá — digo, me levantando e apressando o passo pelo corredor. — Eu tenho que ir, depois te conto como foi!

— O que você...

Nem deixo minha irmã terminar a frase. Eu me conheço o bastante para saber que, se eu não falar com Claire agora, a chance de acabar desistindo é alta.

Entro no quarto decidida, mas grande parte da minha determinação cai por terra quando dou de cara com Claire arrumando o guarda-roupas. Ela está com um short curtinho e uma regata que não chega ao umbigo, deixando o piercing à mostra. O cabelo está amarrado em um rabo de cavalo com mais fios soltos do que presos, e ela tem uma expressão tranquila. A pior parte é que dá para ver como ela está empolgada. Seu celular está no volume máximo, tocando uma música francesa, e ela rebola enquanto dobra as roupas.

— Dia de faxina! — ela diz com seu sotaque carregado, gritando por cima da música. — Seu lado tá sempre arrumado, eu tava começando a me sentir mal.

— Não tem problema — respondo, apesar de me incomodar diariamente com a bagunça dela.

Fico parada no meio do quarto, sem saber como proceder. Claire continua dançando e arrumando as coisas, mas minha

Escrito na neve • 89

falta de reação deve ser estranha porque, alguns minutos depois, ela para de dobrar uma calça de um tom amarelo horrível e se vira para mim.

— Tá tudo bem? — Claire me analisa por um segundo e volta para o que estava fazendo, mas em um ritmo mais lento e ainda me olhando de lado. — Você tá com uma cara péssima.

— Na verdade... — Não sei por onde começar. Nunca tive que contar sobre uma traição. — A gente precisa conversar.

Claire para de novo, desta vez virando o corpo todo para mim. Algo na minha expressão deve deixar claro que é um assunto sério, porque ela se senta na cama e desliga a música.

— O que aconteceu?

Eu me sento também e aperto as mãos no colo. Devo falar de uma vez e arrancar logo o curativo? Ou vou aos poucos, dando a notícia com calma?

— Eu não sei se tô me metendo num assunto que não deveria... mas você virou uma grande amiga nestes vinte dias e sinto que é meu dever ser honesta — começo, procurando a forma menos agressiva, mas ainda direta, de abordar o assunto. Respiro fundo, e digo de uma vez: — Eu vi o Sebastian com outra garota hoje.

Claire pisca duas, três, quatro vezes. Bem rápido. Quase dá para ver seu cérebro se revirando para processar a informação.

Nunca estive no seu lugar, então não consigo imaginar a dor que está sentindo. A única coisa que posso fazer é continuar ao seu lado para ajudá-la a lidar com a notícia da forma que achar melhor.

Mesmo esperando (quase) qualquer reação, Claire ainda me surpreende: ela sorri. Um sorriso tímido e até meio desesperado, mas ainda um sorriso.

— Engraçada. — Ela solta uma risadinha forçada. — Muito engraçada você.

Sei que é bem comum entrar em negação ao se descobrir que está sendo traída. Conheço pessoas que acabaram com amizades de *anos* porque não queriam aceitar a verdade, então, que chance tem uma amizade de vinte dias? Mesmo assim, me mantenho firme.

— Eu sinto muito por ter que te contar assim. — Mordo o lábio inferior, meus olhos fixos nos dela. Quero que tenha certeza de que não estou mentindo.

— E o que ele tava fazendo com essa outra garota? — Claire levanta o queixo, me desafiando.

— Eles estavam se beijando. — Suspiro, me obrigando a manter o contato visual, embora esteja cada vez mais difícil. — E, antes que você pergunte, eu tenho certeza do que vi. Não tenho nenhuma dúvida.

— *C'est pas possible*! — Ela balança a cabeça, mas seus olhos estão ficando vermelhos.

— Entendo que é difícil de acreditar, mas eu jamais brincaria com uma coisa dessas. — Meu tom é suave, e estico a mão para segurar a dela, cobrindo o espaço entre as camas.

Mas Claire não quer o meu apoio. Ela se levanta em um rompante e se afasta, como se o problema fosse sumir se ela ficar longe de mim.

— Não, ele não faria isso. — Ela parece estar falando consigo mesma mais do que comigo. — Não depois que... não comigo... não!

Quando Claire se vira para mim, entendo que a situação é muito pior do que imaginei.

— Por quê? — ela pergunta com a voz mais alta, preenchendo todo o quarto. — Por que você tá fazendo isso?

— Isso o quê? — Franzo as sobrancelhas, confusa.

— Mentindo pra mim! — A cada palavra, seu rosto vai ficando mais escarlate. — Quem te mandou falar isso? Foi a

Escrito na neve • 91

Sidney? Ela não gosta do Seb, mas achei que fosse só por causa da rixa com o Justin, nunca imaginei que...

— Claro que não! — interrompo, antes que seus devaneios a levem para tão longe que eu não consiga mais resgatá-la. — Ninguém me mandou fazer nada. Eu só achei que você merecia saber a verdade.

— Você é uma *menteuse*!

Não sei o significado da última palavra, mas, pelo jeito que Claire praticamente rosna para mim, dá para presumir que não é nada de bom.

— Claire, eu sei que você tá chateada, mas eu ju...

— Eu quero provas. — Ela ajeita os ombros, decidida.

— Provas?

— É. Ou você acha que eu vou acreditar mais em uma garota que acabei de conhecer do que no meu próprio namorado? — Claire cruza os braços, exibindo uma expressão vitoriosa.

A pior parte é que entendo como ela está se sentindo. Até onde sei, nunca fui traída por Igor, mas este é o tipo de reação que eu teria se alguém tivesse me falado que ele estava com outra garota. Sei como é namorar uma pessoa que vai preenchendo sua vida aos pouquinhos até se tornar o centro de tudo, e como é difícil aceitar a perda dessa referência.

— Por que eu mentiria pra você? — Um nó se forma na minha garganta, e eu engulo em seco para conter a vontade de chorar.

Depois de ter discutido com Sebastian no estacionamento, o que eu menos queria era brigar com Claire também.

— Você que me diz! — Ela coloca as mãos nos quadris. — Eu mal te conheço, não tenho motivo nenhum pra acreditar na sua palavra. O Sebastian é meu namorado há mais de um ano! Ele jamais faria isso comigo!

Sem me dar a chance de retrucar, Claire atravessa o quarto e bate a porta com força atrás de si.

Eu fico só encarando o vazio, me perguntando como um dia que começou tão bem pôde acabar de maneira tão desastrosa.

# 14

## ACHO QUE PREFIRO SER DEPORTADA DE UMA VEZ

Faz cinco dias que Claire e eu brigamos e faz cinco dias que mal a vejo.

Nós nos esbarramos pelo corredor ou entrando e saindo do quarto, mas ela sempre passa por mim de cabeça baixa e, quando tento abordá-la, finge que não me ouve e apresa o passo para longe. Como não está dormindo aqui, imagino que esteja ficando com Sebastian.

Por mais que eu queira ignorar o que está acontecendo e seguir minha vida, ando de péssimo humor. Passei duas noites escondida debaixo da coberta, chorando ao telefone com Flávia — que, como a ótima irmã que é, não disse o "eu te avisei" que provavelmente estava entalado na garganta. Mas nem todos os momentos são de tristeza. Tem horas que só falta eu gritar de raiva por Claire ter escolhido acreditar em um cara que não vale nada. E daí que ela mal me conhece? Como ela não percebe que eu não ganharia nada com uma mentira dessas?

A pior parte, no entanto, é que não consigo afastar o peso da responsabilidade. É impossível ignorar todos os sinais de que o relacionamento dos dois não é saudável. E, como alguém que acabou de se livrar de um namoro assim, não é meu dever ajudar Claire? Sei melhor do que ninguém como é difícil sair desse tipo de situação. Mas, depois de como ela reagiu, acho que não tem nada que eu possa fazer além de esperar que ela caia na real por conta própria. Enquanto isso, só me resta aceitar que perdi a amiga mais próxima que fiz no intercâmbio.

Pelo menos Sidney não escolheu nenhum lado e continua almoçando comigo, mesmo que Claire não esteja com a gente.

— Obrigada por ter me feito companhia hoje — agradeço enquanto caminhamos em direção ao prédio de ciências da computação. — Eu tava precisando.

— Se você quiser me contar o que aconteceu, eu posso tentar ajudar — Sidney oferece, mas, pelo seu tom contido, acho que sabe qual vai ser a resposta.

Claire contou para ela que nós brigamos, mas não quis dar detalhes. E, por mais que eu adoraria ter alguém com quem conversar a fundo sobre o assunto — e de preferência xingar Sebastian —, não é meu papel compartilhar isso com Sidney. No lugar de Claire, eu ficaria ainda mais chateada se descobrisse que estavam fofocando pelas minhas costas. Sem contar que, se eu fosse traída, gostaria que o menor número possível de pessoas soubesse.

— Não sou eu que devo te contar essa história. — Encolho os ombros, indo contra tudo que meu coração pede no momento. — Eu queria muito conversar, mas é um assunto pessoal da Claire.

— Tudo bem. — Sidney anui, apesar de não parecer muito feliz. — Mas, independentemente do que aconteceu, é bom você saber que a Claire consegue ser bem cabeça dura.

— Isso quer dizer que ela vai continuar fugindo de mim? — A ideia de permanecer presa nesta situação me desanima ainda mais.

Escrito na neve • 95

— Se ela acha que tá certa, sim. — Sidney abre um sorriso triste de quem acabou de dar uma péssima notícia e está tentando amenizar o estrago. — Uma vez ela ficou chateada porque a gente combinou de ir numa festa, mas eu saí com uma garota e acabei esquecendo de avisar. Ela foi sozinha pra festa sem conhecer ninguém, o que é mesmo um saco, mas não acho que era motivo pra ficar dois meses sem falar comigo.

— *Dois meses*? — Fico tão chocada que quase tropeço nos meus próprios pés. — Eu tô ferrada, então. Ela só vai me perdoar quando eu estiver de volta no Brasil.

— Eu vou tentar falar com ela — Sidney diz quando chegamos em frente ao prédio.

— Obrigada — agradeço, grata de verdade.

Por mais que na maior parte do tempo eu esteja fumegando de raiva de Claire, tudo que mais quero é que as coisas entre nós voltem ao normal. Ela era a pessoa de quem eu me sentia mais próxima no Canadá. Era com ela que eu ficava conversando até cair no sono, quem me apresentou todos os amigos que fiz aqui e a única pessoa em quem confiei o suficiente para me abrir sobre o *Ice Stars* — além de Justin, mas com ele foi uma situação bem diferente. O fato é que era Claire quem me fazia sentir bem-vinda, e não vai ser fácil lidar com este distanciamento.

— E o Neymar? — Dylan se debruça sobre a mesa como se estivéssemos compartilhando um segredo.

— O que tem ele? — pergunto, confusa.

— Vocês se conhecem? — Ele ergue as sobrancelhas em expectativa, empolgadíssimo com a mera possibilidade.

Os encontros do *Ice Stars Project* melhoraram muito depois que comecei a ter aulas particulares com Justin e passei a entender um pouco sobre desenvolvimento de jogos. Mas a melhor parte é fazer novos amigos. Gosto muito de todo mundo que trabalha no projeto, então as tardes de terças e quintas costumam ser bem agradáveis.

Ainda estou fingindo que meu inglês é péssimo, porque basta eu dar uma escorregada e esquecer de exagerar o sotaque para as perguntas sobre o *Ultimate Soccer Battle* começarem. Até me pediram para trabalhar no sistema *multiplayer*, o que eu prometi que vou fazer assim que terminar a parte de habilitar as contas, mesmo não fazendo ideia do que se trata.

Achei que, como Justin se propôs a me ajudar, ele interviria para me impedir de passar vergonha. Mas o máximo que ele faz é me olhar de lado, sempre com uma expressão impaciente, como se estivesse irritado por ter que limpar a minha barra.

Pelo menos, na maioria das vezes que alguém vem puxar assunto comigo é para falar do Brasil. Eu sabia que, de modo geral, os canadenses não se esforçam para aprender sobre geografia ou costumes de fora da América do Norte e da Europa. Ainda assim, me surpreendo. Já tive que responder que comprei, sim, meu celular no Brasil e já expliquei mil vezes que falamos português, não brasileiro ou espanhol, como eles insistem.

Eu não me importo com tantas perguntas, mas, quando Dylan questiona se conheço o Neymar, não consigo me conter. Óbvio que eles achariam que todo brasileiro é amigo íntimo do Neymar.

— Claro que conheço. — Abano a mão, como se fosse uma pergunta besta. — Ele namorava a minha prima.

— Jura?! — É Megan quem exclama. — Ela é famosa também?

— É atriz. Bruna Marquezine, procura depois.

É triste que não tenha outro brasileiro na sala para reagir à minha história com a empolgação que ela merece.

Escrito na neve • 97

Penso em florear mais a mentira e dizer que a gente costumava passar o Natal juntos em Noronha antes de eles terminarem, mas todo mundo ao meu redor fica em silêncio de repente. Levanto a cabeça, tentando entender o que está acontecendo, e encontro Justin parado atrás de mim, com os braços cruzados.

— Vocês estão sendo pagos pra fofocar? — Ele ergue as sobrancelhas, passando os olhos com calma por cada um de nós. Dá para ver que não está irritado de verdade, mas seu tom é firme. — Dylan, conseguiu terminar todos os modelos?

Faz um mês que conheço Justin, e algumas semanas que ele está me dando aulas particulares, mas ainda não consigo entendê-lo. Ele é um ótimo professor, sempre atencioso e disposto a me explicar várias vezes os formatos de *hitbox* ou qualquer outra dúvida sem perder a paciência. Quando estamos no rinque e ele precisa ajudar a mim ou a alguma das crianças, faz isso com toda a calma do mundo.

Mas, quando acho que estou começando a compreendê-lo, ele me ignora na arena antes de a aula começar, patinando para longe de mim. Ou se recusa a tomar o café que comprei. Ou vem brigar com um de seus melhores amigos só porque ele está falando comigo. Não sei se ele ainda está levando a sério o negócio de fingir que não existo, mas toda vez que acho que a situação entre nós está finalmente melhorando, ele faz questão de mostrar que me enganei.

— Ainda tô trabalhando nos protótipos. — Dylan clica em alguns botões no Blender e um lobo 3D aparece na tela. O personagem está de pé, usando um uniforme de hóquei, com os braços abertos ao lado do corpo fazendo um T. — Tô focando no Wolfy, quero terminar o modelo até o fim da semana.

Justin se aproxima do computador, pega o mouse e mexe no boneco, estudando-o de ângulos diferentes. Ele toma seu tempo, e o resto do pessoal volta para as próprias funções, o único som na sala sendo o de teclados e cliques de mouses. Só eu continuo prestando atenção em Justin e Dylan, hipnotizada.

— A textura do pelo ficou muito boa, parabéns. — Justin dá um tapinha no ombro de Dylan. — Só acho que o caimento do uniforme tá meio duro.

— Também acho, vou ter que mexer na simulação do tecido. — Dylan começa a fazer alterações na mesma hora, mexendo no boneco como se fosse uma escultura. — Até terça que vem fica pronto.

— Ótimo. — Justin acena com a cabeça.

— Justin — chamo, me ajeitando na cadeira. — Eu queria te mostrar a ideia que tive pro cadastro.

Mas, como acontece na maioria das vezes, ele finge que não me escutou e volta para o próprio computador, lá na frente da sala.

— Eu não sei o que você fez... — Dylan assovia baixinho, para que apenas eu consiga ouvir —... mas deixou ele puto.

— É, eu sei. — Suspiro.

Passo o resto da tarde focada na habilitação de contas. É um processo simples, mas me sinto útil por entregar algo que eles não sabem fazer. O problema é que, quando terminar, não terei mais como ajudar. O que significa que vou ter que mergulhar de vez na programação do jogo.

Justin vem trabalhando comigo nessa parte toda terça e quinta depois do horário, e, com muita insistência, consegui alguns encontros extras ao longo da semana. Quanto mais ele me ensina, mais percebo que a lógica por trás da programação de jogos não é muito diferente daquela que já conheço, só que é muito mais legal. Sempre gostei de programar, mas fazer isso em um jogo traz resultados mais satisfatórios. É incrível ver as linhas que escrevi se traduzirem nas ações dos personagens.

Escrito na neve • 99

Por isso fico tão empolgada em trabalhar com Justin. A sua companhia não é muito agradável, mas as coisas que ele vem me ensinando são tão interessantes que compensam o mau humor dele. É uma ótima distração para o fato de que Claire continua sem falar comigo.

Ainda estou longe de saber o suficiente para trabalhar em um projeto do porte do *Ice Stars*, mas pelo menos já consigo escrever algumas linhas de código.

— Eu conversei sobre o seu... problema com alguns amigos — Justin diz quando ficamos sozinhos. Faço uma careta, assustada com a possibilidade de ser descoberta, e ele explica: — Não dei nenhum detalhe. Só perguntei quais dificuldades eles acham que uma programadora *full stack* teria pra trabalhar em um jogo.

— E o que eles disseram?

— Sugeriram que eu te ensinasse física.

— Física? — A ideia é tão absurda que não consigo controlar uma risada escandalosa. — Nem pensar. Eu *odeio* física. Acho que prefiro ser deportada de uma vez.

— Não é física do tipo que a gente aprende na escola. — Ele revira os olhos. — É só pra entender como os objetos se comportam dentro de um jogo.

Ele abre um projeto que nunca vi antes na Unity. Parece um jogo de plataforma 2D, com um fundo de selva pixelado, mas muito bonito, com árvores grandes e cipós. A única coisa feia é o cubo cinza deslocado que está em cima da grama, mas já aprendi que é assim que costumam trabalhar — eles fazem os jogos por partes e vão completando o que falta com cubos ou imagens provisórias.

Nós não costumamos ficar de papo durante as aulas. Em geral, quando tento começar algum assunto, Justin é seco e logo volta para o trabalho. Mas este é um projeto que ele ainda não tinha me mostrado, e não consigo conter a curiosidade.

— Que jogo é esse?

— É um jogo que eu tô fazendo sozinho.

— Você tá trabalhando num jogo *sozinho*? Isso é... meio incrível. — Não quero deixar transparecer o quanto estou admirada, mas não dá para disfarçar. — Como você encontra tempo pra tudo isso?

— Eu tô fazendo aos poucos. — As bochechas de Justin ganham um tom levemente corado, e ele coloca uma mecha do cabelo atrás da orelha. — Comecei antes de entrar na faculdade e ainda tá bem no início.

— *Antes* de entrar na faculdade? — Ergo as sobrancelhas, mais surpresa a cada nova informação. — Você é tipo um prodígio dos jogos digitais?

— Quem me dera! — Suas bochechas ficam ainda mais vermelhas. — Meu pai tem uma empresa indie de jogos, por isso eu tô nesse curso.

— Sério? Deve ter sido legal crescer nesse tipo de ambiente.

— É, acho que sim. — Ele encolhe os ombros.

Por mais que eu esteja me esforçando muito para seguir em frente e deixar meu ex-namorado no passado, é impossível não os comparar. Os pais de Igor também tinham uma empresa. Só que, ao contrário de Justin, ele fazia questão de compartilhar essa informação assim que conhecia alguém, geralmente acompanhado da explicação de que era por isso que estava fazendo administração. Ele gostava de pontuar que, apesar de estagiar na empresa da família, sua situação não era mais fácil do que a dos outros funcionários — pelo contrário, dizia que exigiam muito mais dele do que de qualquer outra pessoa. Justin não parece ser assim, mas não consigo deixar de pensar que é questão de tempo até ele mostrar esse lado também.

Antes que eu possa fazer mais perguntas, o celular de Justin vibra e ele se distrai, checando a mensagem que acabou de receber. Três segundos depois, uma mensagem de Dylan faz o meu tocar também.

Dylan:

Sexta tem jogo

E depois vai ter uma festa

A gente vai comemorar ou chorar junto

Você precisa ir

— Dylan? — Justin pergunta, espiando minha tela.

— Foi ele que te mandou mensagem?

— Foi, pra avisar que a festa tá confirmada. — Justin suspira, como se a simples ideia o deixasse cansado. — Vai ser lá na república de novo.

— Você não gosta de fazer as festas lá? — Ergo as sobrancelhas, surpresa.

Imaginei que uma das vantagens de ser jogador de hóquei fosse dar festas o tempo todo e aproveitar as dezenas de garotas que se jogam aos seus pés. Com base no áudio que ele me mostrou no elevador, pelo menos a segunda parte Justin está fazendo direitinho.

— Gosto, mas o jogo de sexta vai ser difícil. — Ele se recosta na cadeira, a expressão fechada. — Não acho que a gente vá ganhar.

— Eu vi vocês jogando no outro dia, não vai ser tão ruim assim — digo só porque é a coisa certa a se dizer.

— Na festa a gente conversa de novo. — Ele faz uma careta de quem já perdeu as esperanças.

— Ah, não. — Balanço a cabeça. — Eu não vou.

— Não? — Justin não parece triste, apenas curioso.

— As coisas não estão muito bem entre mim e Claire. — Me encolho na cadeira, desanimada. — Não tô a fim de ver ela e o Sebastian juntos.

— Você contou pra ela? — Justin ajeita a postura, um brilho de curiosidade surgindo em seus olhos. — Ela tem dormido lá em casa quase todo dia, achei que você tivesse decidido não contar.

— É, infelizmente eu fui me meter e agora ela tá brava comigo. — Tento soar indiferente, mas a mágoa transborda em cada palavra. — Ela achou que eu tava mentindo.

— O Sebastian deve ter enchido a cabeça dela de merda. — Os ombros de Justin ficam tensos. — É só dar um tempo até ela... perceber por conta própria.

— Pode ser. — Suspiro, tentando me livrar do aperto em meu peito ao pensar em Claire e em como as coisas entre nós só pioram. — Mas, enquanto isso, prefiro evitar os dois, então nada de festa para mim.

Justin me analisa. Outra pessoa talvez falasse o quanto a festa vai ser divertida e como é injusto que eu deixe de aproveitar por causa dos dois. Mas não Justin. É claro que ele não tentaria me convencer a ir, porque significaria passar mais tempo na minha presença.

— A gente ainda tem muita coisa pra ver hoje — ele diz, voltando para o tom distante. — Acho que aprender física vai te ajudar a entender melhor o sistema *multiplayer*.

A esta altura, eu já deveria ter aprendido que Justin gosta de manter distância. Não sei por que achei que passar quinze minutos conversando como colegas nos deixaria mais próximos.

# 15

## SE EU SOUBESSE O QUÊ?!

Eu não devia ter vindo para a festa.

Se eu duvidava de que seria uma péssima ideia, não me resta mais nenhuma dúvida quando avisto Claire e Sebastian agarradinhos ao pé da escada, trocando carícias como se quisessem jogar na minha cara que continuam juntos e felizes.

Tenho vontade de atravessar a sala e tacar minha bebida em Sebastian, só para acabar com a noite dele como ele acabou com a minha, mas, em vez disso, bebo mais um gole do suco de *cranberry* com vodca, pensando na mensagem que vou mandar para Flávia mais tarde. É culpa dela eu ter vindo. Se ela não tivesse me convencido, eu estaria debaixo das cobertas, sentindo pena de mim mesma, mas pelo menos não estaria passando raiva e frio enquanto a música eletrônica quase estoura meus tímpanos.

Faz uns quinze minutos que cheguei e ainda não encontrei nenhum conhecido além de Claire e Sebastian. Sei que bastante gente do *Ice Stars* também veio, porque Dylan fez questão de convidar todo mundo, mas devem estar no gramado, e eu não tive coragem de ir lá fora por causa do frio.

Ainda não começou a nevar, mas à noite a temperatura chega perto de zero, então tive que optar por um look que fosse bonito *ou* confortável — e é claro que escolhi o primeiro. Coloquei uma blusa branca de pelinho e gola alta, com uma saia preta e uma meia-calça térmica que a vendedora me prometeu que seria suficiente, mas não é.

É por isso que preferi ficar dentro da casa; eu e mais um monte de gente. Se eu achei que a última festa estava lotada, foi porque não sabia como são as comemorações quando o time ganha.

— E aí? Tá curtindo a festa? — Dylan aparece ao meu lado, gritando para ser ouvido sobre a música.

— Finalmente alguém que eu conheço! — Eu o puxo para um abraço, apesar de os canadenses não serem muito calorosos.

Acho que a bebida começou a fazer efeito.

— O pessoal do projeto tá todo lá fora. — Ele aponta para a porta de vidro com a cabeça, parecendo um pouco desconfortável. — Você teria visto se não estivesse ocupada fuzilando a Claire e o Seb com os olhos.

— Deu pra notar? — Mordo o lábio inferior, envergonhada.

— Pior que deu. — Ele solta uma risada que não consigo ouvir, mas que vejo em seu rosto e seus ombros. — Vem com a gente. A não ser que você prefira ficar aqui dentro desejando a morte dos dois...

— Que horror! — Arregalo os olhos e balanço a cabeça com força. — Eu não tava desejando a morte de ninguém. Só uma quedinha tranquila da escada.

Desta vez, a risada de Dylan é tão alta que consigo ouvi-la apesar da música.

— Vamos lá, então?

Com um suspiro resignado, sigo para onde Dylan apontou e encontro um grupo com quase metade do pessoal do projeto.

— A gente tava falando de você! — Megan diz, a voz um pouco alterada.

— Espero que bem.

— A gente tava discutindo a possibilidade de mexer no sistema de partículas. Eu acho que o do *Ultimate Soccer Battle* é perfeito, então pensei que, se você tiver acesso aos arquivos... — Megan faz uma pausa, procurando a palavra certa. — A gente podia se inspirar.

— Ela quer dizer copiar. — Dylan revira os olhos, deixando bem clara a sua opinião.

O grupo me encara em expectativa e dá para ver que eles querem que eu aceite. Só que eu não faço ideia do que é um sistema de partículas, sem contar o problema óbvio de que não tenho acesso aos arquivos do jogo.

Procuro os olhos de Justin, implorando silenciosamente para que me ajude, mas ele só dá de ombros. Às vezes, acho que *gosta* de me ver sofrendo.

— Sério que vocês estão falando de trabalho? — Tento desconversar com uma piadinha, mas eles continuam esperando uma resposta. — Pra falar a verdade, acho que não combina com o *Ice Stars*. E eu não trabalhei com essa parte do projeto, então teria que pedir os arquivos pra outra pessoa, e eles não achariam muito legal.

Justin acena devagar, então acho que enrolei bem. Os outros parecem meio desapontados, mas aceitam e mudam de assunto, comentando sobre o jogo de hoje mais cedo.

Justin e Dylan narram em detalhes tudo que aconteceu, orgulhosos da performance. Pelo visto, perdi um jogo cheio de emoções. Foi quatro a três, e nosso time virou no último segundo — com um gol de Justin, o que o deixa todo feliz.

A roda vai se dispersando aos poucos, até ficarmos apenas eu, Dylan e Justin, que ainda contam animados sobre o gol que marcaram mesmo durante o *penalty kill,* o que fez um cara surtar e partir pra cima de Justin.

— Eu acho que o Preston tem um vídeo da briga! — Dylan olha ao redor, procurando o amigo. — Eu vou achar ele, não saiam daqui!

E então ele me abandona com Justin.

Estou acostumada a ficar sozinha com ele, mas é sempre para estudar programação ou na arena, nunca em uma festa. E definitivamente nunca quando estamos bebendo. Quero gritar para que Dylan volte, mas nem tenho a oportunidade de reagir.

Espero Justin sair correndo, porque, se eu estou desconfortável, ele deve estar ainda mais. Mas ele fica ao meu lado, bebendo sua cerveja como se não tivesse um lugar melhor para ir.

— Você até que se saiu bem. — Ele ergue a garrafa para mim em um cumprimento, e noto que suas palavras se enrolam um pouco. — Você tá se tornando uma mentirosa de primeira.

— Inclusive, muito obrigada pela ajuda — digo em um tom irônico.

— Você não pode ficar dependendo de mim. — Justin encolhe os ombros, quase como se tivesse me feito um favor. — E quando eu não estiver por perto?

— Nem adianta fingir que você queria me ajudar. — Reviro os olhos. — Eu sei que você não gosta de mim.

— Eu não gosto de você? — Ele ergue as sobrancelhas, parecendo surpreso.

— É! Desde aquele dia no elevador. — Devo estar mais alcoolizada do que pensava para ser tão honesta. — Você não disfarça muito bem.

Apesar de estar sendo sincera, meu tom é descontraído. É claro que às vezes fico chateada com o jeito que Justin me trata, mas a bebida me ajuda a parecer indiferente. Só que ele não interpreta assim. Sua expressão se fecha, e ele me encara com tanta intensidade nos olhos azuis que preciso me segurar para não me encolher.

— Eu não sabia que você achava isso — ele diz alguns segundos depois, sério.

— Não tem como achar outra coisa. — Encolho os ombros, o coração batendo mais rápido por causa de sua reação. — Tá bem óbvio.

— Se você soubesse... — Justin começa, mas não chega a terminar.

De repente, meus ombros são envolvidos pelos braços de Sidney. Ela me puxa para perto de si como se não me visse há séculos.

— Eu tava te procurando! — Sua voz está tão enrolada que quase não consigo entender.

— Me achou! — Tento parecer descontraída, mas meu cérebro ainda está muito ocupado se perguntando o que diabos Justin ia dizer.

Se eu soubesse *o quê*?! Pelo amor de Deus!

— Essa é a Taylor, minha... amiga. — Sidney aponta para a garota atrás de si.

— Prazer — Justin e eu respondemos em uníssono.

Me viro para ele, desejando mais do que tudo que Sidney tivesse demorado só mais alguns segundos para chegar. Só o tempo suficiente para ele terminar a frase.

Justin não diz mais nada, mas, pelo jeito que me encara, parece que ainda tem muito a dizer.

# 16

## O QUE VOCÊ TÁ FAZENDO AQUI?

Minha vida vai se ajeitando depois da festa.

Ainda não tenho nenhuma amiga tão próxima quanto era de Claire, mas passo a maioria dos almoços com o pessoal do *Ice Stars* ou com colegas que conheci nas aulas. É meio solitário estar em outro país e não ter ninguém com quem eu possa contar plenamente, mas isso melhora a cada dia que passa.

Não descobri o que Justin ia me falar na festa. Nós ficamos conversando com Sidney e a "amiga" dela por um tempo, até que ele pediu licença e foi para uma rodinha com os colegas do time. Dylan não voltou com o vídeo que queria nos mostrar, e fiquei ali com as duas por mais um tempo. Estava na cara que queriam privacidade, então também dei uma desculpa e me afastei.

Mas, ao contrário do que eu temia, não passei o resto da festa deslocada. Tinha sempre alguém do *Ice Stars* comigo, e encontrei uma garota da minha turma de Engenharia de Software — já até jantei com ela algumas vezes. Apesar do começo meio desastroso, minha segunda festa foi um sucesso.

Todo o resto também tem se ajeitado, e meu intercâmbio parece finalmente estar entrando nos eixos. O trabalho voluntário é mais divertido do que eu esperava, as aulas estão interessantes — apesar de ainda ser ciências da computação — e eu estou começando a entender o suficiente sobre desenvolvimento de jogos para conseguir fazer algo relevante no *Ice Stars*.

Hoje tive mais uma aula particular com Justin, desta vez para aprender como funciona o sistema *multiplayer*. Essa é uma parte importante e extensa do projeto que precisa ser aprimorada, e Justin achou que poderia se beneficiar de uma programadora *full stack*. E, para a surpresa de ambos, eu não só entendi de primeira o que precisava fazer como de fato ajudei, reduzindo a latência do servidor. Nunca tinha me sentido tão útil quanto agora.

A aula foi um pouco esquisita, com aquela sensação de que tinha algo pendente entre nós que não sabíamos resolver. Fiquei o tempo todo esperando que Justin terminasse o que estava dizendo na festa, mas ele não comentou nada e eu não tive coragem de perguntar o que era. Ainda assim, foi uma ótima aula. Acho que o fato de eu ter conseguido aprender sobre o sistema *multiplayer* tão rápido me ajudou a deixar em segundo plano a tensão no ar.

Volto para o dormitório mais tranquila. A sensação de que tudo está se encaixando como deveria quase ofusca o fato de que vou passar mais uma noite sozinha em um quarto feito para duas pessoas.

Estou distraída mandando uma mensagem para Flávia, para contar sobre o meu dia, quando abro a porta, então sou pega de surpresa pela luz acesa.

Não é a primeira vez que Claire e eu nos esbarramos, embora ela tenha se mostrado muito boa em me evitar. Por isso, acho que ela vai só terminar o que está fazendo e sair sem nem olhar na minha direção.

Estou tão acostumada com esta rotina que meu cérebro demora um segundo para perceber que Claire está no *meu* lado do quarto, mexendo nas *minhas* coisas.

— O que você pensa que tá fazendo? — Até eu me surpreendo com a determinação na minha voz.

Claire nem levanta os olhos, continua apenas vasculhando meu armário como se eu não estivesse ali parada com os olhos arregalados.

Dou mais um passo enquanto ela joga minhas roupas para o alto. Olho ao redor, procurando alguma explicação, e vejo que ela andou mexendo na minha cama também: os lençóis estão desarrumados e as gavetas embaixo da cama estão abertas e reviradas.

— Claire! — grito, mas desta vez também puxo seu braço para obrigá-la a parar. — O que é isso?

Claire tenta se desvencilhar, mas meu aperto é firme. Ela se vira para mim, os olhos inflamados e o rosto vermelho.

Faz tempo que não ficamos cara a cara, e consigo notar algumas mudanças. Ela parece *exausta*, como se não dormisse há dias. Seu rosto está inchado de um jeito que me faz deduzir que estava chorando, e até o cabelo, sempre impecável, está desgrenhado, com a raiz castanha aparecendo nos fios descoloridos.

Essa Claire é uma pessoa muito diferente daquela com quem eu costumava dividir o quarto.

— O que tá acontecendo? — insisto com o tom mais brando. — Tá tudo bem?

— O que tá acontecendo é que você é uma *voleuse*! — ela grita de volta.

Sua respiração está pesada, e ela me encara com tanto ódio que me pego dando um passo para trás.

— Eu... eu não entendi — digo, porque não reconheço a última palavra.

— Uma ladra! — Claire explode de vez, a voz tão alta que com certeza as meninas nos outros quartos conseguem ouvir. — Você é uma ladra!

— Do que você tá falando? — Franzo o cenho, mais confusa a cada segundo que passa.

Quero muito entender Claire e ajudá-la — qualquer coisa para voltarmos ao normal. Mas nada disso faz o menor sentido.

— Não se faz de sonsa! — Ela marcha até o seu lado do quarto, pega uma caixinha de cima da cama e a joga na minha direção. — Cadê o meu colar?

É uma caixinha de joias vermelha e aveludada que nunca vi antes. Não sei do que Claire está falando.

— Seu colar sumiu? E você acha que fui eu?

— Quem mais poderia ter sido? — A potência da sua voz diminui um pouco, mas ela continua furiosa. — Eu deixei aqui no quarto e só você tem acesso!

— Claire... — A acusação me pega desprevenida e me abala tanto que me deixo cair sentada na cama, a caixinha vazia no colo. — Eu jamais faria isso. Juro que nunca vi seu colar.

— Quem mais poderia ter sido, Helena? — Claire repete, batendo as mãos nas coxas. — Você quer que eu acredite que alguém entrou no nosso quarto e roubou?

É uma ideia bastante absurda. Não só porque o dormitório é bem seguro, com câmeras espalhadas por todos os lados e sempre trancado à chave, mas porque não se ouve falar de furtos por aqui. Só que ainda mais absurdo é achar que *eu* roubei o colar.

— Não sei... — Encolho os ombros. — Talvez você tenha perdido?

Essa foi, definitivamente, a coisa errada a dizer. Dá para ver no modo como o rosto de Claire se contorce e seus olhos parecem prestes a saltar das órbitas.

— *Perdido*? Você tá falando que eu *perdi* meu colar? — Ela ergue os braços e grita como se quisesse que o campus todo ouvisse nossa briga. — Foi um presente da minha vó, eu *jamais* seria irresponsável a esse ponto.

— Tudo bem, tudo bem. — Levanto as mãos, derrotada. — Mas é uma possibilidade.

— Não é uma possibilidade — ela rosna, o sotaque arranhado aumentando o efeito. Então, dá um passo na minha direção. — Não adianta tentar me manipular. Eu sei que você tá com raiva porque eu não caí na sua mentira!

— Eu não... — sussurro, tentando me defender, mas Claire não deixa.

— Eu vou dar um jeito de provar! E vou fazer uma reclamação na reitoria! — Ela aponta um dedo na minha cara, e eu me encolho. — Não vai ficar assim!

Não sei mais o que dizer. Está claro que não adianta argumentar, porque Claire está convencida de que roubei o colar. A única forma de provar que está enganada é deixar que continue sua busca pelo quarto até se convencer de que não fui eu.

— Pode continuar procurando. — Indico meu guarda-roupas, resignada. — Pode ficar à vontade e vasculhar todo o quarto.

Isso parece tirá-la do prumo. Claire me estuda em silêncio, o único som é a sua respiração pesada. Ela caminha devagar até meu armário, como se esperasse que eu a impedisse, e então volta a mexer nas minhas coisas.

Eu largo a caixinha vazia sobre a cama dela e marcho para fora do quarto, porque estou sentindo um nó se formar na minha garganta e não quero chorar na frente de Claire.

Já é início da noite, mas preciso sair daqui. Então decido dar uma volta, tentando ignorar o vento gelado que me faz lacrimejar — o lado bom é que vai ser difícil dizer quais lágrimas são de tristeza e quais são culpa do clima.

Escrito na neve • 113

Alguns minutos depois, quando a raiva e a frustração que ferviam em meu corpo são apagadas pelo frio, me dou conta de que estou na porta de um dos meus lugares favoritos.

A arena não é a melhor opção para me aquecer, mas pelo menos lá dentro não venta e tem uma temperatura mais amena do que do lado de fora. Por isso, aproveito que está aberta e entro.

Conforme me aproximo do rinque, ouço o barulho de patins e do taco contra o gelo, e, de alguma forma, tenho certeza de que é Justin.

A única luz acesa é a que fica acima do rinque, e Justin está focado demais para perceber que alguém entrou. Então, subo as escadas da arquibancada até o último degrau e me sento nas sombras.

Justin patina com ferocidade, conduzindo o disco por entre cones espalhados pelo gelo. Quando chega perto do gol, dá uma tacada com tanta força que só pode estar imaginando alguém no fundo da rede. Ninguém treina com tamanho ódio apenas pela vontade de vencer.

Ele estuda a trave durante alguns segundos enquanto eu o estudo, e sei que estou presenciando um momento íntimo. Então Justin tira outro disco do bolso, dá a volta no rinque e se posiciona no ponto de partida, no início dos cones. Ele repete os movimentos de antes com ainda mais velocidade e força, o disco entrando com um estrondo no gol.

Eu coloco meu fone de ouvido, ligo minha playlist com músicas para entrar na fossa e me perco na voz de Cássia Eller interpretando "All Star".

É fascinante observar Justin treinando. Ele está com o uniforme vermelho do time, com o Dino estampado no centro, e se porta de maneira tão profissional que até parece estar no meio de um jogo. Fico tão compenetrada assistindo que me esqueço do frio e nem vejo o tempo passar.

Acho que poderíamos ficar aqui, desse jeito, pelo resto da noite se meu celular não tocasse. É um barulho rápido, a notificação de uma única mensagem de Flávia, mas é tão alto e agudo que seria impossível passar despercebido na arena silenciosa.

Justin leva um susto e bate contra um dos cones, quase perdendo o equilíbrio, mas ele se recupera no último segundo e desliza para longe.

— Helena? — Sua voz grossa preenche todo o ambiente. — O que você tá fazendo aqui?

# 17

## NÃO TÔ TE PERSEGUINDO
## NEM NADA DO TIPO

Justin não parece irritado, mas eu me encolho mesmo assim, envergonhada por ser pega no flagra.

— Oi — respondo, embora queira sair correndo e fingir que não estava observando seu treino há vários minutos.

— O que você tá fazendo? — Ele patina até a borda do rinque e para, a confusão estampada em seu rosto.

— Eu tô... hã... te assistindo treinar? — Sai mais como uma pergunta, porque eu não sei como esclarecer sem ficar estranho.

— Por quê? — Ele soa ainda mais confuso.

Como não quero que a gente fique gritando para se entender, solto um suspiro, pauso a música e desço as escadas até chegar ao primeiro degrau. Justin está apoiado na borda e seus olhos azuis me fitam com um quê de divertimento e curiosidade.

— O que você tá fazendo aqui a essa hora? — ele repete em um tom levemente acusatório.

— É uma longa história, mas eu precisava fugir do dormitório. — Eu me sento no degrau, sentindo um peso sobre os ombros só de lembrar a briga com Claire. — Mas juro que eu não sabia que você tava aqui. Não tô te perseguindo nem nada do tipo, foi só coincidência.

— E foi por coincidência que você ficou me observando bem quietinha? — Ele ergue as sobrancelhas.

— Eu não queria atrapalhar. — Dou de ombros, embora minha cara com certeza esteja da cor do uniforme dele.

Sem muita pressa, Justin desliza até a entrada do rinque, tira o capacete e os patins e anda até mim. Seu cabelo está suado, colando na testa e no pescoço, e, por algum motivo, esta visão faz um friozinho descer pela minha barriga, ainda mais quando ele para de frente para mim, se recostando contra a borda do rinque com uma postura relaxada.

— E qual é essa longa história?

Por mais que as coisas entre nós tenham melhorado, eu não diria que Justin se esforça para ser agradável comigo. Claro que me dar aulas de programação de jogos é muito mais do que ele precisaria fazer, mas de vez em quando ele ainda me dá patadas gratuitas. Avançamos muito em relação aos primeiros dias, mas continuamos mantendo uma distância segura.

— Problemas com a Claire. — Suspiro, a garganta embargada.

— Ela ainda tá te ignorando? — Justin cruza os braços e, por um momento, até parece bravo.

— Pior. — Não sei se eu deveria contar para Justin, que nem sequer é meu amigo de verdade. Mas acho que estou precisando desabafar, porque as palavras simplesmente saem. — Ela tava mexendo nas minhas coisas porque acha que eu roubei um colar dela.

— E você roubou? — Ele tomba a cabeça de lado, me estudando.

— É claro que não! — Minha voz sai exasperada, deixando claro que estou ofendida. — E tô bem chateada por ela achar que fui eu. E você também!

Escrito na neve • 117

— Eu não acho. Na verdade, não duvido de que seja coisa do Sebastian. — Seu tom fica mais baixo, até um pouco sombrio.

— Como assim?

— Eu não ficaria surpreso se ele tivesse escondido o colar e colocado a culpa em você — Justin diz como se fosse óbvio. — Ele ainda deve estar puto porque você contou sobre a traição. É a cara dele fazer algo assim.

A ameaça de Sebastian ecoa na minha mente. Faz umas três semanas que o peguei com a outra garota, mas tanta coisa aconteceu desde então que parece que foi em outra vida, em outro intercâmbio. Eu tinha até me esquecido da ameaça velada de me fazer ser deportada. Mas ele não iria tão longe assim... iria?

— Você acha que... Eu não conheço o Sebastian pra... Meu Deus, será que ele... — Estou tão desnorteada que não consigo concluir uma frase.

Justin deve perceber que me assustou, porque balança a cabeça, tentando voltar atrás.

— Talvez não tenha sido ele! Talvez a Claire só tenha perdido o colar. — Ele inspira fundo, como se tentasse decidir no que acreditar. — Só acho que é bom ficar de olho. Ele não é uma boa pessoa.

Sei que Justin e Sebastian têm um histórico complicado, mas alguma coisa no seu jeito de falar me faz confiar completamente nas suas palavras. Considerando o que sei sobre Sebastian, não é difícil acreditar que ele faria qualquer coisa para sair por cima — não só por ter tentado me convencer de que eu estava enganada sobre a traição, mas pela reação de Claire quando contei para ela.

Fiquei com Igor tempo o suficiente para enxergar as características que ele e Sebastian têm em comum.

— Vou ficar, pode deixar — sussurro como se estivéssemos compartilhando um segredo. — O que aconteceu entre vocês dois?

Justin suspira e fita o outro lado da arena, pensativo. Está claro que não quer falar sobre o assunto, mas eu acabei de me abrir, então nada mais justo do que ele matar a minha curiosidade.

— Não aconteceu nada de mais — Justin diz, e eu fico esperando ele continuar, porque me recuso a acreditar nisso. Ele faz uma careta, então completa: — Nós estudamos juntos desde criança e nunca nos demos bem, principalmente por causa do hóquei. Somos muito competitivos e nós dois queríamos a vaga de capitão no último ano da escola.

— E algum de vocês conseguiu?

— Eu, e aí no jogo seguinte ele esbarrou em mim "sem querer". — Justin faz aspas com os dedos. — Foi tão forte que quebrou meu tornozelo e me tirou do resto da temporada. O que significa que, no fim, ele foi o capitão. E eu ainda perdi o recrutamento da NHL.

— Você acha que foi de propósito? — Tapo a boca com a mão, chocada demais para acreditar no que ele está insinuando.

— Eu tenho certeza. Conheço Sebastian e sei do que ele é capaz — Justin diz com firmeza. — Meu nariz quebrado também foi cortesia dele.

Assinto devagar, tentando entender a dimensão de tudo que acabou de me contar. Não consigo nem imaginar como deve ter sido difícil perder a posição de capitão em um momento tão importante, ainda mais para um cara que ferrou ele de propósito.

— Era a cabeça dele que você tava imaginando no gol? — brinco para deixar o clima mais ameno.

— Não, dessa vez era a do meu pai. — Justin solta uma risada baixinha, embora seus ombros fiquem tensos.

Parte de mim acha que eu deveria ficar feliz com o quanto Justin se abriu e não insistir para que ele fale sobre o pai também. Mas outra parte, uma bem maior, está curiosa demais.

Escrito na neve • 119

— Ele fez alguma coisa ou é só força do hábito? — Estou tentando soar descontraída, mas, pela expressão fechada de Justin, não adiantou.

— Ele me convidou pra participar de um projeto que, de acordo com ele, seria perfeito pra mim — Justin diz como se essa fosse a pior notícia do mundo.

Só que não faz o menor sentido. Por que ele estaria chateado de ser convidado para trabalhar em um jogo, sendo que ama programar?

Fico em silêncio, esperando que ele complete com alguma coisa terrível, mas Justin não diz mais nada.

— E isso é ruim porque... — me obrigo a falar.

— Porque a gente tem um combinado. — Ele suspira e olha para o teto, como se estivesse tentando organizar os pensamentos. — Não é que eu não queira trabalhar com ele. Eu gosto *muito* de programar jogos, muito mesmo. Mas minha paixão é o hóquei. E a gente combinou que eu teria até o fim do terceiro ano da faculdade para focar nos treinos e tentar uma vaga em algum time da NHL. Se não conseguisse, eu encararia o hóquei como um hobby e começaria a trabalhar com ele.

— E ele tá querendo que você largue o hóquei antes da hora — completo, enfim entendendo qual é o problema.

Justin se senta ao meu lado, com uma expressão cansada de repente. A proximidade faz minhas palmas suarem, mas respiro fundo e me mantenho focada na conversa.

— Eu tô falando com olheiros e com alguns times, mas essas coisas tomam tempo, e meu pai não entende. — Ele se recosta no degrau e fecha os olhos. — Eu disse que pretendo trabalhar na empresa depois que encerrar a carreira na NHL, mas eu queria ter pelo menos uma chance de realizar meu sonho. E, se eu começar a trabalhar com ele agora, não vou ter tempo pra treinar.

Meu coração afunda no peito. Eu nunca tive muitos sonhos; sempre deixei a vida me levar e fui aproveitando as oportunidades que apareciam, mesmo não sendo muitas — não é à toa que Igor jogava na minha cara que eu não tinha ambição. Mas, se eu já achava ruim não ter sonhos, ter um sonho e não poder realizá-lo deve ser mil vezes pior.

Não sei o que dizer, então fico em silêncio, torcendo para que minha companhia seja o que ele esteja precisando.

— Eu sou muito grato por tudo que meu pai fez por mim. Não quero decepcioná-lo. Mas é a minha vida, não a dele. — A voz de Justin está tão pesada que parece que ele vai cair no choro. Mas ele não chora, apenas suspira mais uma vez e ajeita a postura. — Mas não tem problema. É só mais um lembrete de que preciso dar tudo de mim pra conseguir a minha vaga. Preciso treinar mais e fazer mais contatos na NHL.

O jeito que ele fala me corta o coração. Ao mesmo tempo que sua postura diz o quanto está determinado, consigo ouvir um quê de derrota em sua voz. Quero apertar sua mão e lhe garantir que vai dar tudo certo, mas, apesar de termos desabafado sobre questões bem pessoais, não temos esse nível de intimidade, então apenas me viro para ele.

— Vou ficar torcendo pra você conseguir sua vaga logo. — Não sei o que dizer além disso.

— Valeu. — Ele solta o ar pelo nariz e se vira para mim, me fitando no fundo dos olhos com uma intensidade que causa um arrepio em todo o meu corpo. — E eu vou ficar torcendo pra Claire cair na real logo e dar um pé na bunda daquele otário.

— Obrigada. — Dou uma risadinha baixa, mesmo que não tenha tanta graça assim. Depois, porque não quero ir embora e não quero deixar o assunto morrer, aponto para o meu fone de ouvido: — Quer entrar na fossa comigo?

Escrito na neve • 121

Justin ergue as sobrancelhas, mas um sorriso divertido aparece aos poucos em seu rosto.

— Claro, por que não?

Entrego o fone, só agora percebendo que isso significa que vamos ter que ficar ainda mais perto um do outro por causa do fio. Na verdade, acho que essa não foi a melhor das ideias; não tinha pensado em quão íntimo é compartilhar uma playlist de músicas tristes com alguém. Mas é tarde para voltar atrás, então dou play e "Sem Saída", da Adriana Calcanhotto, toca em nossos ouvidos.

— Que música é essa? — Justin se apruma ao meu lado, seu tom curioso.

— Sem saída. — Não consigo conter o orgulho na minha voz. — É meio MPB, meio pop.

— É brasileira?

Arrisco uma espiada em sua direção, e ele parece bastante compenetrado, o cenho franzido e o olhar perdido no outro lado do rinque.

— É, do melhor tipo. — Talvez eu não devesse ficar tão animada, mas é difícil me conter quando o assunto é música, ainda mais brasileira.

Meu avô materno era radialista, e música sempre foi um tópico muito importante para minha mãe. Depois que se casou com meu pai, ela fez questão de compartilhar essa paixão e eles começaram uma coleção de vinis. Cresci vendo os dois ouvindo discos o dia inteiro, dançando pela casa e perdendo horas explicando para mim e para Flávia a importância da música brasileira. Era inevitável que eu me apaixonasse também.

— Eu não tô entendendo nada, obviamente, mas parece bem triste — Justin sussurra, como se não quisesse atrapalhar Adriana. — E bonita.

— É linda — concordo.

Não era assim que eu tinha imaginado encerrar a noite, muito menos com Justin. Mas é a primeira vez que me sinto em casa desde que me mudei, e isso traz uma espécie de alívio que me deixa mais leve.

Nós encaramos o teto em silêncio, concentrados na música. Ainda afogados nas próprias angústias, mas pelo menos na companhia um do outro.

# 18

## EU MEIO QUE TAVA...
## FUGINDO DO MEU EX

— O que você vai fazer agora? — a pergunta de Justin me pega de surpresa.

A aula de hóquei acabou faz uns dez minutos e ainda estou ouvindo o eco de crianças gritando na minha cabeça enquanto arrumo os equipamentos. Geralmente, o fim das aulas é assim, eu organizo tudo e Justin treina. Nós até trocamos uma ou outra palavra de vez em quando, mas nunca perguntamos sobre planos para mais tarde.

— Pretendia ir pro meu quarto testar a previsão de movimento no sistema *multiplayer* — respondo, minha boca seca com seu interesse repentino. — Por quê?

— O que você acha de tentar patinar de novo? — ele questiona como se não fosse nada de mais, como se a mera sugestão não me causasse uma reviravolta no estômago.

Depois do desastre naquele primeiro dia, não tive mais coragem de entrar no rinque. Meu papel nas aulas é auxiliar Justin *pelo lado de fora*. Está precisando de um cone que ficou no vestiário? Pode deixar que eu pego! Alguma criança quer testar um movimento antes de ir para o gelo? É comigo mesmo!

Justin pode contar com a minha ajuda para qualquer coisa que não envolva usar um par de patins.

Mas, sendo bem sincera, não é só o gelo que me deixa nervosa. A ideia de passar tanto tempo com Justin e ainda patinar com ele me faz suar em antecipação.

— Não sei se é uma boa ideia. — Mordo o lábio inferior, tentando ignorar a sensação que permanece na boca do meu estômago. — Acho que não é pra mim.

— É, sim. Você tava indo muito bem quando a gente tentou da primeira vez. — Justin desliza de costas pelo rinque, sem tirar os olhos de mim. Ele vai cruzando e descruzando as pernas, se exibindo. Acho que está a um passo de fazer uma pirueta. — E eu juro que fica mais divertido depois que você pega o jeito.

Eu deveria aproveitar o fim de domingo para colocar minha vida em ordem. Faz alguns dias que não ligo para os meus pais, e estou com alguns trabalhos de matemática e programação atrasados. Sem contar que eu estava empolgada de verdade para testar a previsão de movimento — um cálculo que confirma se o usuário e o servidor estão recebendo a mesma informação sobre a posição dos jogadores, para diminuir o atraso do jogo. É algo que o pessoal do *Ice Stars* está tentando implementar desde antes de eu chegar, e acho que finalmente consegui resolver. O que me deixou muito satisfeita, porque desenvolvimento de jogos tem sido a coisa mais legal do curso até agora.

Só que não quero ir embora. O desafio no olhar de Justin me traz uma urgência de provar que consigo patinar. Mas, acima de tudo, quero a companhia dele.

Algo mudou entre nós depois daquela noite em que desabafamos um com o outro. Acho que quebramos uma barreira. Apesar de ainda estar sempre com a cara fechada, Justin não parece mais obrigado a me aturar e até começou a puxar assuntos aleatórios durante as aulas particulares e nos encontros do *Ice Stars*.

Escrito na neve • 125

Agora que ele não está me tratando como se quisesse se livrar de mim o mais rápido possível, sua companhia tem sido bastante agradável.

— Tudo bem — concordo com um suspiro resignado. — Mas você não pode me deixar cair desta vez!

— Não vou — ele promete, um sorriso satisfeito tomando seu rosto.

Volto para o rinque alguns minutos depois, toda paramentada. Justin está deslizando de um lado para o outro, empurrando e puxando o disco com o taco, fazendo parecer a coisa mais fácil do mundo.

— Você se lembra das instruções? — Ele chega perto da entrada e estende a mão para mim.

Sei que está apenas tentando cumprir a promessa de me manter de pé, mas o contato com sua mão gelada lança uma labareda por todo o meu corpo. Preciso de muita concentração para não perder o equilíbrio apenas por ter tocado sua pele.

— Lembro — consigo responder, mas minha voz sai mais fraca. Só espero que ele ache que é por causa do medo. — Devo ir com cuidado e nunca encostar as mãos no gelo.

— É basicamente isso. — Ele solta uma risadinha anasalada, mas continua me segurando.

Deixo que Justin me guie, e nós deslizamos sem pressa pelo rinque. Ele está de frente para mim, segurando minhas mãos, patinando sem nem olhar para onde vai, com uma confiança que sinto que jamais terei. Andamos devagar, mas meu coração bate com tanta força quanto se eu estivesse correndo e dando piruetas — só não sei dizer se é pelo medo de cair ou pela proximidade com Justin. Talvez um pouco de cada.

— Tudo certo? — ele pergunta um tempo depois, a voz um pouco mais rouca que o normal.

— Sim. Acho que a gente pode acelerar — eu me forço a dizer, por mais que esteja nervosa.

Justin aceita minha sugestão e aumenta a velocidade. Em uma resposta automática, meus dedos apertam os seus com força, e ele solta uma risada baixinha.

— Não precisa ter medo, eu te seguro — ele garante, mas algo em sua voz me diz que não está tão tranquilo quanto quer transparecer.

Nós ficamos assim por um tempo, com Justin dizendo palavras de incentivo enquanto me puxa pelo rinque. Quando terminamos a volta, ele me dá um impulso e se afasta. Meu primeiro instinto é tentar segurá-lo de novo, mas ele já está fora do meu alcance, embora continue perto o suficiente para me pegar se eu perder o equilíbrio.

Respiro fundo, tentando ignorar que estou por conta própria, e foco o chão. Faço os movimentos como Justin ensinou, abrindo um pouco os pés e me impulsionando para frente. Vou ganhando confiança e acelerando conforme sinto que consigo manter o controle. Justin acena e me encoraja, até que ganho velocidade o bastante para considerar que *estou patinando de verdade*!

— Meu Deus, eu consegui! — grito, me inclinando ainda mais para frente.

Me distraio com a comemoração e, no exato momento em que termino a frase, faço um movimento errado. Uma das pernas escorrega para trás, e perco o equilíbrio. Meu coração ameaça escapar pela garganta e eu abro os braços em um T, tentando me manter em pé, sentindo um frio na barriga muito parecido com aqueles de montanha-russa.

Antes que eu caia de bunda no chão, duas mãos fortes me agarram pela cintura. Meus pés deslizam desesperados de um lado para o outro, mas Justin me segura com tanta firmeza que eu não cairia nem se quisesse.

Escrito na neve • 127

Ele me puxa para perto de si, tão perto que meu peito encosta no seu. Sem pensar no que estou fazendo, passo meus braços ao redor dele. Não em um abraço normal, mas em um desesperado. Se Justin acha minha reação estranha, não demonstra, apenas fica parado enquanto eu o aperto e tento normalizar minha respiração.

Com a cabeça apoiada em seu peito, consigo ouvir as batidas desenfreadas de seu coração. Com certeza estão assim por causa do susto com a minha quase queda, não tem nada a ver com a nossa proximidade. Tento me convencer de que também é por isso que estou suando, apesar da temperatura baixíssima na arena.

— Tudo bem? — Justin sussurra, a voz rouca pertinho da minha orelha, causando arrepios dos meus dedos dos pés até o couro cabeludo.

— Si-sim — consigo dizer, a voz tão rouca quanto a dele.

Antes que a situação fique mais estranha, deixo meus braços caírem ao lado do corpo e dou um passo para trás. Ainda estamos tão próximos que preciso inclinar o pescoço para ver o rosto de Justin, suas pupilas dilatadas no meio daquele mar azul. A intensidade com que ele me fita faz meu corpo queimar como se estivesse prestes a entrar em combustão.

Nós nos encaramos, ambos com a respiração pesada, e o aperto na minha cintura fica ainda mais firme.

Engulo em seco, sem entender o que está acontecendo. São sentimentos que reconheço muito bem, mas que não sentia há meses. Definitivamente não sinto nada parecido desde que Igor terminou comigo. É gostoso, mas também é assustador.

— Eu... hã... — Pigarreio, me esforçando para retomar o controle. — Obrigada.

— De nada — ele responde.

E agora é o momento em que a gente deveria se afastar, mas Justin não me solta.

Ao mesmo tempo que quero me jogar em cima dele, *preciso* que Justin se afaste. Não vou conseguir pensar direito enquanto suas mãos estiverem em meu corpo.

— Acho que não vou mais cair. — Forço uma risadinha, mas minha voz sai trêmula.

— Ah, claro! — Justin balança a cabeça, como se não tivesse percebido que ainda me segurava, então me solta e dá mais um passo para trás.

Com essa nova distância entre nós, enfim consigo pensar com clareza. Inspiro fundo algumas vezes, tentando me convencer de que o que acabou de acontecer não foi nada de mais, apenas duas pessoas afetadas por uma quase queda. Nada além disso.

— Que susto, hein? — Minha risada sai ainda mais forçada, meio desvairada. — Eu avisei que não nasci pra isso.

— Você tava indo bem — ele afirma, e posso jurar que sua voz também está afetada. — Cair faz parte. O importante é saber que você não vai se machucar.

— Obrigada por ter me segurado. — Tento soar descontraída, e só para aumentar o efeito acrescento: — *Desta vez*.

— Eu falei que ia te amparar — Justin diz e desliza para longe.

É esquisito que ele me deixe falando sozinha enquanto dá uma volta pelo rinque, mas nem posso achar ruim porque enfim consigo me acalmar.

A reação do meu corpo é muito estranha, tanto porque eu não esperava (e nem queria!) me interessar por alguém no Canadá, quanto porque não tenho certeza de que superei Igor. Tudo bem que não penso mais nele o dia inteiro — na verdade, acho que não penso nele todos os dias há algum tempo —, mas isso não quer dizer que eu esteja pronta para me envolver com outra pessoa. Ainda estou ocupada demais fechando as feridas que meu ex-namorado abriu.

Não. Seja lá o que forem estes sentimentos borbulhando dentro de mim, não têm nada de romântico neles.

Justin dá uma volta completa no rinque e então para ao meu lado de novo, um pouco mais longe desta vez, mas ainda perto o bastante para me segurar caso eu precise. Não faço ideia do que ele está pensando, mas minha cabeça está uma bagunça. E, para evitar que eu fique me perguntando por que estou tão abalada, me concentro nos movimentos dos meus pés.

— Por que o Canadá? — ele pergunta de repente, e não consigo deixar de me questionar se ele também está tentando se distrair.

— Eu não escolhi o país — respondo, me movendo com mais facilidade. — Eu tava tão desesperada pra fazer o intercâmbio que minha única exigência foi um lugar que falasse inglês. Mas no fim fiquei bem feliz de ter vindo parar aqui. Consegui fazer várias coisas que sempre sonhei, e tô muito ansiosa pra outras, tipo ver neve pela primeira vez e pedir doces no Halloween.

— Primeiro que doces no Halloween é coisa de criança. — Acho que ele está balançando a cabeça, mas não quero tirar os olhos da minha frente, então não consigo ver sua expressão. — Mas por que você tava desesperada?

Não sei até que ponto devo compartilhar com ele. Por um lado, os motivos que me fizeram sair do Brasil são um pouco vergonhosos. Por outro, contar sobre Igor construiria mais uma barreira entre nós, e me ajudaria a garantir que não estamos com ideias erradas.

— Eu precisava dar uma incrementada no currículo. E eu meio que tava... fugindo do meu ex.

Decido deixar de fora que foi ele quem me convenceu a fazer o intercâmbio.

— Eu entendo fugir de ex... — ele diz em um tom sério, de quem já pensou em fazer a mesma coisa. — Mas ir pra outro país? A briga deve ter sido feia.

— Foi horrível. Bem ruim mesmo. — Faz algum tempo que não falo sobre Igor, até minha irmã sabe que este é meio que um assunto proibido, então entrar em detalhes faz minha garganta fechar. — A briga começou por alguma coisa idiota que eu nem me lembro mais, e acabou com ele me chamando de inútil e dizendo que não me amava.

— Ele não me parece uma pessoa muito legal. — Justin soa chateado por mim.

— Eu queria muito provar que ele tava errado. — Talvez seja a raiva tomando conta, porque, quando vejo, estou patinando mais rápido. — Mas eu também fiquei tão magoada com tudo que ele me disse que precisava fugir para o lugar mais longe possível.

— E isso ajudou?

Me viro para Justin, desacelerando. Ele me fita com um olhar intenso, como se a minha resposta tivesse uma importância que não compreendo.

A Helena de algumas semanas atrás achava que precisaria dos quase cinco meses de intercâmbio para superar Igor, mas a de hoje tem de admitir que está progredindo mais do que esperava. Essa é uma página que eu provavelmente jamais teria virado se dependesse só de mim, e é libertador estar seguindo em frente.

— Pior que ajudou.

— Que bom. — Um sorriso tímido aparece nos lábios de Justin.

Por um momento, ele parece prestes a falar mais alguma coisa, mas fica apenas me encarando com um brilho diferente nos olhos.

Escrito na neve • 131

# 19

## SEI, DE ALGUMA FORMA, QUE TEM ALGO DE ERRADO

Helena:

> Fláviaaa,
> eu não sei o que tá
> acontecendoooooo

Flávia:

> Lelê, tá bem óbvio

> só você que não quer
> ver ou é burra demais
> pra ver

> o que eu me recuso a acreditar
> porque minha irmã não
> é burra!!!

Helena

> Não tá óbvio, não

> NÃO TÁ!!!!

**Flávia:**

respira fundo, Helena, pelo amor de Deus???

oq de pior pode acontecer se vocês ficarem?

**Helena:**

Eu nem sei se ele quer ficar comigo

A última aula só... foi meio estranha

E parece que rolou um climinha

Mas posso estar enganada!!!

**Flávia:**

aham

e pq ele ficou 10 anos te abraçando??

**Helena:**

Ai, Fláviaaaaa

Eu não sei oq fazer

**Flávia:**

vc tem que se jogar

dar até ficar dolorida

ou pelo menos dar uns beijos

Helena:

Eu ainda não tô pronta pra
um novo relacionamento

Flávia:

e quem falou em
relacionamento, doida?

vc esqueceu de me contar
a parte que ele te deu uma aliança
por acaso?

Helena:

Não

Mas e se ele estiver querendo algo
mais sério?

Flávia:

aí vc entra em pânico de novo
e a gente conversa de novo

agora a gente tá falando de dar uns beijos

no máximo uma sentadinha básica

Helena:

Eu não sei se tô pronta

**Flávia:**

tá, sim

e ele não é o Igor, Lelê

eu sei que a sua experiência com o Igor foi horrível

fui eu que te dei colo, lembra?

mas eu tbm sei que não é pq vc teve um relacionamento ruim que os próximos vão ser assim tbm

vc deu azar de namorar um fdp

mas não pode se fechar pra todos os relacionamentos por causa dele

**Helena:**

Depois a gente conversa

Preciso ir

A última mensagem é, principalmente, porque não quero lidar com esse problema. Mas também porque cheguei ao quarto e a luz acesa que escapa pela fresta da porta me faz estacar no corredor.

Claire está lá dentro.

Nós não nos encontramos desde o dia em que ela me acusou de ter roubado seu colar. Até nos vimos em um jogo de hóquei que Justin me convidou para assistir, mas eu fui com o pessoal do *Ice Stars*, e ela estava com Sidney e a nova namorada de Sidney.

Considero dar meia-volta só para não ter que encarar outro possível surto, mas por que eu deveria me sentir coagida a evitar meu próprio quarto?

Por mais que eu venha me esforçando para ter empatia e entender o lado de Claire, cheguei ao meu limite. Ter um namorado tóxico não é desculpa para tratar os outros como saco de pancadas.

Eu também passei por situações péssimas na mão do Igor, e nunca acusei nenhuma amiga de roubo!

Respiro fundo e decido que, pela primeira vez, não vou tentar conversar com ela. A não ser que Claire esteja mexendo nas minhas coisas de novo, vou fingir que não a vi, exatamente como ela faz sempre que nos esbarramos. Quando ela parar de agir como criança, eu volto a me esforçar para recuperar a sua amizade.

Abro a porta, determinada a me sentar na escrivaninha e ignorar sua presença, mas Claire arfa em surpresa. Meu olhar vai até ela automaticamente e não consigo desviá-lo. Claire está deitada na própria cama, por cima das cobertas, os olhos injetados e o rosto todo vermelho.

Fico parada, tentando decidir a melhor forma de agir. Não sei se devo oferecer ajuda ou se isso vai irritá-la. Por fim, dou um passo para trás, achando que o melhor que posso fazer agora é não incomodar.

— Não. — Sua voz sai tão quebrada que algo dentro de mim se parte também. — Não precisa ir embora.

Claire está com o travesseiro apertado contra o peito, o cabelo desgrenhado e uma expressão tão desolada que tenho certeza de que ela e Sebastian terminaram. Ou, pelo menos, tiveram uma briga muito feia.

Qualquer raiva que eu sentia dela evapora e é substituída por preocupação.

— O que aconteceu? — Fecho a porta e me aproximo, me ajoelhando em frente à sua cama para nossos olhos ficarem na mesma altura. — Foi o Sebastian? Eu juro que se ele...

— Não. — Claire balança a cabeça sem convicção nenhuma.

— Então por que você tá assim? — insisto mais baixo, porque qualquer movimento brusco parece capaz de desmontá-la.

— Por que você tá preocupada comigo depois de tudo que eu fiz? — Sua voz quase não sai, mas não sei se ela está com vergonha ou se não consegue falar mais alto.

— Porque você é minha amiga!

— Você mal me conhece. — Uma lágrima escorre pela bochecha de Claire, então mais uma e mais outra. — E eu tenho sido horrível com você.

Claire não está mentindo, mas o que ela não sabe é que estive no seu lugar e entendo como é estar tão envolvida com alguém que essa pessoa vira o centro da sua vida. Sei como é demonizar todo mundo que tenta te avisar que tem algo de errado no relacionamento.

— A gente teve um mal-entendido, só isso. — Aperto sua mão, e Claire chora ainda mais, fungando enquanto as lágrimas descem em abundância. — Se você não quiser conversar, eu posso ficar aqui só te fazendo companhia. Mas, se quiser desabafar, tô aqui pra ouvir também.

Com uma fungada alta, Claire assente e aperta o travesseiro com mais força contra o corpo. Deixo que ela chore e afago sua mão, segurando as minhas lágrimas. Não é fácil vê-la nesta situação e me lembrar de tudo pelo que passei há poucos meses.

— Nós terminamos — ela diz um tempo depois, e sou invadida por uma mistura de alívio e pena.

Sei como essas coisas funcionam. A chance de eles voltarem em alguns dias é grande, e Claire vai acabar me afastando de novo se eu reagir como gostaria. Então, por mais que eu queira soltar fogos de artifício, respiro fundo e me ajeito para ficar de frente para ela.

— Vocês brigaram?

A primeira coisa que passa pela minha cabeça é que ela teve a confirmação de alguma traição, mas Claire me surpreende:

— Eu achei que tava grávida — ela murmura.

— Como assim? — Franzo o cenho, confusa.

— Minha menstruação atrasou por uns dias, e achei estranho porque ela costuma ser bem regulada. Então eu falei pro Seb, porque tava com medo e não sabia o que fazer e... — Ela engole em seco e desvia o olhar. — Ele surtou.

— Ele entrou em pânico? — pergunto, ainda tentando entender.

— Não, ele surtou *comigo*. — Mais lágrimas escorrem quando ela volta a me fitar. — Disse que eu fiz de propósito pra destruir a carreira dele e que ia dar um jeito se eu não quisesse abortar. E ele ainda falou um monte de coisas horríveis sobre mim...

— Meu Deus, Claire. — Não quero demonstrar o quanto estou chocada, então mordo a bochecha para recobrar a compostura. — Isso aconteceu agora? Eu posso...

— Não, já faz um tempo — ela me interrompe, a voz embargada. — Minha menstruação desceu uns dias depois, e ele voltou a me tratar como uma princesa. Disse que se assustou e pediu desculpas pelo jeito que reagiu. Até me comprou um colar pra substituir o que eu perdi.

Não posso deixar de notar que ela disse "perdi" e não "que você roubou", mas, como este não é o foco, pergunto:

— E você mandou ele pastar, né?

— Não. Aceitei as desculpas, porque... eu ainda amo o Sebastian. — Ela fecha os olhos com força, as bochechas assumindo um tom escarlate. — Mas eu não conseguia tirar a nossa briga da cabeça, então comecei a prestar mais atenção. Principalmente em como ele sumia por horas e depois ficava bravo se eu fazia qualquer pergunta.

— Você descobriu uma traição — completo. De alguma forma, tenho certeza de que foi isso que aconteceu.

— Várias. Eu peguei muitas mensagens horríveis no celular dele. Coisa obscena de verdade, sabe? — ela diz baixinho. — E várias fotos também. Fotos que ele mandava pros amigos depois, comentando sobre as garotas.

— Que horror! — Não consigo conter o choque e o nojo na minha voz.

Ela anui devagar e fica em silêncio, olhando para o nada.

Tenho um milhão de perguntas, mas me seguro e deixo que ela siga seu ritmo e compartilhe o que quiser compartilhar.

— Ele tentou me convencer de que eu tava louca, e errada por ter mexido no celular dele — ela conta, voltando a me fitar. — E parte de mim queria acreditar que era tudo um mal-entendido, então acabei perdoando. Isso faz uns dois dias. Hoje eu deixei um bilhete terminando tudo, peguei minhas coisas lá na república e bloqueei ele.

— Meu Deus, Claire — repito, porque não consigo reagir de outra forma. Afago sua mão, sem saber o que fazer ou dizer para confortá-la. É óbvio que quero xingar Sebastian e afirmar que ela está muito melhor agora, mas não acho que seja o momento. — Eu sinto muito que você esteja passando por isso.

— Me desculpa pelo jeito que eu te tratei — ela diz mais alto e mais rápido, voltando a chorar. — Ele me disse que você tava com inveja, e eu não queria acreditar que ele tava me traindo. E depois ele disse que você tinha me roubado, e eu...

— Tá tudo bem! — eu a interrompo, o peito doendo com o seu desespero. — Eu sei que não foi culpa sua.

Escrito na neve • 139

— Foi, sim! Eu sou muito burra. — Ela se senta na cama, parecendo um pouco melhor depois de derramar tantas lágrimas.

— Você não merecia ser tratada daquele jeito. Desculpa de verdade.

— Obrigada. — Sento ao lado dela na cama e a puxo para um abraço, porque é só o que posso fazer por ela agora.

Sair de um relacionamento abusivo nunca é fácil, e, pelo jeito que Claire falou, ela ainda está tentando se convencer de que tomou a decisão certa. O que precisa agora é de uma amiga que a apoie. Tenho certeza de que vai ficar em dúvida e querer voltar com Sebastian. E é nesses momentos que ela vai precisar que Sidney, eu e todas as suas amigas fiquemos ao seu lado para que isso não aconteça.

— O que você acha de eu comprar um chocolate? — ofereço um tempo depois, procurando algo para animá-la.

— Na verdade, acho que preciso ficar um pouco sozinha. — Ela se deita na mesma posição de antes, agarrada ao travesseiro, e fecha os olhos.

É difícil deixá-la neste estado, mas entendo que Claire queira espaço. Então apenas digo que ela pode me chamar se quiser qualquer coisa e saio do quarto, apagando a luz.

Assim que piso no corredor, um milhão de possibilidades cruzam a minha cabeça, e todas elas têm a ver com métodos de tortura e Sebastian. Só de pensar em tudo que ele fez com Claire, tenho vontade de socá-lo. Mas duvido que ela queira que eu me meta ainda mais, por isso, respiro fundo e me dirijo para a aula de Organização e Sistemas de Computadores.

No meio do caminho, no entanto, recebo um e-mail da coordenação do curso, me intimando a comparecer a sala do sr. Harrison, e um arrepio gelado sobe pela minha coluna.

Será que ele descobriu a mentira? Será que vou ser mandada de volta para o Brasil?

Quando chego à sala do sr. Harrison, sinto como se os oficiais de imigração estivessem do outro lado esperando para rasgar meu passaporte. Quero voltar correndo para o meu quarto, mas me obrigo a bater à porta.

Sou recebida com a mesma expressão tranquila da outra vez, e tento me convencer de que talvez ele só queira saber se estou bem. Mas sei, de alguma forma, que tem algo de errado.

— A senhorita está se adaptando bem? — O sr. Harrison aponta para a cadeira em frente à sua mesa.

— Estou, sim — respondo com a voz trêmula enquanto me sento. — O pessoal do projeto é muito acolhedor, a experiência do intercâmbio está sendo ótima.

Deixo de fora a parte de que estou fazendo aulas particulares com o supervisor do *Ice Stars*. Desde que eu esteja evoluindo, o sr. Harrison não precisa saber dos detalhes.

— Que bom. — Ele acena devagar, com um sorriso satisfeito. — E dá pra ver que seu inglês também está melhorando.

— É... — gaguejo, sentindo que a conversa vai para uma direção que não vou gostar. — Acho que sim.

— Ótimo! — O sr. Harrison faz uma anotação na agenda. — Eu tenho um convite para te fazer: quero que prepare uma apresentação sobre o *Ultimate Soccer Battle* para todo o curso de ciências da computação e de desenvolvimento de jogos.

# 20

## O SR. HARRISON VAI DESTRUIR A MINHA VIDA

Essa é a pior coisa que poderia acontecer. Se não for a pior, com certeza está entre as três piores, junto com ser deportada e morrer.

Ter que falar em público em inglês sobre qualquer assunto que eu domino seria um pesadelo, mas fazer uma apresentação sobre um projeto do qual não participei? É praticamente uma tortura. É muito provável que os alunos dos dois cursos saibam mais sobre o *Ultimate Soccer Battle* do que eu!

Encaro o tampo da mesa, procurando uma saída. Será que o sr. Harrison vai ficar muito bravo se eu simplesmente recusar?

— Eu... eu não... não posso fazer isso — gaguejo tanto que não ficaria surpresa se ele não entendesse nada.

— E por que não? — As sobrancelhas franzidas e o olhar sério deixam claro que essa não era a resposta que ele esperava.

Mil ideias passam pela minha cabeça em um único segundo. A mais óbvia de todas é aproveitar o momento para contar a verdade. Pensei sobre isso algumas vezes durante os encontros do *Ice Stars* em que não consegui ser útil para o projeto. Mas contar nunca foi uma possibilidade real; o medo de ser mandada de volta para o Brasil sempre foi muito maior do que o remorso ou a culpa por continuar mentindo.

Principalmente agora que tenho ainda mais a perder do que tinha na minha primeira conversa com o sr. Harrison. Naquele dia, eu me recusei a voltar para o Brasil porque não tinha coragem de encarar Igor e porque queria provar que ele estava errado. Agora, mais do que não querer voltar, eu quero *ficar*.

Estou adorando morar no Canadá. Pela primeira vez estou estudando um assunto que me interessa e finalmente estou fazendo amigos e me sentindo em casa. Como eu poderia colocar meu intercâmbio em risco se ainda tenho tanta coisa para viver aqui?

Não, contar a verdade não é uma opção.

— Eu sou *muito* tímida. — É a desculpa que dou. Meus olhos ardem, e sinto que vou começar a lacrimejar, então não vai ser difícil convencê-lo de que a simples ideia de falar em público é o bastante para me deixar em pânico. — Eu vou passar mal se tiver que falar na frente de um monte de gente.

— Vai ser tranquilo, é um assunto que a senhorita domina e nem todos os alunos vão participar, a expectativa de público é entre cinquenta e cem pessoas — ele informa de um jeito tão descontraído que nem parece que está falando de *dezenas* de pessoas. Só a ideia de ter que encarar uma plateia com tanta gente me faz hiperventilar. — Vai ser uma oportunidade ótima para a senhorita e para os nossos alunos.

— Eu não consigo. — Tenho que conter a vontade de rir da ironia, o que só mostra o quanto estou histérica. — Juro que não é que eu não queira, eu realmente não consigo.

O sr. Harrison me estuda em silêncio por alguns segundos, seus olhos procurando algo em meu rosto. Ele me fita com tanta atenção que acho que vai conseguir ler a mentira nas minhas linhas de expressão. Mas ele comprime os lábios e

Escrito na neve • 143

solta o ar com força pelo nariz, o que me diz que, seja lá o que encontrou, não era o que queria.

— Faculdade é sobre isso, Helena. É sobre encarar novos desafios e conseguir fazer coisas que achamos que não somos capazes de fazer. — Dá para ver que ele está se esforçando para ser gentil, mas tem uma firmeza no tom de sua voz que me assusta. — Intercâmbios, em especial, são para se desafiar. Você está morando sozinha em outro país, falando uma língua que não é a sua, e acha que não é capaz de dar uma simples palestra?

Respiro fundo para me acalmar, mas meu coração continua batendo tão forte que meu peito dói. Está claro que ele não quer aceitar minha negativa, mas preciso dar um jeito de dissuadi-lo. Participar dos encontros do *Ice Stars* já é um risco enorme, mas uma apresentação sobre o *Ultimate Soccer Battle*? Seria meu fim.

— Desculpa, sr. Harrison. — Mordo o lábio inferior e balanço a cabeça, os olhos ardendo com a vontade de chorar. — Eu não tenho condições de aceitar.

— Helena, acho que não me expressei muito bem. Não é uma opção. — Ele cruza os dedos sobre a mesa, seu olhar endurecendo. — É uma obrigação, vai valer nota para o seu currículo e para o seu intercâmbio. Eu posso até te dar um tempo maior para se preparar psicologicamente, mas a senhorita *vai fazer* essa apresentação.

Meu estômago se revira e por um segundo acho que vou vomitar em cima do sr. Harrison, mas consigo engolir em seco e apenas o encaro, atônita.

Quero chorar, gritar e sair correndo, mas parece que nada disso seria o suficiente para eu me safar.

❋

Deixo a sala do sr. Harrison desnorteada. Estou suando frio, com vontade de vomitar e à beira das lágrimas. Não fiquei abalada deste jeito nem quando descobri o erro no meu currículo. Naquele dia, eu ainda conseguia ver uma luz no fim do túnel; só precisava fingir que havia participado da criação do *Ultimate Soccer Battle* e aprender sobre desenvolvimento de jogos. Hoje, não vejo nenhuma saída além de assistir a tudo desmoronar ao meu redor.

O sr. Harrison deixou bem claro que não tenho escolha e que preciso fazer essa maldita apresentação. Até ganhei um mês para me preparar, só que ele não sabe que todo o tempo do mundo ainda seria pouco.

Por isso, faço a única coisa que me resta: mando uma mensagem desesperada para a minha irmã.

Helena:

Eu tô ferradaaaaaa

O coordenador do curso tá me obrigando a fazer um seminário sobre aquele jogo dos infernos

Oq eu faço????

Pelo horário, sei que ela está em aula e vai demorar para me responder, então mando a mesma mensagem, só que em inglês, para a única pessoa que pode me ajudar: Justin.

Justin:

O treino acabou agora

Só preciso tomar um banho

Quer me encontrar aqui na arena?

Escrito na neve • 145

Não tenho certeza de que mandar mensagem para Justin foi a melhor ideia. Tudo bem que a situação entre nós melhorou muito nos últimos dias, e que contei coisas para ele que apenas Flávia sabe, mas isso não quer dizer que ele se importe comigo. Talvez me diga para contar a verdade para o sr. Harrison, mesmo que isso signifique que eu tenha que voltar para o Brasil.

Mas só tenho Justin, e eu realmente preciso de ajuda.

Helena:

Tô indo

A arena fica perto do prédio de ciências da computação, então chego lá em menos de dez minutos e me sento em um dos bancos de madeira perto do vestiário para esperar por Justin. Isso não seria um problema em qualquer outro dia, mas hoje estou com o corpo formigando e meus pés batem inquietos no chão, acompanhando o ritmo da minha playlist de rock brasileiro.

A cada rapaz que sai do vestiário, eu me levanto em um pulo, apenas para receber um olhar estranho e ter que me sentar de novo. Na quarta vez, dou de cara com Sebastian.

Ele me nota de imediato e me fita com tanto ódio que eu me encolho. Ele diminui o passo, e, por um segundo, tenho certeza de que vai falar um monte de merda para mim. Mas ele não diz nada, só caminha sem pressa, como se fosse o dono do lugar.

Quando Justin aparece, alguns minutos depois, ainda estou queimando por dentro, "Jeito Livre", do Rancore, explodindo nos meus ouvidos. A conversa com o sr. Harrison já tinha me afetado bastante, mas ver Sebastian depois de saber o jeito como tratou Claire me deixa ainda mais nervosa. Traz à tona muitas lembranças que eu gostaria de esquecer.

— Você tá bem? — Justin vem na minha direção com uma expressão preocupada no rosto.

A sua proximidade faz com que minha cabeça, que estava uma confusão, vire uma bagunça ainda maior — só que por motivos bem diferentes. Ele me estuda com o cenho franzido, mas não consigo prestar atenção em nada além de seu cabelo molhado, grudando na testa e no pescoço. Nisso e no cheiro de sabonete misturado com um perfume amadeirado.

— Eu... não! Não tô bem. — Balanço a cabeça e dou um passo para trás, tentando me afastar de Justin e esquecer que ele estava nu, debaixo do chuveiro, há menos de cinco minutos. — O sr. Harrison vai destruir a minha vida.

— Me explica o que aconteceu — ele pede, me guiando para a saída.

Pisar do lado de fora me ajuda um pouco. O frio acalma o fogo que vinha se instalando dentro de mim, e o vento leva o cheiro de Justin para longe, desanuviando a minha mente. Fica mais fácil ignorar os sentimentos estranhos que estão criando raízes dentro de mim e focar o problema à minha frente.

Conto em detalhes a conversa que tive com o coordenador. Digo que praticamente implorei para não fazer a apresentação e que, ainda assim, o sr. Harrison não pareceu nem um pouco abalado com o meu desespero.

— Ele disse que é pra isso que servem os intercâmbios! — Minha voz sai meio estrangulada.

— E você não considera mesmo contar a verdade? — Justin pergunta com cuidado, me olhando de lado.

— Não, não considero — respondo com firmeza. — Não posso voltar pro Brasil.

— Tudo bem. — Ele anui, pensativo. — Então a gente só tem uma opção: te preparar pra essa apresentação.

— A gente? — pergunto incerta, mas com um quê de esperança.

— Acho que tá tarde pra eu fugir dessa responsabilidade. — Justin dá de ombros, mas um sorrisinho surge no canto de seus lábios. — Eu te ajudo a se preparar.

— Obrigada! — Antes que eu me dê conta do que estou fazendo, envolvo o pescoço dele em um abraço.

Só percebo o que fiz quando o corpo de Justin retesa. Dura apenas um segundo e logo ele relaxa e retribui o abraço, mas é o suficiente para meu alívio e minha gratidão serem substituídos por um friozinho na barriga.

— Desculpa! — Eu me afasto tão rápido quanto me aproximei, desviando os olhos para o chão. — Eu só... desculpa. E obrigada.

Minhas bochechas queimam, mas o calor também se espalha pelo meu peito e pelo pescoço, acompanhado de um sentimento que venho tentando negar há um tempo e que me deixa desorientada.

— Não precisa agradecer — Justin diz, e posso jurar que também tem uma nota diferente na sua voz.

— É que você tem feito tanto por mim... — Mordo o lábio, me dando conta de que jamais imaginei que Justin me ajudaria em tantas coisas quando implorei que me desse aulas particulares no início do termo. — Eu queria te agradecer de alguma forma. Você pode me dar o número do seu pai, e eu ligo pra ele todo dia até ele te deixar em paz em relação à NHL!

Isso arranca uma risada sonora de Justin. O som me envolve e me deixa mais leve, quase flutuando.

— Agradeço a ideia, mas não precisa, a gente tá meio que se resolvendo. — Ele tenta parecer indiferente, mas dá para notar que está mais tranquilo do que na última vez que conversamos, talvez até aliviado.

— Jura? Ele aceitou esperar o prazo que vocês tinham combinado?

— A gente teve uma conversa séria depois daquele dia na arena, e eu falei o quanto sempre me esforço pra retribuir tudo que ele e a minha mãe fizeram, mas que entrar pra um time da NHL é algo que preciso fazer por mim. — As palavras de Justin saem baixinhas, parece até envergonhado por lutar pelos próprios sonhos.

É a segunda vez que Justin fala sobre os pais como se devesse alguma coisa para eles. E eu entendo querer agradá-los — um dos motivos para eu estar fazendo intercâmbio é deixar meus pais orgulhosos e não me sentir tão inferior à Flávia. Mas é triste vê-lo questionar um sonho tão grande só por saber que este não é o caminho que seus pais gostariam que seguisse.

— Mas por que você se sente tão em dívida com eles? — Não sei se este é um tópico sensível para Justin, então completo em um tom mais cuidadoso: — É por você ser adotado?

Justin respira fundo e solta o ar pelo nariz, uma fumacinha branca se condensando ao seu redor. Ele leva alguns segundos para responder enquanto olha para o nada e eu o estudo, mas não o pressiono.

— Não é que eu me sinta *em dívida* com eles, mas os dois fizeram muito por mim. Eles poderiam ter me deixado ir pra um orfanato, mas não é só pela adoção. Eu tive uma infância e uma adolescência incríveis, eles nunca me negaram nada e nunca me trataram diferente da Sid. Até em relação ao hóquei, eles pagaram as aulas, os treinadores... — Justin suspira. — A única coisa que meu pai queria era que eu trabalhasse com ele. Não é justo que eu nem considere.

— Mas você considera! Você mesmo disse que pretende trabalhar na empresa depois que se aposentar do hóquei. — Não sei por que sinto uma necessidade tão grande de defender Justin. Talvez seja por tudo o que ele fez por mim até agora, sendo que não tinha obrigação nenhuma em me ajudar. — E, de qualquer forma, não é justo que você tenha que abrir mão dos seus sonhos. A vida é sua, não dele.

— É mais complicado do que isso. — Justin não parece bravo ou irritado, apenas exausto. Como se a conversa tivesse drenado todas as suas energias.

Caminhamos em silêncio, e só então me dou conta de que estamos a apenas três quadras do meu dormitório. Ele me acompanhou sem que eu sequer pedisse, mesmo morando do outro lado do campus.

— Você não precisa ir comigo até lá — digo, embora ainda não esteja pronta para me despedir.

— Agora a gente já tá pertinho. — Ele dá de ombros e então aponta para o meu ouvido, em uma clara tentativa de garantir que eu não volte ao assunto de antes: — O que você tá escutando?

— Nada, a música tá pausada. — Tiro um dos fones e estendo na sua direção. — Mas eu tava ouvindo rock pra ver se me ajudava a acalmar um pouco.

— Rock pra acalmar? — Ele ergue as sobrancelhas, um sorriso despontando em seus lábios, mas pega o fone. — Esse seu fone é todo diferentão, né?

Estou tão acostumada com a minha coleção de fones de ouvido que nem me lembro de que eles são estranhos para a maioria das pessoas. Este, na verdade, nem tem nada de muito especial. É praticamente padrão, só que o fio é revestido por tecido, a ponteira é de espuma e ele tem um suporte ao redor da orelha que termina em um triangulo verde translúcido com detalhes em dourado. É um dos meus fones mais bonitos e com a melhor qualidade de áudio.

— Música é uma parte importante da minha vida. — Por algum motivo, compartilhar esse detalhe pessoal faz minhas bochechas esquentarem. — Você tem que ver a coleção que eu tenho em casa.

— De fones? Nem sabia que dava pra fazer coleção. — Ele parece surpreso, mas não está me julgando.

— Tem *muita* opção diferente. Eu devo ter uns vinte, mas alguns são bem ruinzinhos e admito que comprei só porque eram bonitos. — Preciso me conter para não sair tagarelando. Igor costumava dizer que fico insuportável quando falo de música, porque não consigo calar a boca.

— Qual é o mais estranho? — O interesse de Justin faz uma comichão se espalhar pelo meu corpo.

— Eu tenho um de condução óssea, já ouviu falar?

— Não faço ideia do que seja.

— É que, em um fone normal, as ondas sonoras chegam no nosso ouvido através do ar. No de condução óssea, o fone encosta na parte de fora do ouvido e é o osso que vibra, então mesmo que coloque um tampão, dá pra ouvir perfeitamente. — Mordo a bochecha para me impedir de ser chata e falar sem parar. — O pessoal costuma usar pra nadar, porque aí dá pra ouvir música embaixo da água.

— Caramba, muito legal! — O fato de ele estar interessado de verdade, em vez de entediado, faz um calorzinho se espalhar pelo meu peito. — E por que você não trouxe esse? Fiquei curioso pra ver funcionando.

— Esse é um dos que eu tenho só pra coleção, a qualidade nem se compara com um fone normal.

Como não quero falar mais do que deveria, dou play na música e aguardo para ver a reação de Justin. Ele balança a cabeça no ritmo de "Tempo Perdido", do Legião Urbana, e nós caminhamos em silêncio. É neste momento que me dou conta de que nosso relacionamento mudou muito mais do que eu esperava. Sem que eu percebesse o que estava acontecendo, Justin se tornou a única pessoa em quem posso confiar e me apoiar completamente aqui no Canadá.

# 21

## NUNCA VI O JUSTIN DESSE JEITO

— Esse tá *bem* sexy! — Sidney me olha de cima a baixo com um sorriso de aprovação. — Talvez você passe frio, mas com certeza não vai sair sozinha da festa.

Minhas bochechas ardem com a insinuação, porque suas palavras me fazem pensar imediatamente em uma pessoa e não gosto nem um pouco de como meu cérebro chega a essa escolha.

Me analiso no espelho do provador, tentando me distrair com a imagem da enfermeira que me encara de volta. Peguei esta fantasia só porque é um clássico de filme americano, mas estou me sentindo ridícula. E definitivamente *não quero* estar sexy para ninguém.

— Quem mais vai pra festa? — pergunto como quem não quer nada.

Até porque de fato não quero nada.

— A Claire não vai, ela deixou claro que não quer encontrar o Sebastian. A Taylor vai comigo, óbvio — Sidney diz o nome da namorada com tanto carinho que ninguém duvidaria do quanto está apaixonada. — Acho que o Justin vai também, mas ele anda meio estranho, então tudo é possível.

— Como assim? — Tento soar indiferente, mas duvido que Sidney não note o interesse.

— Sei lá, ele anda esquisito desde o início do termo, mas nessas últimas semanas... quase não reconheço meu irmão. — Ela continua analisando as araras de roupa, alheia ao quão rápido meu coração está batendo. — Antes ele se enfiava em todas as festas e sempre acabava a noite com uma garota diferente.

— Jura? — É difícil ignorar a fisgada no peito com a simples ideia de ver Justin com outra garota, mas me obrigo a manter a compostura. — Acho que nunca vi ele com ninguém.

— Exato! — Ela se vira para mim com um cabide na mão. — Ele anda bem mais calmo, meio pensativo... Não sei, só sei que tá *estranho*. Prova essa daqui.

— E você acha que é por causa de alguém?

— Só se ele estiver apaixonado de verdade, porque nunca vi o Justin desse jeito. — Pela primeira vez desde que começamos o assunto, Sidney me fita com mais intensidade. — Por quê?

— Nada! — respondo rápido demais. — Vou provar essa, calma aí.

Dentro do provador, tiro um momento para respirar, o coração acelerado enquanto visto a fantasia de bruxa. É bastante simples — um corselete marrom com uma saia branca e rosa, além de um chapéu nos mesmos tons —, mas abraça perfeitamente meu corpo.

— Acho que é essa! — digo, empolgada, quando abro a cortina do provador.

Sidney termina de escrever algo no celular e levanta a cabeça, me analisando com atenção.

— Não é tão sexy quanto a outra, mas ficou perfeita em você.

— Então tá decidido!

❉

Eu passei a semana toda tentando convencer Claire a ir com a gente, então sei que é uma batalha perdida. Ainda assim, tento animá-la ao mesmo tempo que escovo o cabelo e me arrumo para a festa.

Geralmente prefiro meu cabelo cachcado, principalmente no clima de Calgary em que consigo deixar as ondas bem definidas sem muito frizz, mas acho que o cabelo liso combina melhor com a fantasia de hoje.

— Você tem certeza de que vai ficar bem? — pergunto, quase uma hora depois de ter voltado para o dormitório, pelo que deve ser a vigésima vez.

— Absoluta. — Ela nem levanta os olhos do notebook, focada demais na segunda temporada de *Bridgerton*, que está tentando assistir, com certa dificuldade, desde que cheguei. — Melhor ficar aqui do que ver o Seb se agarrando com outra garota.

É um medo bem compreensível. Ninguém está pronto para ver o ex seguindo em frente dez dias depois do término. E, conhecendo o Sebastian, não duvido nada de que já esteja com outra.

— Eu posso ficar aqui com você! — ofereço também pela vigésima vez. Sendo bem sincera, não quero passar a noite no quarto; é minha primeira e provavelmente única festa de Halloween, mas eu não hesitaria nem por um segundo se Claire me pedisse para ficar. — Ou posso voltar mais cedo!

— É claro que não! Você já tá toda arrumada! — Ela parece indignada com a mera sugestão. — E tá linda.

— Eu te aviso se o Sebastian não for — digo, porque quero muito tirar Claire daqui de dentro.

Ela tem andado bastante amuada desde o término, até porque Sebastian não a deixa em paz. Sid e eu temos que convencê-la a não voltar com ele pelo menos uma vez por dia.

Chegamos ao ponto de evitar deixá-la sozinha com o celular, por medo do que pode acontecer.

E não ajuda em nada que Sidney esteja irradiando paixão pela nova namorada, o que significa que eu sou a maior responsável por trazer Claire de volta para a realidade quando ela começa a fantasiar que o relacionamento com Sebastian era perfeito.

Há alguns anos, eu não teria muita paciência para lidar com ela, mas passei por todas essas fases quando terminei com Igor, então é impossível não ter o mínimo de empatia.

— Não precisa. — Ela balança a cabeça com firmeza. — Eu tenho certeza de que ele vai.

Ouvi dizer que *todo mundo* vai a esta festa. Ao contrário das outras, que eram do time de hóquei, a de hoje é tradição de uma irmandade que tem uma mansão próxima do campus. Todos os alunos foram convidados, então deve estar ainda mais lotada.

— Helena... — Claire me olha com a expressão culpada que já flagrei em seu rosto algumas vezes. — Acho que a gente precisa conversar.

— Sobre?

Antes que ela possa responder, no entanto, somos interrompidas por três batidas firmes na porta.

Nós trocamos um olhar confuso, e, pelo jeito que a cor some do seu rosto, sei que Claire está pensando o mesmo que eu: será que é Sebastian?

Não seria a primeira vez que ele aparece sem ser convidado. Nestes dez dias, ele veio aqui de surpresa pelo menos quatro vezes. Chegou até a mandar um buquê de rosas vermelhas e a ficar esperando Claire do lado de fora do nosso prédio. Sem contar as inúmeras mensagens pedindo para voltar, dizendo que eles precisam conversar e que ela está sendo burra porque

Escrito na neve • 155

nunca vai encontrar um namorado melhor — mensagens que ele manda sempre de um número diferente, já que o dele está bloqueado.

Sebastian foi de namorado tóxico para stalker muito rápido, e isso me preocupa. Mas não quero que Claire veja o quanto a possibilidade de ser seu ex-namorado do outro lado da porta me assusta, então respiro fundo e estufo o peito, pronta para sair no tapa com ele se for necessário.

Abro a porta com força e com a expressão mais irritada que consigo buscar dentro de mim.

— O que você... — começo, a raiva explodindo na minha voz, até eu ver quem está ali e o ódio se transformar em choque. — O que você tá fazendo aqui?

— Justin? — Claire pergunta de trás de mim.

Ele está usando uma camisa azul com um colete preto por cima. A barba está maior do que de costume, mas bem aparada, e acho que o fato de que meu estômago se contorce com a visão significa que o visual combina muito com ele. Mas o que realmente me chama a atenção são os dinossauros de brinquedo pendurados em seus braços e ombros, além das manchas vermelhas de sangue falso.

— E aí? — Ele abre um sorriso que faz meu coração bater mais rápido, então me olha de cima a baixo, parando por um tempo mais longo do que o necessário no meu corselete. — Vamos?

— Pra festa? — Olho para Claire em busca de uma resposta, mas ela está tão perdida quanto eu.

— Não. — Ele balança a cabeça, e o sorriso em seu rosto se abre ainda mais. — Doces ou travessuras!

— Achei que você tivesse dito que era coisa de criança. — Cruzo os braços, mas estou apenas tentando disfarçar o quanto seu gesto mexeu comigo. Eu não tinha expectativa alguma quando comentei que sair para pedir doces no Halloween era um dos meus sonhos, mas essa é uma das melhores surpresas que já fizeram para mim.

— Eu disse, e é mesmo. — Ele dá de ombros, como se não fosse nada de mais e eu não estivesse prestes a derreter. — Mas você parecia empolgada, então pensei que a gente podia ir junto antes da festa.

— Se eu soubesse que ia rolar doces ou travessuras, teria colocado uma fantasia! — Claire se senta na cama, indignada. — Eu também nunca pedi!

— A gente te espera. — Eu me viro para ela, metade de mim desejando que aceite porque não tenho certeza de que seja prudente eu ficar sozinha com Justin hoje, a outra metade querendo mais do que tudo ficar sozinha com Justin hoje.

Claire olha de mim para ele e, por um momento, parece considerar. Mas então se deita de novo, ajeita o notebook no colo e diz:

— Nah, *Bridgerton* tá muito boa. E eu não tô a fim de passar frio.

# 22

## SE EU FOR DEPORTADA POR CAUSA DISSO, JURO QUE TE ARRASTO COMIGO PRO BRASIL!

As pessoas não parecem muito dispostas a dar doce para dois universitários, mas ainda assim é uma experiência incrível. E não só porque, apesar de algumas caras feias, termino com uma sacola cheia de chocolate, mas porque Justin torna tudo muito divertido. Ele sempre tem algum comentário engraçado sobre as casas ou sobre as pessoas que nos recebem, e, quando um cara se recusa a nos atender porque somos muito velhos, Justin tira um ovo de dentro da bolsa, joga em uma das janelas e sai em disparada. Acho que meu coração nunca bateu tão forte na vida.

— Você é doido! — Apoio as mãos nos joelhos, tentando recuperar o fôlego depois de correr por duas quadras. — Se eu for deportada por causa disso, juro que te arrasto comigo pro Brasil!

— Você não vai ser deportada. — Sua voz falha tanto pela falta de ar quanto pela risada. — Faz parte da tradição, ele sabia que isso podia acontecer.

— Você é doido — repito, mas desta vez também deixo uma risada escapar.

Nós estamos em um bairro residencial perto da universidade, cheio de crianças pedindo doces ou travessuras. Só que a corrida desenfreada nos levou para uma rua mais afastada, com menos casas e menos iluminação. Se estivéssemos no Brasil, eu falaria para darmos meia-volta, mas aprendi que não preciso ter medo em Calgary, então aproveito um muro baixinho para me sentar e me acalmar até conseguir respirar direito.

— Obrigada por ter vindo comigo — digo, grata por poder riscar mais uma coisa da minha lista.

A noite foi ainda mais legal do que eu esperava. Todas as casas estão decoradas, sem exceção. Algumas só com uma abóbora ou morcegos adesivados na parede, mas a maioria das decorações é bem elaborada, com esqueletos ao lado da porta, luzes alaranjadas e bonecos que te assustam quando você passa. Isso sem contar que a cidade está envolta por uma aura diferente.

— Eu não podia te deixar ir embora sem jogar ovo numa casa — ele brinca.

— Não fui eu que joguei. — Encolho os ombros, pensando que esse é o argumento que vou usar com a polícia.

— Você tem razão, a gente tem que voltar lá! — Justin finge que vai dar um passo na direção da casa, mas volta e se senta ao meu lado no muro.

A proximidade faz a minha respiração se desestabilizar de novo, e eu ainda nem tinha conseguido fazer com que ela voltasse ao normal.

Está sendo muito difícil controlar as emoções estranhas que me dominaram nestas horas ao lado de Justin. Cada vez que ele me puxa pela mão na direção de uma casa, eu sinto eletricidade percorrendo minhas veias. Quando o pego sorrindo de lado para mim, sou tomada por um friozinho na barriga. Se ele faz uma piada idiota sobre alguma fantasia, eu rio exageradamente.

Escrito na neve • 159

São reações muito parecidas às que eu tinha quando estava apaixonada e que aos poucos foram se transformando em sentimentos doloridos. Por isso, ao mesmo tempo que ficar afetada deste jeito me dá uma adrenalina e uma empolgação gostosa, também me assusta. Me assusta muito. Porque eu sei o que vem depois.

— Você tá com frio? — Justin pergunta. — Quer voltar?

Eu nem tinha notado que estou tremendo, mas não acho que seja por causa do clima; meu corpo, na verdade, está bem mais quente do que deveria.

Justin olha para a própria roupa, como se procurasse um casaco, mas ele está usando só a camisa e o colete por cima.

— Eu tô bem, obrigada. — Então, porque preciso me distrair, pergunto: — Que fantasia é essa?

Justin parece *ofendido* com a minha pergunta. Ele faz uma cara surpresa e olha de novo para si mesmo, analisando sua fantasia.

— É de *Jurassic Park*. — Sua voz sai banhada de indignação, e ele estica o braço para mim. — Não deu pra entender?

O movimento brusco faz um dinossauro cair aos meus pés. Eu me abaixo para pegá-lo e, quando volto, posso jurar que Justin está mais perto. Tão perto que fico desconcertada por um momento.

— Agora que você falou... — Pigarreio, tentando fazer minha voz voltar ao normal. — Tá bem óbvio mesmo.

Seguro o braço de Justin, ainda esticado para mim, e colo o dinossauro com a fita adesiva que soltou. Estou tremendo tanto que demoro muito mais do que deveria, o tempo todo consciente do olhar de Justin sobre mim e do calor que emana da sua pele através do tecido.

Quando termino, o braço dele continua na mesma posição, e minhas mãos também, como se estivessem grudadas ali.

— Acho que a fantasia não ficou tão boa assim, se eu preciso explicar — ele diz, a voz rouca.

— Pelo menos não é óbvia igual à minha. — Tento rir, mas minha boca está seca.

— Você tá linda. — Suas palavras têm tanto peso que quase estremeço em resposta.

Eu me obrigo a parar de encarar os dinossauros e fito Justin. Seus olhos azuis brilham para mim, intensificados pela luz da lua. Seu rosto está conturbado, como se ele também tentasse lutar contra os próprios sentimentos, mas estivesse perdendo a batalha.

Seria muito fácil beijá-lo se eu quisesse. Só precisaria me inclinar um pouco para finalmente acabar com esta necessidade que cresce dentro de mim.

— Helena, eu... — Justin diz meu nome daquele jeito, "Elina", que me deixa toda mole.

E então *ele* se inclina. Tem tanta eletricidade entre nós que este mínimo movimento causa um arrepio que percorre meu corpo todo. Eu me deixo levar, completamente consumida pelo momento, e me aproximo mais. Seus olhos descem para a minha boca e dá para ver a mudança neles, as pupilas dilatando até que eles pareçam quase pretos em vez do azul intenso ao qual estou acostumada.

Mas, quando nossas bocas estão a meros milímetros de distância, eu sinto algo na ponta do nariz. É uma sensação engraçada, quase uma carícia. É leve, mas é o suficiente para me fazer parar no lugar, confusa. Justin percebe meu movimento, e uma ruga discreta aparece entre suas sobrancelhas.

Abro a boca para tentar me explicar, mas, antes que qualquer palavra saia, sinto aquela mesma sensação, agora na bochecha. E, no segundo seguinte, entendo o que está acontecendo quando vejo um pontinho branco pousar na testa de Justin.

Escrito na neve • 161

Está nevando.

— Isso é neve? — Eu pulo de pé, estendendo a mão para capturar os flocos que caem ao nosso redor.

— É, sim. — Justin se levanta também, um sorriso triste tomando seus lábios.

Começou a nevar em Calgary há umas duas semanas, mas sempre de madrugada e nunca o bastante para durar até o dia seguinte. O próprio Justin já tinha comentado que era estranho que ainda não tivesse acontecido nenhuma nevasca de verdade, e eu estava começando a ficar com medo de voltar para o Brasil sem conhecer a neve.

A quantidade de flocos ao meu redor parece aumentar a cada minuto que passa, e eu não consigo me conter, girando no lugar com os braços abertos enquanto aprecio o céu escuro, os pontinhos brancos se destacando na noite.

Justin dá um passo na minha direção, chamando minha atenção de volta para si, e a visão dele rodeado por neve me deixa sem fôlego. Mesmo com essa fantasia idiota de dinossauros, é um momento extraordinário.

— Helena... — Ele dá um passo na minha direção, e meu corpo todo amolece.

Seria muito romântico beijá-lo sob o cair da neve. Seria perfeito, na verdade. Mas a distração foi o suficiente para me lembrar de que, por melhor que esteja agora, vai ficar muito, *muito* ruim depois. E que não vale a pena passar por tudo aquilo de novo, ainda mais por um rapaz que logo vai sair da minha vida.

— É melhor a gente ir pra festa. — Dou dois passos para trás, acabando com a tensão que estava se formando entre nós.

Justin não diz nada, mas vejo a fumaça branca saindo devagar pela sua boca enquanto ele encara o lugar onde eu estava há apenas um segundo como se tivesse levado uma punhalada.

# 23

## NÃO CHEGA PERTO DELA

Por mais que parte de mim quisesse passar o resto da noite pedindo doces com Justin, fico feliz quando chegamos à mansão. Não só porque não estarmos mais sozinhos ajuda a dissolver a tensão que se instalou entre nós, mas porque é sem dúvidas a festa mais legal de que já participei.

A casa é mesmo enorme e está toda decorada para o Halloween, com teias de aranha no teto e nos cantos, abóboras com velas dentro, e mãos, pés e outros membros pendurados por todos os lados.

Os convidados também levaram a fantasia bem a sério. Tem algumas mais clássicas, tipo bruxa, pirata e fantasma, mas vi um casal vestido de Fiona e Shrek que está pintado de verde da cabeça aos pés, um Edward Mãos de Tesoura com tesouras nos dedos, e um Transformer de papelão que vira um carro quando se abaixa.

— O que você vai beber? — Justin grita por cima da música. — Pensei em pegar alguma coisa e depois procurar o pessoal do projeto, eles devem estar no gramado. E lá deve estar menos cheio do que aqui.

É provável que ele tenha razão. Apesar de a mansão ser muito maior do que a república está lotada. E, como chegamos tarde, todo mundo já parece bem bêbado, dançando agarradinho ou se pegando como se ninguém estivesse vendo — alguns casais nos cantos parecem estar fazendo mais do que só se beijando. Depois do que aconteceu comigo e Justin há apenas alguns minutos, é difícil não me deixar afetar por um bando de jovens com tesão.

— Eu aceito uma cerveja — peço aliviada, porque vai ser bom passar alguns minutos longe dele. — Mas acho que vou ficar por aqui mesmo, preciso me esquentar um pouco antes de ir lá pra fora.

Justin assente e se afasta em direção à cozinha.

Aproveito a distância para inspirar fundo. Apesar de a sala estar lotada, é a primeira vez que consigo respirar de verdade desde que Justin apareceu no meu quarto. Tem algo na presença dele que mexe com todos os meus sentidos e faz com que nem meu pulmão nem meu coração funcionem direito.

E agora que estou sozinha, faço o que meus dedos vêm formigando de vontade de fazer desde que quase nos beijamos.

Helena:

Fláviaaaaa, o Justin tentou me beijaaaaaaar

AAAAAAAAAAAAA

Não espero que Flávia me responda, porque é madrugada no Brasil, mas o "digitando" aparece na mesma hora.

Flávia:

pq "tentou me beijar" e não "me beijou"?????

**Helena:**

Porque eu entrei em pânico

**Flávia:**

pq, Lelê????

e se eu tiver que ler o nome do Igor eu JURO que vou aí pessoalmente grudar a boca de vocês dois com superbonder

**Helena:**

Prefiro não responder

**Flávia:**

HELENA!!!!

então agora vc vai viver em celibato pro resto da vida por causa daquele desgraçado?

é bem bom mesmo porque daí ele acaba com a sua vida de uma vez!!!!

**Helena:**

É fácil dizer isso quando você não passou pelo que eu passei

**Flávia:**

posso te ligar?

**Helena:**

Eu já cheguei na festa

Escrito na neve • 165

**Flávia:**

com o Justin?

**Helena:**

Sim

Pq?

**Flávia:**

ENTÃO ME ESCUTA

já deu de Igor

eu sei que ele te magoou muito e que foi muito difícil pra você

mas cada vez que você deixa de aproveitar alguma coisa por causa dele, ele ganha!!!

é isso que você quer?

**Helena:**

Não

**Flávia:**

quer ficar mal por causa dele? fica quando voltar

daqui a pouco vc tá no Brasil e nunca mais vai ver o Justin

vc quer se arrepender pelo resto da vida pq não deu uma chance pra vcs dois?

**Helena:**

Não é tão simples assim

**Flávia:**

EU AINDA NÃO ACABEI

se fosse a Claire no seu lugar agora

oq você diria pra ela?

vc não tá triste pq ela ficou em casa em vez de sair com vcs?

Essa é, sem dúvidas, a maior dura que minha irmã me deu desde meu término com Igor. E é difícil contra-argumentar, porque ela tem razão, eu provavelmente estaria dizendo essas mesmas coisas para Claire se fosse ela no meu lugar. O que Flávia não percebe é que não tem um botãozinho que eu possa apertar para desligar todas as minhas inseguranças.

Antes que eu consiga responder, no entanto, avisto Justin caminhando de volta na minha direção.

**Helena:**

O Justin tá vindo

Depois falamos

Vai dormir

— Sua cerveja. — Justin me oferece uma das duas garrafinhas que segura.

— Obrigada. — Guardo o celular, as mãos tremendo de leve.

Achei que ele fosse atrás dos amigos, como tinha falado, mas, em vez disso, ele apenas levanta a cerveja em cumprimento e dá um gole, sem se afastar.

— Pode ir lá pra fora. — É difícil dizer essas palavras, porque quero muito que ele fique aqui comigo, mas também *necessito* que ele se afaste. — Não precisa me fazer companhia.

— Eu sei. — É tudo que ele responde antes de tomar mais um gole.

Um silêncio desconfortável se instala entre nós, bem diferente daquele a que estou acostumada quando ficamos sozinhos na arena ou estudando programação. Nessas situações, o silêncio é tranquilo. Agora, está cheio de tensão. Do tipo que preenche o ambiente antes de *alguma coisa* acontecer.

— A sua fantasia é uma das melhores — me pego dizendo rápido demais, desesperada demais. — Tirando a do Transformer, acho que a sua é a mais criativa.

— E eu tava esperando ficar em primeiro lugar. — Ele torce os lábios, decepcionado. — Pelo menos pra você.

Tenho que agradecer a luz do refletor laranja e roxo, porque senão Justin seria capaz de ver a vermelhidão que toma minhas bochechas. E não só elas: meu pescoço, meu peito, meus braços... Meu corpo inteiro fica em chamas com a insinuação.

— Convencido. — Minha voz sai baixa, sem força.

Mas Justin deve ter ouvido, já que abre um sorriso presunçoso, com certeza ciente do efeito que tem sobre mim.

Dou um gole na cerveja e olho para longe, buscando uma distração. E não demoro a encontrar: a apenas alguns passos, Sebastian está conversando com uma garota. Ela está escorada em um pilar, e ele está com o braço apoiado acima da cabeça dela, inclinado na sua direção.

— Eu sei que... — Justin começa, mas não consigo prestar atenção.

— Calma aí. — Levanto uma das mãos, sem nem me virar para ele. — Eu preciso tirar uma foto!

— Uma foto? — Dá para ouvir a confusão na sua voz.

— Do Sebastian! Eu me arrependi por não ter tirado da outra vez, não vou cometer o mesmo erro.

Sei que Sebastian está solteiro e pode ficar com quem quiser. Mas ele está tentando voltar com a Claire, e não duvido nem um pouco que diga que não se envolveu com ninguém durante esse meio-tempo. Desta vez vou estar preparada com provas.

Como tem bastante gente entre nós, preciso levantar os braços para conseguir uma foto decente. Só me esqueci de desativar o flash automático, que chama a atenção de todo mundo, inclusive de Sebastian. Ele se afasta da menina e se vira na minha direção, confuso. Eu tento me esconder atrás de alguém, mas não dá tempo, e a expressão de Sebastian muda drasticamente quando seus olhos encontram os meus.

— Helena, o que você tá fazendo? — Justin pergunta, a preocupação clara em sua voz.

— Eu não sabia que o flash tava ligado!

Guardo o celular com pressa na bolsa, mas é tarde demais. E Sebastian também não está disposto a se fazer de desentendido. Ele caminha até nós com determinação e não parece nada feliz.

Quando Sebastian chega à nossa frente, Justin se eriça. Ele se posiciona entre nós dois, parecendo tão preparado para uma briga quanto eu. Mas não quero que ele me defenda, então dou um passo para o lado.

— Você tirou uma foto minha? — Sebastian grita, e as pessoas ao redor olham para nós.

— Tirei. — Ergo o queixo, pronta para bater de frente com ele. — Pra garantir que você não vai enganar a Claire de novo.

Escrito na neve • 169

— Você só pode tá de brincadeira. Fazer a gente terminar não foi suficiente? — Suas palavras se embolam umas nas outras, e ele dá uma leve cambaleada.

— *Eu* fiz vocês terminarem? — Minha voz sai repleta de ódio. — Você trai a sua namorada, é um babaca tóxico e a culpa é *minha*?

— Se você não tivesse se metido, a Claire nunca... — Mas ele não tem a oportunidade de terminar.

Sebastian dá um passo na minha direção, e no mesmo segundo Justin se coloca entre nós de novo, a mão posicionada com firmeza no peito de Sebastian. Não consigo ver a expressão de Justin, mas consigo sentir a energia que ele emana, e não é nada pacífica.

— Não chega perto dela — ele diz, tão frio que um arrepio sobe pela minha nuca.

— O que foi? Não precisa ficar nervoso. — Sebastian olha de Justin para mim, um sorriso convencido surgindo em seus lábios. — Pode deixar que eu compartilho os restos depois que terminar com ela.

Ninguém reage, mas a tensão que cresce entre os dois é tão palpável que quase consigo vê-la vibrar entre eles, ameaçando explodir a qualquer momento.

Justin é mais alto que Sebastian, e parece crescer ainda mais enquanto empurra um dedo com força contra o peito dele.

— Eu sei que a gente fez um acordo com o treinador. — Sua voz está mais baixa e assustadora. — Mas, se você falar da Helena mais uma vez, eu juro que quebro as suas pernas. Você vai ficar fora pelo resto da temporada. Talvez pelo resto da faculdade.

Sebastian respira fundo e semicerra os olhos. Por um momento excruciantemente longo, parece que vai comprar a briga e partir para cima de Justin. Mas, em vez disso, sua boca apenas se retorce enquanto ele dá um passo para trás e olha para mim.

— Você vai se arrepender! — ele ameaça com o dedo em riste.

Então vira de costas e marcha para longe de nós.

Meu corpo todo gela com o aviso.

# 24

## EU NUNCA TE ODIEI, EU ODIAVA COMO VOCÊ ME FAZ SENTIR

— Posso te perguntar uma coisa? — Sidney me questiona enquanto observa Justin, que conversa com um amigo na porta que dá para o gramado.

Ele entrou para pegar mais bebidas para nós, mas acabou sendo interceptado por um rapaz do time, e agora está segurando as duas garrafas de cerveja com cara de bunda.

Justin não para de lançar olhares na nossa direção, e algo me diz que está agoniado por me deixar sozinha com sua irmã — como se nós duas não nos víssemos praticamente todos os dias.

— Pode — digo, apesar de ter uma ótima ideia do que vem pela frente e de não estar muito empolgada para responder.

— Tem algo rolando entre vocês? — Seu tom não dá a entender que esteja incomodada, Sidney parece apenas curiosa.

— Entre mim e Justin? — Minha voz sai aguda e alta, talvez alta o suficiente para Justin ouvir mesmo estando longe de nós. — Claro que não!

Sidney enfim se vira para mim, com uma expressão que não poderia deixar mais claro que não acredita nem um pouquinho na minha resposta.

— Eu tô perguntando por causa do jeito que ele te olha. Nunca vi o Justin olhar assim pra ninguém. — Ela espera que eu diga alguma coisa, mas eu apenas mordo o lábio. — Só pra constar, não tenho nenhum problema com isso.

— E não tem por que ter! Não tem nada rolando. Nadinha mesmo! — Balanço a cabeça com muito mais força do que o necessário, e o gramado gira ao meu redor.

Talvez eu devesse ter parado de beber na segunda cerveja. Ou na terceira. Ou na quarta. Mas Justin não sai de perto de mim — ou talvez *eu* não saia de perto dele —, e a sua presença me deixa nervosa o bastante para continuar bebendo mais e mais.

— Tudo bem, então. — Sidney abre um sorriso de quem não acreditou em uma única palavra. — Mas, caso role alguma coisa, vocês têm a minha bênção.

— Ele tá vindo! — observo, desesperada, quando Justin se despede do amigo.

Ele se aproxima com duas garrafas, uma delas cheia e outra pela metade. Acho que é mais do que bebeu no resto da noite.

— Eu vou procurar a Taylor. — Sidney se apressa para longe, batendo de leve no ombro do irmão quando passa por ele. — Até mais, otário.

E é claro que fico nervosa assim que ficamos sozinhos, ainda mais depois da conversa com Sidney.

— Finalmente você tá bebendo! — digo, porque é a primeira coisa que me vem à mente.

Como estamos do lado de fora, não preciso gritar por cima da música, o que é bom, porque minhas palavras estão emendando uma na outra e não deve ser tão fácil entender meu sotaque.

— Alguém tem que ficar sóbrio, né? — Ele abre um sorrisinho irônico.

— Eu ainda tô sóbria! — Reviro os olhos, mas percebo que "sóbria" saiu embolado. Repito a palavra mais duas vezes, tentando fazer com que saia normal, mas ela insiste em sair de um jeito engraçado.

— Tô vendo. — Ele me olha sério e dá mais um gole na cerveja.

Após a quase briga com Sebastian, ficamos algum tempo com Dylan e o pessoal do *Ice Stars*, e até dançamos um pouco. E agora estamos sozinhos de novo.

Acabamos passando a festa toda juntos. Apesar de vários amigos de Justin estarem aqui, ele só os cumprimentou ou, no máximo, ficou em uma rodinha conversando enquanto eu batia papo com outras pessoas na rodinha ao lado. Ainda assim, eu conseguia sentir o peso de seu olhar sobre mim o tempo todo. Não sei se ele se sente responsável porque viemos juntos ou se, como eu, só não consegue se afastar.

Nos poucos minutos em que nos separamos, para ir ao banheiro ou buscar bebida, algo nos puxava de volta para perto um do outro com tanta força que parecia impossível lutar contra. Por mais que eu queira me convencer de que posso ser apenas amiga de Justin pelos próximos dois meses, estou começando a desconfiar de que essa não é mais uma opção.

— Eu não quero ir embora — digo, de repente, me dando conta de que só tenho mais algumas semanas aqui.

— Acho que a festa ainda vai durar algumas horas. — Ele olha ao redor, com um sorriso discreto no rosto.

Meus olhos acompanham o movimento dos dele, e vejo que a maioria das pessoas aqui fora são casais se agarrando. Perceber isso só me deixa mais afobada.

— Eu tô falando do Canadá. — Dou mais um gole, tentando me distrair com o gosto amargo da cerveja. — Eu gostei tanto daqui, não quero ir embora.

— Mas você ainda tem... — Ele olha para o céu por um momento, fazendo as contas. — Dois meses e duas semanas, não é?

O fato de que Justin sabe exatamente quando vou embora desperta uma pequena borboleta no meu estômago. Eu nem me lembro de ter falado a data para ele.

— Eu sei, mas dois meses passam tão rápido. — Meus olhos começam a arder com a ideia de voltar para o Brasil. Talvez o álcool tenha um pouco a ver com isso, mas sei que vou sentir uma saudade enorme do intercâmbio. — Tem tanta coisa que eu queria fazer. Eu ainda nem saí de Calgary!

— Eu posso te levar pra conhecer alguns lugares legais — Justin oferece e, pelo jeito que fala, não parece uma promessa vazia. Na verdade, parece uma promessa que vai além de um simples passeio. — Tem umas cidades lindas na região.

— Você só tá falando isso porque tá bêbado. — Faço um biquinho.

— Eu não tô bêbado. — Seu tom é sério, mas ele não tira o sorriso sacana do rosto.

Meus olhos ficam presos em seus lábios, analisando como eles são cheios e como parecem tão, tão beijáveis. Meu corpo grita com vontade de puxar Justin e fazer o que não tive coragem enquanto pedíamos doces, mas preciso controlar meus impulsos e estas borboletas que parecem ter feito uma casa no meu estômago.

— O que você ia me dizer aquele dia na outra festa? — As palavras saem da minha boca sem que eu sequer perceba que meus pensamentos estavam indo nesta direção.

— Como assim? — Ele franze a testa.

— Lá na república — Reviro os olhos porque ele deveria ter passado todos esses dias obcecado por aquelas três palavras exatamente como eu fiquei. — Quando eu falei que era óbvio que você me odiava.

Escrito na neve • 175

Dá para perceber que Justin sabe do que estou falando, porque ele ajeita a coluna e enrijece um pouco a postura. Mas, quando responde, sua voz está descontraída.

— Eu não te odeio, Helena.

O "Elina" me faz morder o lábio inferior com força.

— Eu sei, você não me odeia *agora*, mas até um mês atrás você mal conseguia ficar no mesmo ambiente que eu!

— Eu nunca te odiei. — Justin fica tão sério que eu me aprumo, desconfortável com seu olhar penetrante. — Você só... me tirava do sério com esse seu jeito.

— Meu jeito?

Sei que, tecnicamente, ele está falando mal de mim. Mas suas pupilas dilatam e ele me fita como se quisesse acabar com a distância entre nós, o que me deixa toda desconcertada.

— É... Você é toda pequenininha e inocente, mas consegue me tirar do sério como ninguém. — Sua voz perde um pouco da força. — Eu nunca te odiei, eu odiava como você me faz sentir.

— E como... — Engulo em seco e me forço a perguntar: — Como eu faço você se sentir?

Justin não responde, ele apenas me olha, e esse olhar diz muito mais do que suas palavras. Eu o faço se sentir exatamente como me sinto agora: com vontade de me revirar do avesso, porque tem tanta coisa presa dentro de mim que parece que vou explodir.

— Justin... — Dou um passo na sua direção. Minha mente está tão desconcertada que não sei o que quero dizer, só sei que preciso estar mais perto dele. — Eu não posso me envolver com ninguém. Eu acabei de sair de um relacionamento péssimo, não tô pronta pra me entregar, ainda mais sabendo que vou voltar pro Brasil em algumas semanas.

Não sei por que estou sendo tão sincera. Eu *com certeza* não falaria nada disso se estivesse cem por cento sóbria, mas sinto uma necessidade quase física de que ele saiba que quero muito beijá-lo.

— Mas... — ele diz por mim, uma chama surgindo em seus olhos.

O conselho de Flávia martela na minha mente. Será que eu deveria mesmo me deixar levar?

Dou mais um passo na direção de Justin. Chego tão perto que o calor que emana do seu corpo se mistura com o meu, me deixando ainda mais quente. Me fazendo ferver, na verdade.

— Mas eu não consigo parar de pensar em você — completo, minha voz quase um sussurro.

As mãos de Justin envolvem minha cintura, e o toque faz uma onda de eletricidade disparar por todas as minhas terminações nervosas. Quero ficar na ponta dos pés e dar o beijo que neguei a ele mais cedo, mas minhas pernas estão muito moles. Então apenas ergo o queixo para poder encará-lo enquanto ele analisa meu rosto parecendo travar uma batalha interna.

— Você tá bêbada, Helena — ele fala com cuidado, como se fosse a coisa mais difícil que já teve que dizer.

— Não tô! — Balanço a cabeça com força, mas dá para ouvir nessas duas palavras que estou mentindo.

Justin fecha os olhos por um momento e, quando os abre de novo, tem uma nova determinação nas íris azuis.

— Eu quero que você esteja sóbria quando me beijar pela primeira vez. — Ele me aperta de leve contra seu corpo, e o desejo cresce no centro da minha barriga, descendo pelas minhas pernas. É um novo tipo de tortura.

— Mas eu quero te beijar *agora*! — Envolvo seu pescoço com os braços.

— Você não quis me beijar quando tava sóbria, não vou beijar você bêbada.

Justin se afasta, e eu sinto a dor da rejeição no meu corpo inteiro, mas principalmente no meu ego.

— É por causa daquela garota? — As palavras simplesmente saem da minha boca, amargas.

— Que garota? — ele pergunta, uma ruga surgindo na sua testa.

— Aquela do áudio no elevador! — Sei que a gente nem sequer se beijou, então não tenho direito nenhum de perguntar, mas não consigo me conter.

— A Sophie? — Ele solta uma risada, parecendo satisfeito demais com a minha reação.

— Sei lá qual é o nome dela!

— Não é por causa dela, Helena — Justin diz com tanta convicção, olhando tão fundo nos meus olhos, que não tenho como duvidar. — Não é por causa de mais ninguém.

— Por que então? — Minha voz sai fraca, magoada.

Ele parecia querer o beijo tanto quanto eu, então por que não se deixa levar? Se eu estou disposta a correr o risco de me magoar de novo, mesmo sabendo que nosso relacionamento não vai durar, por que ele não se arrisca?

— É por você. — Justin toca meu rosto com cuidado, pousando a mão na minha bochecha. — Porque eu te quero mais do que você imagina. E, quando a gente ficar junto, preciso ter certeza de que é porque você também quer. Preciso ter certeza de que você não vai se arrepender depois.

# 25

## VOCÊ NÃO PODE OU NÃO QUER?

Eu devia ter arranjado uma desculpa para não vir para a aula de hóquei. Não só porque a situação entre mim e Justin está insuportavelmente tensa desde a festa, mas porque é a receita perfeita para acabar com o pouco autocontrole que me restou depois daquela noite. É impossível ver Justin sem me lembrar das suas mãos na minha cintura e das sensações que me causou.

A aula de hoje é em um lugar diferente. Estamos em um parque, e a pista é na verdade um lago congelado. A ideia foi do pai de um dos alunos, que trabalha aqui e conseguiu que liberassem o rinque antes da abertura oficial para o público. Em qualquer outro dia, eu teria adorado a mudança, mas mal consigo apreciar a paisagem de tanto nervosismo por ter que passar as próximas horas ao lado de Justin. Ainda mais depois de ter passado a semana inteira o evitando e fingindo que não havia nada de diferente entre nós.

Porque é claro que, quando acordei no dia seguinte, eu me arrependi de tudo que falei bêbada.

Nós passamos o resto da festa juntos, mas evitamos ficar sozinhos. Acho que ambos sabíamos o quanto seria difícil manter distância, e eu já tinha sido humilhada o suficiente por uma noite. Então nos esforçamos para ficar sempre com Dylan, Sidney ou mais alguém do *Ice Stars*. O problema é que, nos poucos minutos em que não tinha alguém com a gente, surgia um clima e parecia que algo aconteceria a qualquer momento. Mas não aconteceu. Nem na festa, nem depois.

Inventei uma desculpa para faltar ao trabalho voluntário naquele domingo, e na terça-feira fui para o encontro do projeto morrendo de vergonha e com medo de que Justin me pedisse para conversar sobre o que havia acontecido na festa. Eu não estou preparada para confrontá-lo. Se não consigo nem aceitar os sentimentos que estão cada vez mais óbvios e fortes, que dirá dizê-los em voz alta *de novo*.

Depois do encontro, quando todo mundo foi embora, tivemos que ficar a meros centímetros de distância um do outro para dividir o computador. Justin agiu como se nada tivesse acontecido, mas eu suava, com mil e um pensamentos correndo pela minha cabeça, analisando cada movimento dele como se uma bomba fosse explodir entre nós. Foi uma tortura.

Uma parte esmagadora de mim queria se jogar no colo dele e implorar que me tomasse para si. Mas a parte consciente não parava de repetir que eu já sabia como tudo ia terminar e que não valia a pena. Sem contar que eu preciso da ajuda de Justin e não posso correr o risco de estragar a convivência amigável que construímos com tanto custo.

Só que ele nem tentou. Tivemos alguns momentos de silêncio pesado, em que parecia que ele estava prestes a se inclinar e me beijar. Mas, depois do que ele disse na festa, acho que estava tentando me respeitar.

Passei os últimos dias me convencendo a ignorar cada reviravolta que ele causa dentro de mim, mas sinto que ficar sozinha com ele aqui no parque pode colocar tudo a perder.

Primeiro, porque o parque é realmente lindo. O chão está coberto de neve, e, além das árvores secas, os pinheiros fazem um dégradé perfeito de verde para branco. É o tipo de paisagem que eu só tinha visto na internet e que achava que nunca veria ao vivo. Não tem como não me afetar pela beleza ao nosso redor. E segundo, porque Justin passou a aula toda me lançando olhares que não deixam dúvidas do que ele quer.

— Então é isso... — digo depois que o último aluno vai embora e termino de organizar tudo, a garganta seca. — Acho que vou indo.

Justin está dentro do rinque, brincando com o disco como faz no final de toda aula. Eu deveria mesmo ir embora, mas não me mexo. Fico parada com os pés fincados na neve enquanto ele vem até a borda da pista.

— Tem certeza de que você precisa ir? — Ele derrapa quando chega perto de mim, jogando neve para todo lado. — Dá tempo de a gente patinar um pouco se você quiser.

Eu não quero. Estou com frio, apesar de estar com três camadas de roupas térmicas. E preciso manter uma distância segura entre nós. Então por que não consigo negar? Por que meus pés me traem e me levam até a caixa de patins para procurar um da minha numeração?

Meu cérebro não para de gritar "você tem que ir embora!" enquanto me arrumo, mas não consigo seguir seus comandos. Coloco as proteções e os patins, e caminho com cuidado até o gelo, só então me dando conta de que o rinque não tem barras para que eu possa me segurar.

Justin também parece perceber, porque uma pequena ruga surge em sua testa enquanto ele se aproxima, estendendo as mãos para mim. Pelo menos eu estou de luva, mas juro que posso sentir seu batimento irregular se misturando ao meu quando encosto nele.

Escrito na neve • 181

Ele está bem agasalhado, com cachecol azul e um sobretudo bege, ainda assim, um leve tom avermelhado toma seu rosto, e eu não sei se é por causa do frio ou pela nossa proximidade. De qualquer forma, Justin não se afasta, apenas me segura com firmeza e patina de costas, me levando com ele.

Patinar aqui é um pouco diferente. O gelo é menos nivelado e tem mais ranhuras, o que me dá muito medo de cair. Mas acho que eu não deveria me preocupar, porque Justin me segura com tanta firmeza que tenho certeza de que não me desequilibraria mesmo se quisesse.

Como se para completar o cenário, uma fina camada de neve começa a cair. Não é o suficiente para irmos embora, mas é o bastante para formar uma leve cortina branca no ar e deixar a paisagem ainda mais bonita.

— Tudo bem? — Justin pergunta quando completamos a primeira volta.

— Tudo — digo, mas minha voz mal sai.

É impossível ficar indiferente com ele tão perto de mim. Preciso de todo meu esforço para manter as pernas firmes, não só porque a patinação me deixa nervosa, mas porque meu corpo está mole.

— O rinque ainda não tá preparado — Justin explica enquanto fazemos um s, aumentando a velocidade. — Então tem que tomar mais cuidado, mas eu posso te ensinar alguns movimentos se você quiser.

— Acho melhor não arriscar — respondo quando ele me gira no lugar, fazendo um círculo completo e me causando um friozinho na barriga. — Pelo menos é mais bonito que a arena.

— É muito mais bonito — ele concorda, mas não tira os olhos do meu rosto nem por um momento.

Seu olhar é como um ímã, e eu o encaro, alheia à paisagem ao nosso redor, enquanto ele me puxa pelo rinque.

Até que Justin para. É um movimento brusco e repentino, e não consigo reagir a tempo. Nossos corpos se chocam, mas ele me ampara, segurando meus braços enquanto apoio as minhas mãos em seu peito.

Algo me diz que era exatamente isso que Justin queria.

Respiro fundo, mas nem o ar gelado é capaz de apagar o fogo que sobe por meu corpo. Como é possível que eu esteja com tanto calor mesmo em meio à neve? E a sensação só piora quando levanto os olhos e encontro o rosto de Justin inclinado na minha direção. Consigo sentir seu peito subindo e descendo sob meus dedos em uma respiração pesada e difícil, mas ele não me solta.

— Você se machucou? — Sua voz sai grave e rouca, quase irreconhecível.

Separo os lábios para responder ou para pedir que ele me dê espaço para pensar, mas nenhuma palavra sai. Seus olhos escurecem conforme passeiam pelo meu rosto, até enfim pararem na minha boca.

Quero dizer alguma coisa, qualquer coisa, mas só consigo encará-lo de volta.

— Eu preciso saber se você só disse aquelas coisas porque tava bêbada — Justin pede, um quê de súplica na voz. — Eu não quero te pressionar, mas não consigo parar de pensar naquela noite.

— Eu... eu não... — gaguejo, mas Justin balança a cabeça devagar.

— Eu não consegui te esquecer desde aquele dia no elevador. — Uma de suas mãos sobe até a base do meu pescoço, deixando comichões por cada centímetro que ele toca. — Eu preciso saber se você se sente da mesma forma.

Não consigo raciocinar. Todos os meus neurônios estão focados no toque da sua pele quente contra a minha, sofrendo pequenos choques a cada milímetro que ele mexe. Qualquer mísero movimento dos seus dedos no meu pescoço é o suficiente para que eu quase perca os sentidos.

— Eu não posso... — Balanço a cabeça, mas não consigo nem terminar a frase.

O dedão de Justin traça uma linha pelo meu maxilar, até parar sob meu queixo. Ele inclina meu rosto de leve para cima, e eu quase implodo em resposta.

— Você não pode ou não quer? — A firmeza em sua voz faz minhas pernas amolecerem ainda mais.

— Não posso.

— Eu não vou te forçar a nada. — Ele abaixa a cabeça, os lábios a milímetros dos meus, tão próximos que eu poderia traçar o contorno deles com a língua. — Mas preciso deixar claro que a única coisa me impedindo de te beijar é você mesma.

Eu não posso.

Tenho uma lista enorme de motivos para me afastar, mas talvez o mais importante deles seja o fato de que não vou suportar ter meu coração partido outra vez. Não quando já está sendo tão custoso colar os pedacinhos estraçalhados que Igor deixou para trás.

A lista de motivos para me entregar tem só um item: Justin.

O problema é que esse item é bem maior que todos os outros.

Sem conseguir mais me controlar, agarro a camiseta de Justin e o puxo para mais perto de mim, enfim colando meus lábios aos seus.

Justin não hesita, correspondendo ao beijo e invadindo minha boca com sua língua. O encaixe é tão perfeito que minha mente explode em fogos de artifício e tudo que consigo pensar é "finalmente". É como se todos os passos na minha vida até agora fossem para me trazer até este momento, com o corpo de Justin colado ao meu enquanto ele nos gira de leve pelo rinque e me beija com urgência, tão desesperado quanto eu para ter certeza de que isso está acontecendo de verdade.

É tão bom e tão certo que dói, uma dor que se espalha por cada célula do meu corpo, implorando por mais de Justin. E ele me dá mais, aprofundando o beijo e me apertando contra si.

— Helena — Justin sussurra meu nome, daquele jeito irresistível. Tem tanta coisa por trás dessas três sílabas que meu corpo inteiro se arrepia.

Aproveito este pequeno instante para respirar fundo, e o ar gelado invade meus pulmões, despertando meu cérebro e colocando a minha cabeça no lugar. Cada partezinha de mim implora para que eu puxe Justin de volta, mas não consigo desligar a voz no fundo da minha mente que me lembra de que não estou pronta, de que não quero me machucar de novo.

— Eu não posso, Justin. — Eu o empurro sem muita força, e ele segura minha mão. — Eu preciso ir, desculpa.

— Eu não vou continuar implorando por você, Helena — ele diz, a mágoa cobrindo seu rosto. — Eu deixei bem claro o que quero. Agora o próximo passo é seu. Se você mudar de ideia, vai ter que pedir.

Essas palavras me atingem em cheio. Tenho vontade de gritar o quanto o quero. Pedir que ele me beije. Suplicar que não me deixe ir embora. Mas solto sua mão e saio do rinque, deixando Justin para trás em meio à neve.

# 26

## NÃO VOU RESISTIR SE FICAR SOZINHA COM ELE

Se eu achava difícil conviver com Justin antes de beijá-lo, era porque não fazia ideia de como seria ter que vê-lo quase todos os dias sabendo o gosto de seus lábios, mas sem poder prová-los novamente.

Na terça-feira eu me sento no mesmo lugar de sempre, na segunda fileira. Em geral, nós até trocamos um ou outro olhar durante os encontros do *Ice Stars*, mas passamos a maior parte do tempo focados no próprio trabalho, Justin programando e supervisionando o projeto, e eu aprimorando o sistema *multiplayer*. Mas, desta vez, sinto a atenção de Justin queimando sobre mim o *tempo inteiro*. E é como um ímã, porque me vejo espiando na sua direção a cada dois minutos, só para pegá-lo desviando o olhar como se estivesse envergonhado por ter sido pego no flagra.

Como ainda preciso da sua ajuda, a atitude mais madura seria esperar o fim do encontro para me explicar e me desculpar. Tenho certeza de que ele entenderia se eu falasse que me deixei levar, mas que ainda não estou pronta para me envolver com ninguém depois de tudo que passei com Igor.

Mas é claro que não faço isso. Passo a tarde toda roubando olhares na direção de Justin ou do relógio. E, quando o despertador de Megan toca, avisando que já são cinco horas, eu me levanto antes de todo mundo e fujo como a grande covarde que sou.

A quinta-feira não é muito diferente, só que, desta vez, tem algo novo no olhar de Justin: mágoa. O que é completamente compreensível, eu também ficaria chateada se ele tivesse se declarado para mim bêbado depois de me dar um fora, então me beijasse sóbrio, saísse correndo e começasse a me evitar. Preciso admitir que estou mandando sinais bem confusos.

No fundo, sei que estou agindo como uma adolescente incapaz de lidar com os próprios sentimentos, ainda mais porque Justin deixou bem claro que não vai tomar mais nenhuma atitude. Só que também sei que não vou resistir se ficar sozinha com ele — não depois de provar o gosto do seu beijo.

E é para me manter o mais afastada possível que nego quando Claire me convida para o jogo de hóquei no sábado.

— Nem pensar! — Balanço a cabeça com força, sem conter uma risada irônica.

— Por que não, Helena? — Ela cruza os braços, irritada. — Você adorou os outros jogos!

— Eu só não tô a fim... — Dou de ombros como se não fosse nada demais. Por algum motivo, não estou pronta para contar para ela, nem para mais ninguém, o que aconteceu entre mim e Justin. — E o Sebastian vai jogar, por que você quer tanto ir?

— *Précisément*! — Ela faz um biquinho. — Eu preciso mostrar que tô bem, que tô cercada de amigas e que não vou deixar de fazer as coisas que gosto por causa dele.

— Mas assistir a ele jogar, Claire?

— Eu sempre *amei* hóquei, foi por isso que a gente se deu tão bem. — Ela se senta na cama, mas não tira a expressão de cachorrinho abandonado do rosto. — Eu já ia a todos os jogos *antes* de ficar com ele. Não ir agora seria um atestado do quanto o término me afetou.

— Não sei... — Faço uma careta, porque acho que ainda é muito cedo para ela ver Sebastian. — O que a Sid acha disso?

— Ela me apoiou! Mas ela vai levar a Taylor. — Claire revira os olhos. — Eu preciso de uma amiga solteira pra me dar forças!

Como eu posso dizer não se já estive nesta mesma situação? Nunca quis ver um jogo de hóquei do meu ex-namorado, mas já senti essa necessidade de provar que estou bem e nem um pouco abalada pelo término — ainda que estivesse mal e abaladíssima.

— Tá bom. — Suspiro, ciente de que vou me arrepender. — Mas é melhor que você fique bem longe dele!

— Prometo!

E é assim que, meia hora depois, estou na última arquibancada da arena, torcendo para que Justin não note a minha presença. Não que eu esteja me escondendo, mas também não acho certo confundir ainda mais a cabeça dele.

A experiência é muito parecida à dos outros jogos a que fui: os lugares estão quase todos ocupados com alunos vestidos de vermelho e alguns até com o rosto pintado. O Dino corre de um lado para o outro, subindo e descendo as escadas e abanando a bandeira do time. A grande diferença é que hoje os pais do Justin também vieram. Eles estão passando o fim de semana em Calgary e decidiram acompanhar Sidney, para conhecer a namorada dela.

Sidney é uma mistura perfeita dos dois, com os olhos da mãe e o nariz do pai, e a pele retinta igual à deles. Eu tinha imaginado os dois mais sérios, por causa do que Justin me contou sobre o pai, mas eles são muito simpáticos e parecem extremamente orgulhosos dele. O único problema é que fico tão nervosa para cumprimentá-los que era mais fácil ter escrito na minha testa "eu beijei o filho de vocês".

Mas, assim que o jogo começa, esqueço tudo o que está acontecendo ao meu redor. É claro que não acompanho o disco e nem perco meu tempo com os outros jogadores; minha atenção está toda no número quarenta e dois. Não tiro os olhos de Justin nem por um segundo, nem quando ele está no banco de reserva.

Estou tão focada nele que nem consigo me importar com o placar. Ainda assim, cada vez que Justin está em posse do disco, minhas mãos suam como se eu fosse fã dos Dinos desde criancinha. E, quando ele faz o primeiro gol e olha para mim, meu coração quase explode.

— Você tá estranha — Claire diz no momento em que Justin pula por cima da borda do rinque para o banco de reserva, e eu suspiro, aliviada por ter alguns minutos de paz.

— Eu levo os jogos muito a sério. — Como não quero que ela pense muito sobre o assunto, pergunto: — Como você tá? Muito abalada?

— Mais ou menos. — Ela encolhe os ombros, mas dá para perceber que está sendo mais difícil do que quer deixar transparecer. — É estranho não torcer por ele. O jogo não tem tanta graça.

— Muitas coisas vão parecer sem graça no começo. — Pego sua mão, tentando transmitir força. — Mas, aos poucos, a vida vai voltar a ter o brilho de antes.

— *J'espère.* — Ela concorda devagar com a cabeça.

Nós voltamos a atenção para o jogo bem na hora que Justin e Sebastian pulam a borda para retornar ao rinque. Quem não conhece a tensão entre os dois talvez nem note, mas eu vejo que Sebastian diz algo para Justin ao passar por ele.

A postura de Justin muda, os ombros ficando mais eretos e retesados. Ele se aproxima de Sebastian por trás e diz algo

Escrito na neve • 189

que parece bastante agressivo. Sebastian se vira com raiva e retruca.

Os dois se encaram por um longo momento, que parece durar horas enquanto a arena fica em suspenso. Então Sebastian se aproxima e fala mais alguma coisa. No segundo seguinte, Justin acerta um soco na lateral do capacete dele.

Pulo de pé, horrorizada com a cena enquanto Sebastian revida o golpe com o taco. Justin tira as luvas e os dois se engalfinham, puxando os uniformes e trocando socos.

Uma comoção se desenrola no meio do rinque, com os outros jogadores se desentendendo e todo mundo gritando. Até que os árbitros conseguem separar a briga e Justin e Sebastian são expulsos do jogo.

Sebastian tira os patins com pressa e sai em disparada até a porta que dá para a rua, jogando o capacete com força no chão no meio do caminho. Justin tenta ir atrás dele, mas alguém o segura para mantê-los separados.

— O que acabou de acontecer? — pergunto para Sidney, que também está de pé, tão preocupada com o irmão quanto eu.

Ela fala alguma coisa para os pais e então se vira para mim.

— Os dois estão ferrados — ela responde em um tom sombrio.

— Por quê? Não é liberado brigar no hóquei? — Fico confusa porque, pelas minhas pesquisas, achei que o hóquei fosse conhecido pela brutalidade.

— Mais ou menos... Na NHL até é mais tranquilo, mas não no hóquei universitário... — Ela não tira os olhos de Justin, que conversa com um cara atrás do rinque. — As regras são bem mais rígidas na universidade, ainda mais com brigas dentro do próprio time. Eu não vou ficar nem um pouco surpresa se eles forem afastados pelo resto da temporada.

— Da temporada? — Levo a mão à boca, em choque.

Justin vai ficar arrasado. Seja lá o que Sebastian disse para ele, não justifica colocar em risco o sonho de entrar para um time da NHL. Como ele vai conseguir chamar atenção de um olheiro se não estiver jogando?

A partida demora alguns minutos para recomeçar, e enquanto isso Justin conversa com dois homens do lado de fora do rinque. Encaro os três, torcendo para que Justin se vire na minha direção e veja que tem pelo menos uma pessoa do seu lado. Mas ele fica de cabeça baixa o tempo todo, provavelmente ouvindo a maior bronca da sua vida.

Quando ele enfim é liberado, o jogo recomeça.

Sem pensar no que estou fazendo, digo para ninguém em particular:

— Já volto.

E desço a arquibancada correndo em direção ao vestiário.

# 27

## JÁ ERA PRA ISSO TER ACONTECIDO
## HÁ BASTANTE TEMPO

Talvez eu devesse ter pensado melhor sobre invadir o vestiário bem no meio do jogo. Alguém deve estranhar uma garota aleatória correndo das arquibancadas até aqui. Mas ninguém me impede.

Conheço cada centímetro do vestiário por causa das aulas de domingo; já tive que ajudar muitas crianças a colocar e tirar os equipamentos aqui dentro. Por isso, estou bem familiarizada com os armários cinza com detalhes em vermelho, e com a imagem enorme do Dino na parede do fundo. A única diferença é que, nos dias de trabalho voluntário, o cheiro de suor não é tão forte.

Entro devagar, olhando ao redor. Não quero pegar Justin em um momento constrangedor. Então, eu me posiciono de um jeito que ninguém me veja lá de fora, mas sem entrar na parte dos chuveiros.

— Justin? — Minha voz ecoa por um segundo.

— Helena? — Ele não soa apenas confuso, mas também em puro choque. Acho que a possibilidade de eu segui-lo até o vestiário nem sequer cruzou sua mente.

Justin sai de onde estava, ainda usando o uniforme e com o cabelo loiro-escuro bagunçado. Ele está ao mesmo tempo consternado e surpreso. E dá para entender sua reação. Uma garota invadindo o vestiário no meio de um jogo não deve ser algo frequente. Ainda mais uma garota que está fugindo dele há duas semanas.

— Eu... eu vim ver como você tá — digo, a voz cheia de incerteza.

Agora que estamos sozinhos, ouvindo os gritos e o barulho do jogo acontecendo no rinque, percebo que esta não foi a ideia mais sensata. O que Claire e Sidney vão pensar de mim? E os pais de Justin?

Meu Deus do céu, todo mundo vai ter certeza de que tem algo rolando entre nós dois! Sem contar o risco de alguém entrar e me flagrar aqui.

— Ah. — Justin faz uma careta e abre seu armário. — Eu tô bem.

Ele não parece muito a fim de conversar comigo, e talvez eu devesse interpretar isso como uma dica para deixá-lo em paz. Mas já faz dias que não fico frente a frente com Justin, e, agora que finalmente criei coragem para isso, não quero desperdiçá-la.

— O que aconteceu? — Eu me aproximo, embora mantenha certa distância entre nós.

— Nada. — Sua voz sai repleta de impaciência, e ele não tira os olhos do armário.

Imagino que sua reação seja mais por causa da briga do que por mim, mas não consigo evitar dar um passo para trás. Ele percebe o movimento e solta um longo suspiro.

— Não foi nada de mais. — Seu tom fica mais suave, mas ainda está contrariado. — Já era pra isso ter acontecido há bastante tempo.

— A Sid falou que vocês podem ser afastados pelo resto da temporada — comento, baixinho, como se tivesse medo de as palavras se tornarem realidade.

— O treinador disse que vai dar um jeito. — Ele é firme, porém consigo ouvir a nota de preocupação em sua voz. — Só vamos ser suspensos de um ou dois jogos.

— E isso não vai te prejudicar? — Dou um passo em sua direção. — Com a NHL.

Justin para de mexer no armário e se vira. Ainda estamos a uns bons passos de distância, mas é o mais próximo que ficamos um do outro em dias, e é o bastante para causar uma reviravolta no meu estômago.

Justin também parece afetado, com o cenho franzido e os lábios comprimidos, mas não sei se é por minha causa ou pelo que acabou de acontecer no rinque.

— Provavelmente. — Ele encolhe os ombros em uma tentativa inútil de fingir que não é nada de mais. — O treinador disse que tinha um olheiro na arquibancada hoje... Eu com certeza queimei minhas chances com ele. Sorte que não era do Calgary Flames.

— Uma única briga não pode ser tão ruim. — Aperto as mãos, nervosa.

— Se tivesse sido com alguém do outro time talvez não fosse. — Ele morde o lábio e seu rosto se contorce em uma careta de dor. — Mas brigar com alguém do próprio time é bem ruim. Mostra que nosso temperamento não é dos melhores.

— Que droga.

Sei o quanto Justin está esperando por uma oportunidade. Com a pressão que seu pai vem fazendo, ele não pode se dar ao luxo de não participar dos jogos e muito menos de queimar sua imagem com olheiros.

— Tanto faz. — Ele fecha a porta do armário com força.

Não tinha como ser um pedido mais claro para eu ir embora, então suspiro e digo:

— Vou deixar você tomar banho em paz, só queria garantir que tava tudo bem. — Dou um passo para trás, mas não consigo desviar o olhar.

Justin me observa, os olhos passeando pelo meu rosto enquanto ele trava uma batalha interna.

Meu cérebro é tomado pela lembrança do nosso beijo, a sensação dos seus lábios nos meus e o formigamento em todo meu corpo. Então, eu me lembro as palavras que ele me disse. *Agora o próximo passo é seu. Se você mudar de ideia, vai ter que pedir.*

Mas não vou pedir, por mais que cada célula do meu corpo implore por isso. Eu apenas respiro fundo e me obrigo a virar de costas.

— Desculpa, eu ainda tô meio estressado. — A voz de Justin ecoa pelo vestiário. — Mas foi bom falar com você de novo.

— Pois é... — Eu giro no lugar e encontro Justin escorado nos armários, sua postura mais tranquila. — Desculpa também, por ter te evitado. Eu só... precisava de um tempo.

— Um tempo longe de mim? — Ele ergue as sobrancelhas com um quê de divertimento.

— Um tempo pra poder pensar melhor — explico, mas as palavras parecem areia na minha boca enquanto volto a me aproximar.

Quero que Justin pergunte se me decidi. Quero que ele não desista de nós dois. Mas ele apenas me estuda em silêncio, parecendo ao mesmo tempo triste e esperançoso.

As dezenas de conversas que tive com Flávia ecoam na minha mente, e o "me beija" fica preso na garganta, lutando para sair.

— Por que vocês brigaram? — pergunto em vez disso.

Escrito na neve • 195

Justin não esperava a mudança de assunto. Ele ajeita a postura e parece decepcionado quando desvia os olhos para a parede do Dino.

— Porque o Sebastian é um idiota — responde em um tom sombrio.

— Isso todo mundo sabe. — Troco o peso do corpo de uma perna para a outra, angustiada. — Mas o que ele disse?

— Eu não vou repetir. — Justin se vira para mim, a faísca de raiva de volta a seu olhar.

— Me diz — insisto, dando um passo na sua direção.

Agora estamos perto o bastante para que eu tenha que inclinar a cabeça para cima para encará-lo. É o suficiente para deixar minha respiração desregulada e para enrijecer os ombros de Justin.

— Ele disse que sempre quis saber como é comer uma brasileira e perguntou se eu podia dividir com ele — Justin pronuncia cada uma das palavras como se fosse a coisa mais difícil que já disse na vida.

— Você não precisava ter me defendido. — Meus pés se aproximam dele sem que eu tenha qualquer controle.

A distância entre nós é tão pequena que consigo sentir o cheiro salgado de suor que emana da pele de Justin. É muito estranho que, apesar da situação tensa, meu cérebro seja invadido por uma vontade quase irrefreável de beijá-lo?

Espero que Justin diga que precisava me defender, mas ele não fala nada. Apenas engole em seco, o pomo de adão subindo e descendo devagar. Meu corpo está tão sensível, tão desesperado por Justin, que essa simples visão faz o meu ventre doer.

— Eu não sei o que te falar, Justin — me pego dizendo, a voz rouca.

— Você sabe o que tem que me dizer. — Ele toca minha bochecha com delicadeza, mas não se aproxima mais.

Eu sei o que ele quer que eu diga. Mas será que mudei de ideia? Minha cabeça diz que não, mas meu corpo diz que sim, que eu mudei *muito* de ideia.

— Você não entende. — Mordo o lábio inferior e olho para o chão, nossos pés quase se tocando.

— Me explica, então. — Sua mão cai ao lado do corpo, e eu sinto falta do seu toque no mesmo instante.

A única forma de fazê-lo entender de verdade seria explicar o que passei com Igor, mas nem Flávia sabe de todos os detalhes. E não quero falar sobre meu ex-namorado com Justin, nem com mais ninguém. Não porque acho que ele não compreenderia, mas porque tenho vergonha do poder que Igor tinha, e de certa forma ainda tem, sobre mim. Apesar disso, me forço a dizer:

— O relacionamento que eu terminei antes de vir pro intercâmbio... Não foi só um término traumático. O relacionamento todo foi complicado e... meio abusivo. — Uso a palavra que sempre me causa mal-estar. — Quando eu digo que não posso ficar com você, não é que eu não queira. É só que eu tenho medo de me machucar de novo.

— Eu sei que ele tá no Brasil, mas se ele fizer qualquer coisa pra... — O olhar de Justin endurece.

— Ele não vai! — interrompo, tomada pela gratidão de saber que posso contar com Justin, mesmo quando não o trato do jeito que deveria. — Ele tá bloqueado em tudo e bem longe de mim.

— Ótimo. — Justin acena uma vez, seus olhos buscando algo nos meus. Quando fala de novo, suas palavras soam como uma promessa. — Eu não vou te machucar, Helena.

— Eu sei. — Encaro o Dino, porque é impossível pensar direito com Justin me estudando deste jeito. — E eu sei que não é justo ficar te puxando e te afastando, mas eu tô tentando entender o que tá acontecendo comigo.

Escrito na neve • 197

— Eu posso esperar — ele sussurra, sua voz fazendo uma carícia na minha pele. — Mas, quando você se decidir, eu preciso que seja uma decisão de verdade. Ou você fica comigo, ou me deixa seguir em frente. Eu não vou ficar nesse vai e volta.

Concordo com a cabeça, assimilando suas palavras. Justin nem está me tocando, mas meu corpo responde como se eu estivesse *em cima* dele. Estou ardendo por inteiro.

— Eu quero, Justin... — digo sem ter tomado uma decisão consciente de fato.

Mas isso não parece ser o suficiente. Suas pupilas se dilatam e os olhos brilham para mim, mas Justin não se mexe.

— Eu não vou te pressionar. — Sua voz sai mais rouca e mais pesada. — Mas também não vou te beijar até que você me peça com todas as letras.

— Justin... — começo, como uma súplica. Dou o último passo que nos separa, quase grudando meu corpo no dele, e toco seu peito com as mãos trêmulas. — Eu quero.

— O que você quer, Helena? — ele insiste, os olhos faiscando, inflamados.

— Me beija. — As palavras saem de mim como um suspiro. — Eu *preciso* que você me beije.

Justin não pede que eu diga mais nada. Ele envolve meu rosto com as mãos e me puxa para si com tanta urgência que é como se esperasse há meses por isso; há anos até. É um beijo ainda mais desesperado do que o anterior. Todas as dúvidas que eu tinha sobre ficar com Justin somem quando sinto sua língua se entrelaçando com a minha e o calor que se espalha pelo meu corpo com seu toque, me fazendo queimar por ele. O resto do mundo deixa de existir, e eu sou tomada pela certeza de que aqui, com ele, é onde eu deveria estar.

Sem interromper o beijo, Justin me empurra contra o armário, seu corpo prensando o meu de um jeito delicioso.

Sinto a ereção entre suas pernas, e a sensação é tão boa que quase desfaleço em seus braços. Mas me mantenho firme, meus dedos enroscados em seu cabelo, querendo ele ainda mais perto do meu corpo, porque acho que nunca vou ter o suficiente de Justin.

— Pode deixar que a partir de agora sou eu quem vou implorar pelos seus beijos. — Ele se afasta por um momento para me fitar, explodindo de paixão como eu.

Sem aviso, Justin me levanta pelas coxas, e eu envolvo sua cintura com as pernas. Sua boca volta para a minha com a mesma fome de antes, e não consigo segurar o gemido que se forma na minha garganta.

— Justin — sussurro quando ele me leva até o banco de madeira.

Ele se senta e me encaixa em seu colo, o volume entre suas pernas ainda mais proeminente. Seus lábios descem da minha boca para a mandíbula, traçando uma linha de fogo pelo meu pescoço.

— A gente tá no vestiário — me obrigo a dizer.

Mas então ele toca minhas costas por baixo da blusa, e eu perco qualquer autocontrole, a sensação da sua pele contra a minha fazendo meu corpo formigar.

Assim que tomo seus lábios de novo, um alarme soa alto, e eu pulo de pé, assustada.

É o aviso do fim do jogo, o que significa que em alguns instantes o vestiário estará lotado de jogadores. E nós não vamos nem conseguir disfarçar que estávamos nos agarrando. Se os lábios de Justin estão inchados, o uniforme desengonçado e o cabelo bagunçado, só posso imaginar o meu estado. Qualquer pessoa que entrar aqui vai saber exatamente o que estava acontecendo. Pior, vai saber o que estava prestes a acontecer se não tivéssemos sido interrompidos.

Escrito na neve • 199

— Eu vou tomar um banho e me arrumar. — Justin se levanta também e me puxa para mais um beijo cheio de paixão. — Por favor, não foge de mim de novo.

Eu apenas assinto, porque não tenho condições de responder, e muito menos de recusar qualquer coisa que Justin me peça.

E então me apresso para fora do vestiário antes que alguém me flagre aqui.

# 28

## JUSTIN PARECE DETERMINADO A ME TRATAR COMO SUA NAMORADA

Não sei como algum dia achei que seria capaz de me controlar com Justin. Não tem um mísero pensamento na minha cabeça que não seja sobre ele, seus braços ao redor de mim ou sua língua dançando com a minha. E ele também parece bastante afetado, porque não dá nem tempo de eu chegar ao meu quarto antes de receber sua mensagem.

Justin:

Quero te levar pra um encontro de verdade

Seis horas eu tô passando aí pra te pegar

É claro que, em vez de respondê-lo, mando um print da conversa para Flávia, precisando urgentemente de alguém para me acalmar e me dizer que não fiz nada de errado.

Flávia:

como assim encontro de verdade????

oq rolou entre vcs?

**Helena:**

A gente meio que se beijou de novo

**Flávia:**

mentiraaaaaaaaaa

isso quer dizer que vc PEDIU?

**Helena:**

Talvez.......

**Flávia:**

HELENA!!!!!

eu tô tão orgulhosa!

me diz que vc vai no encontro

Ainda estou assustada e com medo de me entregar e acabar em uma situação igual a que estive com Igor, mas a esta altura acho que não adianta lutar contra meus sentimentos.

**Helena:**

Acho que sim

**Flávia:**

nada de acho

responde ele AGORA

e eu quero print provando!!!!

Abro a conversa com Justin, revirando os olhos, mas ciente de que, se não fosse pela minha irmã, eu ainda estaria me escondendo dele.

Helena:

Combinado

Te espero às seis

Mando o print para Flávia.

Flávia:

aaaaaa eu te amo!!!!!

e eu já amo esse casal!

Helena:

A gente não é um casal

Flávia:

mas vão ser!!!

Largo o celular com uma sensação esquisita crescendo no meu estômago e começo a me arrumar para não ficar pensando no assunto.

A cidade está coberta de neve e a temperatura fica mais baixa a cada dia, sempre entre dez e quinze graus negativos, mas não consigo me conter e coloco um vestido. Ele é branco com manga comprida e, em minha defesa, é bem quente. E vou vestir uma meia-calça peluciada por baixo também.

Talvez não seja o bastante para me impedir de passar frio, mas tenho certeza de que a presença de Justin vai dar conta disso.

Escrito na neve • 203

— Aonde você vai assim toda arrumada? — Claire pergunta quando entra no quarto, me pegando de surpresa.

Vim para o dormitório assim que saí do vestiário, com vergonha de ter que me explicar para Sidney e Claire. Eu sabia que teria de lidar com elas em algum momento, mas queria adiar isso o máximo possível. Só que, ao mesmo tempo, tem uma bola crescendo no meu peito que ameaça explodir em um grito de "eu beijei o Justin!". Quero que todo mundo saiba.

— Você tem um *encontro*? — A última palavra está cheia de malícia.

— Talvez... — Mordo o lábio, sabendo que, se eu falar, não tem mais volta. — Vou sair com o Justin.

— A gente tava mesmo se perguntando por que você tinha ido pro vestiário! — Ela se joga na cama, os olhos brilhando com animação. — A Sid achou que tinha algo rolando entre vocês.

— Ela falou que não tinha problema, mas...

— Não se preocupa com isso. — Claire abana uma das mãos, mas então seu olhar fica mais sério. — Helena, a gente precisa conversar...

Claire parece insegura e receosa, o que me faz parar no lugar.

— O que foi? — pergunto, preocupada. — Aconteceu alguma coisa com o Sebastian? Se ele estiver te...

— Não, ele não fez nada! — Claire balança a cabeça rápido, e eu sou tomada pelo alívio. Estou sempre com medo de ela decidir dar uma segunda chance para ele. — É só que... eu meio que...

Antes que ela possa terminar, somos interrompidas pelo toque de mensagem do meu celular.

Justin:

Tô aqui embaixo

— Eu preciso ir! — chio, tão empolgada que a conversa perde a importância. — Quando eu voltar, a gente conversa melhor, pode ser?

— Claro, pode, sim — Claire concorda, apesar de já não parecer tão animada pelo meu encontro. — Se divirta por mim!

Saio do quarto, mas paro do lado de fora da porta por um instante, respirando fundo. É meu primeiro encontro desde que terminei com Igor, e não tenho muita certeza de como deveria me sentir. Meu corpo vibra e sinto o friozinho na barriga, o suor nas palmas das mãos e a eletricidade que percorre minhas veias.

É bom ter a confirmação de que não menti para Claire. A vida realmente volta a ter o brilho de antes em algum momento, a gente só precisa ter paciência.

Acho que eu devia ter deixado claro que não pretendo ter um relacionamento *de verdade* durante o intercâmbio, porque Justin parece determinado a me tratar como sua namorada. Ele me espera na entrada do dormitório com uma rosa lilás e chama um carro de aplicativo para nos levar até o restaurante, mesmo sendo perto do campus, só para não me fazer andar no frio até lá.

E o restaurante é do tipo que você precisa estar bem arrumado. Tudo aqui grita "encontro romântico", para que eu não tenha dúvida. A iluminação é uma luz amarela baixa, e tem velas e flores em cima das mesas. E Justin ainda reservou um lugar no cantinho, longe das outras pessoas.

Cada gesto dele desperta uma nova borboleta no meu estômago, e, quando sentamos um de frente para o outro, já tenho um borboletário completo solto na minha barriga. Tento me manter calma, mas só consigo pensar no fato de que Justin organizou um encontro romântico em pouquíssimas horas, depois de ter passado por um estresse enorme durante o jogo. E ele nem parece se lembrar ou se importar com o que aconteceu na partida de hóquei, o que me deixa ainda mais nervosa. Justin está *radiante,* sendo que deveria estar desolado.

— Justin, eu tô muito feliz com o convite — digo, depois de tomar um longo gole do meu vinho branco. — Mas eu não quero que você tenha uma impressão errada.

— Como assim? — Ele franze o cenho, o brilho nos seus olhos diminuindo aos poucos.

— Não é isso! Eu quero ficar com você! — Eu me apresso em explicar, porque seria uma grande sacanagem voltar atrás depois que ele me pediu para tomar uma atitude só quando tivesse certeza. — É que eu vou embora daqui a dois meses, não quero *namorar*. Uma coisa é a gente ficar nas festas ou sair de vez em quando, mas isso aqui... — aponto para o restaurante ao nosso redor — ... isso é demais.

Justin toma um gole da própria taça enquanto me observa, sem pressa nenhuma. Não sei se ele está processando minhas palavras ou pensando em como responder, mas a demora me deixa inquieta.

— Você já pensou em ficar mais um termo? — ele pergunta com uma descontração calculada demais; nós dois sabemos o peso que essa sugestão carrega.

É claro que considerei. Várias vezes, inclusive. Quando decidi fazer o intercâmbio, vim consciente de que poderia prolongar a estadia por mais alguns meses se quisesse. E a ideia vem rondando cada vez mais a minha mente.

— Até pensei, mas eu precisaria estender minha bolsa também — explico, sabendo que é muito mais difícil do que ele imagina. — Sem contar que preciso passar pela tal apresentação do sr. Harrison. Se ele perceber que eu não sei do que tô falando, é capaz de me mandar pra casa antes da hora.

— A gente vai montar um roteiro legal e você vai dar conta. — Justin tem mais confiança em mim do que eu mesma.

Nós estávamos pesquisando sobre o *Ultimate Soccer Battle* juntos, depois dos encontros do *Ice Stars*, só que isso foi antes da festa de Halloween e de eu começar a fugir de Justin. Como eu não tinha tempo a perder, continuei as pesquisas sozinha.

— Na verdade, o roteiro tá quase pronto. — Eu me inclino sobre a mesa, me deixando levar pela empolgação. — Você já viu o sistema *multiplayer* que eles criaram? É tão sofisticado que eu não consegui parar de pesquisar! Até pensei em algumas alterações pra fazer no nosso!

— Esse jogo é uma obra de arte! — Justin concorda com a cabeça. — Não é à toa que todo mundo ficou animado por ter você na equipe.

— Quem sabe, depois que eu terminar o sistema *multiplayer* do *Ice Stars*, eles se empolguem por mim de verdade, não por um erro no meu currículo. — Mordo o lábio inferior, ao mesmo tempo empolgada e ansiosa.

— Você leva jeito. — Ele me estuda enquanto dá um gole na bebida. — Você devia pensar em estudar desenvolvimento de jogos. Estudar pra valer, não comigo.

— Não posso trocar de curso mais uma vez. — Desvio o olhar, esquecendo por um segundo que não compartilhei essa parte da minha vida com ele.

— Mais uma vez? — Justin ergue as sobrancelhas, curioso.

— É, eu comecei outro curso antes de ciências da computação, mas odiei. Aí acabei trocando. — Dou de ombros, embora sinta meu rosto esquentar. — Se eu fizer isso de novo, meus pais me matam. Sem contar que nem deve ter esse curso no Brasil.

Escrito na neve • 207

— Mais um motivo pra você ficar por aqui. — Uma faísca de esperança passa pelo rosto de Justin.

— Não, trocar de curso tá fora de cogitação. — Balanço a cabeça e tomo um gole do vinho, tentando diminuir o desconforto. — De qualquer forma, eu tô adorando pesquisar sobre desenvolvimento de jogos no meu tempo livre, então posso tentar trabalhar com isso mesmo sem ser minha área. Minha preocupação agora é com a palestra.

— Você tá se esforçando bastante, não precisa ter medo. — Justin pega minha mão por cima da mesa e a afaga com o dedão. Quero fingir que seu toque não mexe comigo, mas preciso de todas as minhas forças para não estremecer. — Você é quase uma especialista no assunto.

— E se alguém perguntar algo que não sei responder?

— Você finge que não entendeu por causa do inglês. — Ele dá de ombros como se fosse uma solução óbvia e simples.

E talvez seja. Talvez eu esteja imaginando uma grande catástrofe em cima de uma coisa que não é tão complicada assim. Talvez o seminário seja tranquilo e ninguém desconfie da minha mentira. Talvez eu possa mesmo ficar mais um termo em Calgary.

— De qualquer forma, quero ir com calma. — Volto para o assunto principal, porque preciso garantir que estamos na mesma página. — Eu quero *muito* ficar com você, mas sem compromisso. Preciso de um tempo pra me acostumar com esses sentimentos.

— Você nunca vai ter que fazer nada que não queira. — Ele aperta minha mão de leve e acorda mais uma borboleta. — Eu sempre vou respeitar o seu tempo.

— Obrigada — agradeço, aliviada por tirar essa angústia de dentro de mim.

— Mas, se você quiser aproveitar pra conhecer seus futuros sogros, eles estão na cidade. — Justin ergue a taça e dá mais um gole, um sorriso safado se espalhando por seu rosto.

— Justin! — Um calor toma minhas bochechas, mesmo sabendo que é brincadeira.

— Só pra não perder a oportunidade. — Ele aperta minha mão mais uma vez e então a solta, e sinto falta do seu toque instantaneamente.

— Você é terrível. — Balanço a cabeça e, como não consigo me segurar, acrescento: — Mas você chegou atrasado, a Sid já fez as devidas apresentações, e eles foram muito queridos. Por tudo que você me falou, achei que seu pai seria mais rígido.

— Ah, não! — A expressão de Justin se transforma em uma de admiração pelo pai. — Ele é uma das melhores pessoas que você vai conhecer na vida.

— E ele parece bem orgulhoso de você. — Aproveito para dizer, porque acho que Justin precisa ouvir isso. — Nós conversamos um pouquinho, e ele encheu a boca pra falar que você é um ótimo jogador e que é só questão de tempo até estar na NHL.

— É, mas isso foi antes da briga com o Sebastian. — As bochechas de Justin ganham um tom rosado, e sua voz fica séria. — Ele não deve estar muito orgulhoso agora.

Talvez trazer este assunto à tona não tenha sido a melhor ideia, mas queria que Justin soubesse o quanto seu pai parecia feliz por ele. Depois de tê-lo conhecido, tive a impressão de que boa parte da cobrança vem do próprio Justin.

— Tenho certeza de que ele tá. — É minha vez de estender a mão por cima da mesa e pegar a dele. — E tenho certeza de que vai ficar ainda mais vendo você realizar seus sonhos.

Justin assente, seus olhos com um novo brilho.

E é neste momento que tenho certeza de que estou perdida. Não importa o quanto eu tente convencê-lo ou convencer a mim mesma de que não quero nada sério, os sentimentos que Justin desperta em mim não são nem um pouco casuais.

Escrito na neve • 209

# 29

## MAS VOCÊ DESISTIU DA NHL?

Justin não é muito bom nesse negócio de levar as coisas com calma. Digo isso porque, exatamente uma semana depois da nossa conversa no restaurante, ele me convida para uma viagem de última hora.

Em sua defesa, ele tinha prometido na festa de Halloween que me levaria para conhecer algumas cidades nos arredores de Calgary. E me deu total liberdade para recusar se não estivesse confortável. Mas é claro que aceitei. E é assim que saio no sábado de manhã para Banff, uma das montanhas perto da cidade, como se o frio de quinze graus negativos de Calgary não fosse o bastante.

Justin alugou um carro e uma cabana para o fim de semana. Quando eu disse que ele estava se esforçando demais para um relacionamento que nem é relacionamento de verdade, ele me garantiu que esta viagem é por sua causa e não minha. Aparentemente, ele estava *muito* triste porque o time foi disputar um jogo em Edmonton e ele *precisava* de uma distração para não ficar sozinho com Sebastian na república Como eu poderia dizer não?

Foi por isso que concordei em vir, mesmo sendo o tipo de viagem para comemorar aniversário de um ano de namoro, não de uma semana se pegando.

Durante o trajeto, Justin me fala sobre todos os lugares incríveis para os quais vai me levar, e diz que decidiu começar por Banff porque é uma de suas cidades favoritas. Por mais que eu tente me convencer de que esta viagem foi uma péssima ideia e que eu não deveria me entregar, estou bem feliz por ter um tempo longe de tudo com Justin.

Nós não nos desgrudamos na última semana. Já nos víamos praticamente todos os dias antes de eu decidir dar uma chance para ele, mas agora nos vemos o *tempo inteiro*. É como se quiséssemos garantir que vamos aproveitar ao máximo estes dois meses.

As aulas particulares depois do *Ice Stars* viraram sessões de pegação. Nós até nos esforçamos para continuar trabalhando no sistema *multiplayer* ou pesquisando sobre o *Ultimate Soccer Battle*, mas a cada cinco minutos de trabalho, passamos trinta nos beijando. E nem posso dizer que são beijos inocentes, porque quase sempre estou sentada no colo de Justin, correndo um sério risco de quebrar a cadeira da sala de informática.

Apesar de eu ter passado algumas noites na república com ele, nós ainda não transamos. Na primeira vez que tivemos a oportunidade, eu disse que não estava pronta e Justin reiterou que respeitaria o meu tempo — e ele tem respeitado de verdade. Esse é outro motivo pelo qual estou tão ansiosa para o nosso fim de semana sozinhos. Por mais que eu queira ir com calma, uma semana é bastante tempo para quem tem só mais dois meses.

Chegamos ao hotel no fim da manhã. Mesmo com o clima mais frio do que em Calgary, o dia está perfeito, com o sol a pino refletindo na neve e deixando a paisagem montanhosa

Escrito na neve • 211

ainda mais bonita. Vejo verde, marrom e branco por todo lado, e é impossível não ficar de queixo caído.

— Quem ia querer ir pra Edmonton em vez de vir pra cá com você? — Justin brinca e me puxa para um abraço assim que descemos do carro.

Nós nos abraçamos inúmeras vezes nesta última semana, então por que meu coração ainda acelera com qualquer mínimo toque de Justin? Estamos completamente vestidos, na frente de um hotel, e ainda assim meu corpo superaquece. Quando será que vou conseguir agir como uma pessoa normal na sua presença?

— Você tá bem mesmo? — pergunto, preocupada, apesar de ele não tirar o sorriso da cara desde que me pegou no dormitório.

Tenho evitado tocar no assunto para não virar um lembrete constante de que ele poderia estar jogando hóquei e chamando a atenção de um olheiro. Mas, como foi Justin quem fez a menção, acho que é um bom momento para sondar como ele está se sentindo de verdade.

— Eu sei que vai parecer estranho. — Justin me solta e dá um passo para trás, e sinto falta do seu corpo contra o meu no mesmo instante. — Mas foi meio... libertador?

— Como assim?

— Sei lá, eu andava tão estressado com a possibilidade de não entrar pra um time da NHL... tava com medo do meu pai continuar me pressionando pra trabalhar na empresa e eu acabar cedendo. — Justin coloca uma mecha do cabelo para trás da orelha. — Minha vida toda tava girando só ao redor disso. Eu acordava planejando o próximo treino e dormia imaginando conversas hipotéticas com o meu pai.

— Mas você desistiu da NHL? — Penso em todas as vezes que conversamos sobre o assunto e como parecia importante para Justin. Acho muito improvável que ele tenha mudado de ideia tão rápido.

— Claro que não. Ainda quero entrar pro Calgary Flames, de preferência. — Ele abre um sorriso discreto. — Mas essa confusão toda me ajudou a ver que, não importa o quanto eu me esforce, nem tudo tá no meu controle. E que existem coisas mais importantes. — Seus olhos brilham para mim, o azul mais intenso do que o normal.

Assinto devagar, assimilando suas palavras. Sei que Justin está falando da sua situação em específico, mas não consigo deixar de pensar que isso também se aplica ao que estou enfrentando.

Passei os últimos tempos tentando me blindar para não sofrer. Mas será que vale a pena deixar de viver tantas coisas por medo de ter o coração partido de novo? E será que manter distância de Justin vai mesmo me impedir de sofrer?

Talvez tenha chegado a hora de me permitir e me deixar levar, sem amarras.

— Além do mais... — Justin diz, alheio à confusão que causou na minha cabeça. — O treinador acha que consegue nos colocar no próximo jogo. Então tenho que aproveitar o restinho da folga, né?

Eu não poderia concordar mais.

Apesar de Justin ter jurado que não tinha gastado muito e que a cabana era simples, ela é tudo, menos simples. É toda de madeira, e a parte interna é muito bem decorada, com cozinha e sala completas, além de uma banheira enorme bem no meio da sala.

— Tá pronta pra nossa primeira experiência em Banff? — Justin tem um sorriso travesso no rosto.

Ele me contou alguns de seus planos, que incluem visitar a sua cafeteria favorita e fazer uma trilha, mas também fez muito suspense sobre as outras atividades que planejou.

— Não sei se tô pronta, mas fala — digo, o receio causando um friozinho na barriga.

— Olha ali. — Ele aponta para o janelão que fica bem de frente para a banheira e que deve garantir um banho inesquecível.

Ando até lá, reticente, roubando olhares na direção de Justin, que me fita com ansiedade. Só falta ele dar pulinhos no lugar, de tão animado. Mas quando olho para fora vejo apenas a paisagem de tirar o fôlego.

A cabana fica em um morrinho, e a grama coberta de neve se estende até lá embaixo, além do lago e das montanhas que cercam o hotel. É, sem dúvida, um dos lugares mais lindos que já vi, mas não entendo por que Justin estaria tão empolgado para ficar *olhando* a paisagem.

— Não entendi... — Então, percebo o que ele quer e me viro, exasperada. — Você não tá achando que eu vou *escalar* aquela montanha, tá?! Justin, eu tenho amor à vida!

A resposta dele é uma gargalhada que preenche o cômodo e me abraça, me deixando quentinha. Ele está tão feliz com a minha reação que me pego rindo, embora continue determinada a não escalar montanha nenhuma.

— Esse era um dos planos, mas pelo visto vou ter que repensar. — Ele tenta forçar uma careta, mas um sorriso acaba despontando em seus lábios. — Mas não, não era disso que eu tava falando.

— Era do que, então? — Olho para o lado de fora de novo, procurando alguma indicação. — Você quer pescar?

— Quase! — Ele vem até mim e me envolve pela cintura, provavelmente para me distrair enquanto diz o maior absurdo que já ouvi: — Nós vamos nadar.

— Você tá doido?! — digo, tão alto que algum desavisado talvez ache que ele acabou de confessar um crime, e o empurro para longe. — Tá nevando, Justin! Tá quase trinta graus negativos!

— É uma piscina de águas termais, Helena. — Ele tenta segurar o riso, mas seus lábios se esticam mais e mais. — A água é bem quente.

— Eu nem tenho como ir, porque não trouxe biquíni.

— Eu comprei pra você. — Justin abre um sorriso tão convencido que sou tomada pela vontade de socá-lo e beijá-lo em medidas iguais.

— Tá muito frio, Justin! — choramingo, sabendo que ele vai conseguir me convencer, e nem vai precisar de muito esforço.

— É pra isso que eu tô aqui, Helena — ele diz meu nome daquele seu jeito irresistível. — Pode deixar que eu te aqueço.

E então ele me puxa para mais um abraço, seu calor me envolvendo.

Como eu achei, por um momento que fosse, que poderia resistir a este homem?

# 30

## O QUE VOCÊ ACHA DE DEIXAR O BANHO PARA DEPOIS?

— Foi tão ruim assim? — Justin pergunta e, pelo tom convencido, é óbvio que sabe a resposta.

— Não. — Reviro os olhos e jogo água em seu rosto, sem conter o sorriso. — Mas a gente ainda não saiu, e essa com certeza vai ser a pior parte.

Faz quase uma hora que estamos na piscina — que, mesmo de perto, ainda me parece um lago —, apreciando a vista e curtindo a companhia um do outro. A água é realmente quente, mas, como eu esperava, está bem frio aqui fora, então me esforço para manter os ombros submersos. Pelo menos não está nevando nem ventando, e o sol ajuda a não congelar o rosto.

— Tem um vestiário ali. — Justin aponta para a construção poucos metros atrás de nós e me puxa, grudando nossos corpos.

— Ou a gente pode sair daqui direto pra banheira do nosso quarto. — Ergo as sobrancelhas, deixando bem claro qual é a minha intenção.

Justin não me responde, mas pressiona minha cintura e me beija com tanta paixão que não tenho nenhuma dúvida de que gostou da ideia. Passo minhas pernas ao redor dele, me deixando levar.

— Eu gosto do jeito que você pensa. — Ele desce as mãos até minha bunda e a aperta com força, me encaixando ainda mais contra seu volume proeminente. — Quer ir agora?

— Uhum. — É tudo que consigo dizer enquanto tomo sua boca em mais um beijo, meu corpo todo amolecendo.

— É melhor irmos de uma vez, antes que nos expulsem. Tá pronta pra correr até lá?

— Não — digo, mas me levanto na mesma hora para não perder a coragem.

Meus braços e minhas pernas reclamam de imediato do contraste entre a água quente e o ar gelado. Eu me apresso até a cadeira, pego o roupão felpudo do hotel, calço a sandália e corro pelo caminho de pedras que leva morro acima.

Nem perco tempo olhando para trás para confirmar se Justin está me seguindo, mas um segundo depois ele segura minha mão. Nós dois gritamos e corremos igual a duas crianças desesperadas.

Dar os poucos passos até o vestiário teria sido muito menos sofrido, embora menos divertido também. Ainda bem que não demora para a calefação fazer seu trabalho, e, aos poucos, meu corpo vai se aquecendo e eu paro de tremer.

— Você tá bem? — Justin tira o próprio roupão, deixando o abdômen trincado à mostra, claramente menos afetado pelo frio do que eu.

É claro que, como jogador de hóquei, Justin tem um corpo escultural, com o peitoral de quem gasta horas malhando e treinando. Vê-lo assim, só de bermuda, desperta em mim uma vontade primitiva de atravessar o quarto e lamber cada uma das gotas que escorre pelo seu corpo. Eu poderia ficar o resto da tarde fazendo apenas isso e seria a garota mais feliz do mundo.

Escrito na neve • 217

— Helena? — Ele abre um sorriso presunçoso, ciente do que está se passando pela minha cabeça.

— Desculpa, eu... — Minha voz sai tão rouca que preciso pigarrear. — Eu tava distraída.

— Percebi.

Ele me olha de cima a baixo, e me sinto nua, apesar de estar completamente coberta. Por um momento, acho que Justin vai arrancar meu roupão, mas ele respira fundo e caminha com confiança até a banheira. Ele liga a água e se vira para mim, sem sair do lugar.

Eu tinha achado a vista bonita, mas só porque ainda não tinha presenciado Justin de calção na frente da janela, escorado na banheira como se fosse o dono do lugar.

Essa visão só me deixa ainda mais excitada.

Engulo em seco e caminho até ele com as pernas bambas. Sei que, como da outra vez, ele está esperando que eu tome a iniciativa — Justin não quer me pressionar nem ultrapassar meus limites.

Pouso minhas mãos em seu peito e fico na ponta dos pés para lhe dar um beijo calmo e demorado. Justin leva um momento para tirar as mãos da borda da banheira, mas, quando envolve meu corpo, o mundo inteiro se dissolve ao nosso redor.

Eu me afasto o suficiente para fitar seus olhos azuis, e Justin me encara de volta com um olhar lânguido, deixando claro que não está nem um pouco a fim de parar o beijo. Estou tão afetada que quero puxá-lo direto para a cama comigo.

— O que você acha de deixar o banho para depois? — sugiro com a voz baixa.

Sem tirar os olhos de mim, Justin estica a mão e desliga a água. Então, me pega no colo pelas coxas tão rápido que a única coisa que me resta fazer é envolver sua cintura com as pernas para manter o equilíbrio enquanto ele me leva até a cama, devorando minha boca no caminho.

Justin me joga no colchão e se deita sobre mim, fazendo uma pressão deliciosa. O meio das minhas pernas dói em resposta e meu corpo arde, implorando por mais dele.

Seu cabelo cai em frente ao rosto quando ele se abaixa para me dar um selinho, e eu coloco uma mecha para trás da orelha, aproveitando o momento para observar o rosto pelo qual acho que estou me apaixonando. Cada centímetro, desde o maxilar marcado até o nariz quebrado, parece especialmente feito para mim.

Mas Justin não espera eu terminar de admirá-lo. Ele me beija com paixão, e com uma necessidade mais intensa do que nas noites em que ficamos na sua cama até tarde e *quase* transamos. Sem tirar a boca da minha, ele desamarra o roupão e passa a mão pela minha barriga, me fazendo arquear a coluna em resposta.

É a vez de Justin se afastar por um instante, os olhos esfomeados percorrendo cada centímetro do meu corpo. Ainda estou com o biquíni vermelho que ele comprou, mas isso não parece um problema para Justin, que quase saliva com a visão, como se eu fosse a coisa mais linda que ele já viu na vida.

— Você é perfeita — ele diz antes de me beijar de novo.

Mas é um beijo rápido. Seus lábios logo descem pela minha mandíbula, depois pelo pescoço e então pelo meu colo. Uma linha de fogo se forma por onde ele passa, se espalhando até me queimar por inteiro.

Sua mão pousa sobre meu seio, tão grande que o cobre por completo. Só isso é o suficiente para me fazer arquejar, mas Justin afasta o biquíni para o lado, deixando meu mamilo intumescido à mostra. Os olhos azuis procuram pelos meus, que devem estar tão desesperados e inflamados quanto os dele, e, sem deixar de me encarar, faz um círculo lento com a língua ao redor do meu mamilo, para então abocanhá-lo, chupando e mordendo de leve.

O quarto parece que vai explodir. Não é nada que Justin ainda não tenha feito, mas a promessa do que está por vir me deixa à beira do precipício. Ele mal me tocou e já não consigo segurar o som gutural que escapa pela minha garganta enquanto me arqueio ainda mais, quase implorando para senti-lo dentro de mim. Só que Justin não parece estar com pressa. Ele se vira para o mamilo da direita, mordendo e lambendo ao mesmo tempo que aperta o outro.

Sem conseguir esperar mais, pego sua mão e a guio pela minha barriga, descendo até colocá-la por dentro da calcinha do biquíni, aproveitando o som delicioso que Justin solta quando passa os dedos pela minha entrada.

— Você já tá tão molhada. — Sua voz é quase um rugido, o que faz o desejo pulsar dentro de mim. — E eu mal comecei.

Justin desliza dois dedos para dentro de mim enquanto mordisca meu mamilo, e eu choramingo em resposta. Antes que eu possa pedir mais, no entanto, ele me beija, os dedos se movendo em círculos que quase me fazem perder o controle. Se ele continuar neste ritmo, vou ter um orgasmo antes mesmo de tocá-lo.

— Justin... — sussurro entre os beijos, precisando de todas as minhas forças para obrigar as palavras a saírem. — Eu quero te ver também.

Um som animalesco escapa dele, e Justin me dá um beijo profundo antes de se afastar. Sinto falta do seu peso e do seu calor no mesmo instante, e preciso me segurar para não pedir que ele volte. Mas então Justin fica de pé, o corpo malhado à mostra, e me fita com os olhos em chamas.

Assim que ele toca a própria bermuda, eu me sento e seguro sua mão para impedi-lo.

— Eu tiro — sussurro, porque ele me deixa tão afetada que mal consigo falar.

Justin larga as mãos ao lado das coxas e deixa que eu abaixe sua bermuda e cueca sem pressa, apreciando cada centímetro de pele exposta. Até que seu pau se liberta, ficando completamente à minha disposição.

Perco a concentração e arfo. Seu pau é grande, muito maior do que eu esperava. E pulsa para mim, implorando que eu o tome, mas apenas engulo em seco.

— Tá tudo bem aí? — A voz rouca de Justin me faz voltar à realidade.

— Sim, eu só... — Mordo o lábio inferior, me sentindo ridícula. — Só tô surpresa.

Ele solta uma risadinha, satisfeito.

— Se você preferir parar...

— Não! — Para provar que estou falando sério, envolvo seu pau com uma das mãos, fazendo um movimento lento de vai e volta. — Não quero parar.

Então eu me ajoelho na frente de Justin e coloco o quanto consigo na boca.

O som que ele solta e o espasmo de seu pau já seriam capazes de me levar ao orgasmo, mas me contenho. Repito o movimento de vai e volta com a boca, tentando abocanhar cada vez mais, brincando com a língua por toda a sua espessura. Pelo jeito que Justin segura meu cabelo e geme, imagino que esteja gostando.

— Se você continuar assim — sua voz tem um tom de aviso, mas ele não tira a mão da minha cabeça, me empurrando de leve para tomá-lo mais fundo —, eu vou acabar gozando. Você não faz ideia do quanto eu esperei por isso.

— Ainda não, a gente ainda tem muita coisa pra fazer. — Consigo me afastar um pouco para responder, mas ele logo guia minha boca de volta para o seu pau.

Escrito na neve • 221

Justin parece prestes a explodir conforme eu movimento a cabeça e a língua, aproveitando cada centímetro que consigo, me deliciando com seu gosto. Até que ele me afasta, a respiração pesada.

— Eu preciso que você pare — ele diz com certa dificuldade. — Porque eu só vou gozar depois de você.

Justin me levanta e me joga de volta na cama. Imagino que ele vá pegar uma camisinha, mas em vez disso ele me ajeita mais para trás e abre minhas pernas, se ajoelhando na minha frente. Só o fato de ele estar prestes a me chupar seria o suficiente para me fazer perder o controle, mas o jeito como ele domina a situação e me olha com um fogo de quem esperou muito por esse momento é ainda mais sexy. A gente ainda nem transou e esse já é o melhor sexo da minha vida.

A língua de Justin percorre minha entrada até meu ponto mais sensível, fazendo movimentos circulares que me fazem agarrar seu cabelo e os lençóis, precisando de todo o meu esforço para não gritar. Quando ele sobe uma das mãos e aperta meu mamilo, eu quase perco todos os sentidos.

Ele me chupa com vontade, e eu esperei tanto por este momento que não consigo me segurar. Antes do que eu gostaria, estou arqueando as costas e tentando conter os espasmos ao mesmo tempo que agarro o cabelo de Justin com ainda mais força.

Ele se levanta, deixando beijos da minha coxa até minha barriga, e sinto mais alguns espasmos enquanto suas mãos dançam pelo meu corpo.

Tento falar qualquer coisa, mas tudo que sai pela minha boca é um "Justin" sussurrado, o que parece deixá-lo ainda mais feliz.

Com um sorriso safado, ele coloca a camisinha e se posiciona em cima de mim, me beijando com mais cuidado e mais carinho agora.

— O que você quer, Helena?

— Eu quero te sentir dentro de mim — nem hesito em responder.

Então, Justin me preenche. E, quando ele começa a se movimentar, tenho enfim a sensação de estar completa.

# 31

## TENHO UM GRANDE
## MOTIVO PARA FICAR: JUSTIN

Se a ideia de ficar mais um termo no Canadá já rondava minha cabeça antes da viagem com Justin, agora essa é a *única* coisa em que consigo pensar vinte e quatro horas por dia.

Minha volta para o Brasil está marcada para daqui a pouco mais de um mês, então tenho que me decidir logo; tenho *muita* coisa para organizar caso isso aconteça. São documentos para providenciar, pessoas com quem preciso conversar e autorizações para conseguir. Até minhas notas devem chegar em um patamar mínimo para que eu me qualifique para uma extensão.

Ainda assim, tenho medo de ficar. Começando pelo maior receio de todos, que é descobrirem o erro no meu currículo e me mandarem embora na mesma hora — mas é fácil me convencer de que esse é um risco muito pequeno quando estou aqui há tanto tempo e ninguém parece desconfiar de nada. Mas também tem a saudade da minha família, que aumenta a cada dia, e essa maldita apresentação sobre o *Ultimate Soccer Battle* — que já é na semana que vem e pode colocar tudo a perder. Quem me garante que, passando mais um termo aqui, o sr. Harrison não vai surgir com mais alguma exigência?

Mas tenho um grande motivo para ficar: Justin. Não importa o quanto eu tente negar ou me convencer do contrário, a verdade é que estou me apaixonando. Estou me apaixonando *muito* e em uma velocidade que nunca vivenciei. Sei que nosso relacionamento está fadado ao fracasso, já que em algum momento vou ter que voltar para o Brasil, mas por que isso deveria me impedir de aproveitar enquanto estou aqui e de estender o tempo que temos juntos o máximo que puder?

Essas semanas ao lado de Justin foram, sem dúvidas, as melhores desde que cheguei ao Canadá. Talvez da minha vida.

Tudo que parecia ser um impeditivo para ficarmos juntos foi se resolvendo aos poucos — com exceção da minha volta para casa. Até a suspensão do time de hóquei não é mais uma preocupação. Justin disse um milhão de vezes que não foi minha culpa e continua otimista de que estes poucos jogos que perdeu não vão ter um grande impacto na sua entrada para algum time da NHL.

A única parte ruim é que o fim da suspensão significa que ele voltou a treinar no ritmo de antes, então nosso tempo juntos diminuiu drasticamente. Entre seus jogos e treinos e minhas provas, só temos conseguido nos ver nos encontros do *Ice Stars* ou tarde da noite, quando me esgueiro para seu quarto. Pelo menos temos aproveitado *muito* quando conseguimos ficar sozinhos.

É por isso que às oito da manhã entro no meu quarto pé ante pé, depois de ter passado mais uma noite aconchegada em Justin. Mas logo percebo que nem precisava ter me preocupado em ser tão silenciosa. Claire ainda está debaixo das cobertas, mas não está dormindo, e sim mexendo no celular.

— Você já tá acordada? — pergunto, surpresa, porque ela geralmente sai da cama cinco minutos antes de a aula começar e tem que fazer tudo correndo.

Já que não preciso ser cuidadosa com o barulho, me apresso para pegar uma roupa limpa no armário. Tenho que tomar um banho rápido se não quiser me atrasar para a primeira aula — o que tem acontecido com certa frequência desde que comecei a passar a maioria das noites com Justin.

— Eu não consegui dormir... — Claire soa abatida o suficiente para me fazer parar no meio do caminho.

Acho que eu estava tão distraída com os hormônios que correm pelo meu corpo quando acordo ao lado de Justin que não tinha notado quão abalada Claire está. Mas, agora que estou prestando atenção, está bem óbvio que ela passou a noite em claro. Além das olheiras profundas, seus olhos estão inchados e vermelhos.

— O que aconteceu? — Largo as roupas em cima da escrivaninha e me sento na minha cama, de frente para ela.

Claire não se mexe; continua deitada na mesma posição com o celular na mão e solta um longo suspiro.

— O Sebastian passou aqui ontem à noite. — Sua voz parece mais manhosa, como se ela estivesse lutando contra as lágrimas.

— O quê? — A minha, por outro lado, sai tão alta que com certeza acordo todo mundo do nosso andar.

Eu ainda não sei o que aconteceu, mas ver o estado de Claire já faz meu sangue ferver. Minha vontade é dar meia-volta até a república para terminar a briga que Justin começou no jogo da outra semana.

— Ele disse que queria aproveitar que eu estava sozinha pra... — Ela inspira fundo e solta o ar devagar pela boca, um olhar culpado no rosto. — Pra conversar com privacidade.

— Conversar sobre o quê? — Não consigo deixar de me sentir culpada. Se eu estivesse aqui ontem à noite, em vez de embrenhada nos lençóis de Justin, isso não teria acontecido.

226 • Thais Bergmann

— Ele quer voltar — Claire diz baixinho, quase como se não quisesse que eu escutasse.

— Você negou? — Me inclino para a frente, pronta para dar uma boa chacoalhada nela caso seja necessário.

— Neguei, mas...

— Você não pode estar considerando voltar com ele, Claire! — Minha voz explode, cheia de indignação.

Nós tivemos essa conversa diversas vezes nos dias seguintes ao término, quando Sebastian não a deixava em paz. Mas fazia algum tempo que ele não dava sinal de vida, então achei que tínhamos superado essa fase.

É claro que entendo pelo que ela está passando. Também quis voltar com Igor muitas vezes depois do nosso término, mas acompanhar isso acontecendo com uma amiga traz uma sensação terrível de impotência. Preciso morder o lábio para não jogar na cara de Claire todas as coisas horríveis que Sebastian disse, para fazê-la acordar.

— Eu não tô, eu acho... é só que... — Sua voz está embargada, e ela funga. — Ele prometeu que vai mudar. Disse que tava estressado por causa do hóquei e que o pai dele tá pressionando pra ele conseguir a vaga na NHL... Ele se desculpou por tudo que fez comigo, mas também disse que, se eu não voltar, ele vai contar...

— Ah, tá bom! Agora, porque ele se desculpou, tá tudo resolvido, né?! — interrompo, a voz ácida e cheia de amargura.

Pelo jeito que Claire se encolhe, acho que não é o tipo de reação que ela esperava ou queria. Então me obrigo a respirar fundo e a lembrar que isso não tem a ver comigo, tem a ver com ela. Não importa que eu tenha passado por uma situação parecida, nenhuma experiência é igual. Por mais que eu odeie Sebastian, é Claire quem tem que perceber a podridão dele de uma vez por todas para enfim quebrar este ciclo.

Escrito na neve • 227

É um processo difícil e longo. E Claire não precisa de uma amiga que surta sempre que ela tem uma recaída; ela precisa de alguém que vá continuar ao seu lado independentemente do que acontecer.

— Desculpa, eu não devia ter falado assim — digo quando o silêncio já se estendeu por tempo demais. — Vamos fazer um combinado?

— Qual? — Ela semicerra os olhos, desconfiada.

— Você vai descansar agora de manhã e tirar um tempinho pra pensar. Você não vai conversar com ele — friso, com medo de ficar longe por algumas horas e encontrá-los juntos quando voltar. — A Sid me convidou pra almoçar num restaurante novo. Você vem também e nós três vamos conversar sobre isso com calma, pode ser?

Tenho toda a intervenção planejada. Se Sidney e eu unirmos forças para lembrá-la de quem Sebastian realmente é, Claire não vai ter opção além de se manter firme. Vai ser dolorido ouvir o que temos para dizer, mas não tanto quanto passar por tudo isso de novo.

— Tudo bem. — Claire funga mais uma vez, mas tem uma nota de gratidão na sua voz.

Ela desliga o celular e o larga ao seu lado na cama. Quando vejo que está de olhos fechados, pronta para tentar descansar, pego a minha roupa, o nécessaire e saio do quarto. No mesmo instante, volto a sentir aquela empolgação que tem me dominado vinte e quatro horas por dia desde que comecei a sair com Justin. Até penso em mandar uma mensagem para ele dizendo que estou com saudade, mas me contenho.

Quando viro no fim do corredor, meu celular toca. Um sorriso enorme surge no meu rosto, imaginando que, ao contrário de mim, Justin não conseguiu se segurar. Mas não é ele, é um número desconhecido.

— Alô? — atendo, confusa, equilibrando minhas coisas em uma mão só.

— Eu falo com Helena Macedo? — É uma mulher do outro lado da linha, uma voz que não reconheço.

— Ela mesma. Quem fala?

— Aqui é a secretária do sr. Harrison — ela diz, e só essas palavras são o suficiente para que um arrepio suba pela minha coluna. Porque nunca me ligaram do escritório do sr. Harrison. Todas as vezes que o coordenador quis marcar uma reunião, ele me mandou um e-mail. — Ele pediu para você vir até a sala dele. É urgente.

Desligo o telefone e sinto um vazio se formar na minha barriga. Porque a ligação só pode significar uma coisa: o sr. Harrison descobriu a minha mentira e eu serei mandada de volta para o Brasil.

# 32

## E VOCÊ ACHOU QUE SERIA
## MAIS FÁCIL MENTIR?

Se eu já estava nervosa das outras vezes que o sr. Harrison me chamou para uma reunião, agora estou prestes a desmaiar. De alguma forma, tenho certeza de que vou ser mandada de volta para o Brasil.

Estou tão desnorteada que só percebo que ainda estou carregando o nécessaire e a muda de roupas na metade do caminho, e preciso voltar correndo para o quarto. Felizmente, Claire está dormindo quando abro a porta, o que é ótimo, porque não estou em condições de explicar o que aconteceu. Mas isso significa que chego ao prédio de ciências da computação ainda mais nervosa, porque tive mais tempo para surtar com tudo que está prestes a dar errado na minha vida — e tem *muita* coisa para dar errado.

Dou umas três voltas no corredor, indo até o final e voltando, covarde demais para virar a esquina que dá na sala do sr. Harrison. Se eu não aparecer, ele não tem como me deportar, tem?

Helena:

Acho que o sr. Harrison descobriu

> Acho que vou ser deportada

Mando a mensagem para Justin sem pensar direito. Só porque *preciso* tirar isso de dentro de mim. Mas é claro que a resposta dele serve apenas para piorar minha angústia.

Justin:

> O quê?

> Por quê?

> O que aconteceu?

Não tenho a menor condição de explicar, ainda mais por mensagem. Então guardo o celular no bolso sem responder.

Respiro fundo e viro no fim do corredor.

A porta do sr. Harrison já está aberta, como se ele estivesse ansioso para acabar com a minha vida. Seco a palma das mãos na calça e respiro fundo, de novo e de novo, a cada passo excruciante. Quando enfim me aproximo, fico sob o batente e dou duas batidinhas na porta aberta, para chamar a atenção dele.

— Oi, a sua secretária disse que o senhor queria me ver. — Minha voz sai fraca e trêmula.

— Sente-se, por favor. — Nada de "seja bem-vinda" ou "como está o seu intercâmbio?". O sr. Harrison apenas aponta para a cadeira e nem se levanta para me receber.

Minhas desconfianças só se intensificam. Ele não tem o tom tranquilo e a expressão receptiva das outras vezes.

— A-aconteceu alguma coisa? — eu me forço a perguntar enquanto me sento.

O sr. Harrison me encara por um longo tempo, o que me faz suar por todos os poros do corpo. Ele mal abriu a boca, e já estou hiperventilando.

— Chegou à nossa atenção que há um problema com seu currículo. — Ele apoia os braços sobre a mesa e cruza as mãos.

Engulo em seco.

Então é isso, acabou.

Essa é a hora em que eu me jogo aos pés do sr. Harrison e imploro por perdão? Que eu explico que não foi minha culpa, que tudo não passa de um grande mal-entendido e peço, por favor, para não me mandarem para o Brasil?

— Como assim? — pergunto em vez disso.

Talvez me fingir de desentendida só piore a situação, mas preciso entender exatamente o que está acontecendo. E preciso de um tempo para pensar e decidir como reagir.

— Eu vou te dar uma chance de ser honesta. — Ele aperta as mãos uma na outra, os nós dos dedos embranquecendo. — A senhorita participou da criação do *Ultimate Soccer Battle*?

Estudo o sr. Harrison por um momento, sua postura tensa e a ruga no meio da testa. Quero muito fingir que não sei do que ele está falando. Depois de pesquisar tanto sobre o jogo, talvez até consiga enganá-lo!

Mas isso são apenas devaneios; uma última tentativa de me agarrar ao lugar e às pessoas que passei a amar tanto.

— Nã-não, eu não participei. — As palavras parecem areia na minha boca, e tenho que reprimir a vontade de vomitar.

Ele balança a cabeça quase imperceptivelmente de um lado para o outro. Posso jurar que parece decepcionado, o que é compreensível, porque eu também estou.

— E por que a senhorita não me falou nada na nossa primeira reunião? — Sua voz tem um leve quê de irritação.

— É que eu não *menti*, não foi minha culpa! — explico, mesmo sabendo que é a desculpa mais esfarrapada do mundo, já que tive *meses* para contar a verdade. — Não fui eu que coloquei o jogo no meu currículo!

— Eu sei, eu conversei com a sua universidade. — Ele suspira e se recosta na cadeira, parecendo cansado e irritado ao mesmo tempo. Com certeza não era assim que ele gostaria de começar a manhã. — Eles me explicaram que foi um erro no sistema, que de alguma forma puxou o código errado.

— Pois é! Eu sinto muito, muito mesmo, por não ter sido honesta quando descobri o que tava acontecendo, mas não foi de propósito. Eu entrei em pânico!

— Srta. Macedo, você teve tempo mais do que suficiente para se acalmar depois disso. Por que não me informou do erro para que pudéssemos te alocar nas matérias certas?

É fácil me fazer essa mesma pergunta agora que sei que tudo deu absurdamente errado. Por que diabos não admiti que não era a pessoa que eles queriam e implorei para não me mandarem embora? Por que decidi seguir o caminho mais conveniente — e que nem foi tão fácil assim —, sabendo que tudo poderia explodir na minha cara como está acontecendo agora?

— Eu só... eu fiquei com medo. — Minha voz fica presa na garganta conforme lembro todas as emoções terríveis que me dominaram naquele dia, e que estão me dominando de novo. — O senhor deixou claro que eu só tinha sido chamada pro intercâmbio por causa desse projeto, então fiquei com medo de ser mandada embora se vocês descobrissem que nunca fiz nenhuma aula de jogos digitais.

— E você achou que seria mais fácil mentir? — Ele ergue as sobrancelhas, indignado.

— Eu achei que conseguiria estudar desenvolvimento de jogos nesses meses e ser útil pro projeto de vocês! — explico, tomando cuidado para não incriminar Justin. A última coisa de que preciso é que o sr. Harrison questione *como* eu aprendi o que aprendi. — Achei que meu currículo não faria tanta diferença se eu ajudasse no *Ice Stars*.

Escrito na neve • 233

Ele assente devagar, ainda me estudando. Sua expressão é indecifrável, então não faço ideia se está prestes a me deportar ou se vai perdoar todos os meus pecados e me deixar ficar por mais um termo.

— Entendo, e sei que você tem sido útil pro projeto, mas...

— Eu realmente tenho me esforçado muito, eu e o Justin reconstruímos toda a parte do sistema *multiplayer* do jogo e ele mesmo disse que não teria conseguido sem mim! — balbucio, querendo falar tudo de uma vez antes que não tenha mais volta. — Se o senhor conversar com o pessoal do *Ice Stars*, vai ver que eu fui uma boa adição pra equipe!

O sr. Harrison fica em silêncio, como se estivesse analisando minhas palavras e pensando sobre o assunto. Até me deixo iludir, achando que ele vai me perdoar. Mas minha esperança não dura muito.

— Se você tivesse sido honesta lá no início do termo, nós poderíamos ter dado um jeito — ele diz por fim, e o pesar na sua voz deixa claro qual caminho decidiu seguir. — Eu não teria te matriculado nas matérias de jogos digitais, mas teríamos procurado outro curso que fizesse sentido com o seu currículo.

— Mas o senhor disse que eu fui chamada *só* por causa do *Ultimate Soccer Battle* — choramingo, tentando me convencer de que eu não tinha outra opção a não ser mentir.

— E foi, mas não teríamos te mandado embora por causa disso. Nós teríamos te realocado no curso e nas matérias certas. — Ele comprime os lábios.

Meu coração dispara, e meu cérebro começa a gritar "não, não, não, não, não". Porque está bem claro o que vem a seguir, e não consigo lidar com isso. Não posso voltar para o Brasil agora, ainda mais sabendo que é tudo minha culpa.

— Por favor, sr. Harrison. — Eu me inclino sobre a mesa, sentindo um nó se formar na minha garganta, prestes a se transformar em um choro descontrolado. — Por favor, não me manda embora.

— A essa altura, nós não temos muita escolha. — Ele faz uma careta e começa a mexer nos papéis em cima da mesa. — Eu não posso te dar os créditos pela participação no *Ice Stars Project*. Não posso te dar *nenhum* crédito, porque muitas dessas matérias são atreladas. E, sem esses créditos, você vai ser repro...

— Mas eu fui a todos os encontros! — interrompo, deixando o desespero tomar conta de vez. — E ajudei a equipe, o senhor pode perguntar. No começo até foi difícil, mas depois eu realmente fiz muito pelo projeto!

— Isso não é suficiente, srta. Macedo. — Pelo menos dá para ver que ele está chateado em me dar essa notícia. — Sem o erro no seu currículo, você nem poderia ter se inscrito nessas matérias. Infelizmente isso invalida seu intercâmbio.

— *Por favor* — consigo dizer apenas essas palavras, cheias de súplica, enquanto as lágrimas começam a descer pelo meu rosto. — Por favor, eu faço *qualquer coisa*. Eu não posso voltar!

— Infelizmente, isso não está ao meu alcance. — Ele larga os papéis e me olha nos olhos, uma expressão triste, mas firme, em seu rosto. — O que eu posso fazer é não colocar nada disso no seu currículo. Vai ser como se você nunca tivesse vindo.

— Por favor.

— Eu sinto muito. — E essas palavras são seu ponto-final.

Respiro fundo, mas é difícil quando estou chorando tanto que nem consigo enxergar o sr. Harrison direito. Minha cabeça dói, meus olhos doem, meu peito dói. Como pude deixar isso acontecer? O que foi que eu fiz?

A pior parte é saber que foi minha culpa. É ter a confirmação de que, se eu tivesse sido honesta, nada de ruim teria acontecido. Eles teriam mexido no meu currículo, e eu teria ficado. Mas eu tentei resolver tudo sozinha, do meu próprio jeito, e aqui estamos.

Escrito na neve • 235

Como sempre, eu destruo tudo que toco.

Igor tinha razão, eu sou uma inútil e uma fracassada. Nunca vou dar certo na vida, porque a única coisa que sei fazer é acabar com qualquer oportunidade legal que surja para mim.

— E... e a minha volta? — Eu me forço a perguntar, a voz embargada. — Eu vou poder ficar até janeiro?

Parte de mim ainda se apega à esperança de que, se eu puder ir embora na data programada, ninguém vai ficar sabendo do que aconteceu. Será um segredo entre mim e a faculdade. Mais ninguém precisa saber que fracassei de novo.

— Sua estadia depende do visto de estudante e, como estamos te desligando da faculdade, ele será revogado. Imagino que você terá que remarcar a sua viagem para a próxima semana.

# 33

## QUEM É A ÚNICA PESSOA QUE QUER FERRAR COM VOCÊ?

Como pude ser tão idiota a ponto de estragar a melhor coisa que já aconteceu na minha vida?

Saio da sala do sr. Harrison desnorteada, a cabeça zunindo com a quantidade de pensamentos e preocupações que sobrecarregam meu cérebro.

Ele me deu uma pilha de documentos para assinar e uma lista de coisas que preciso fazer antes de voltar para o Brasil, mas é oficial: tenho que ir embora na semana que vem.

Ainda tentei argumentar e implorar, explicar minha situação e prometer que faria o que fosse preciso para ficar até janeiro, mesmo que não ganhasse as notas do intercâmbio. Mas nada adiantou.

Ele não cedeu. Até pareceu chateado por mim, mas não o suficiente para me ajudar.

Parada no corredor, encaro meu celular, as mensagens que Justin me mandou brilhando na tela.

Justin:

O quê?

> Por quê?

> O que aconteceu?

> Helena?

Como vou contar para ele que fui expulsa? Pior ainda, como vou contar para a minha família a besteira que fiz? Flávia é a única que sabe sobre o erro no meu currículo. Meus pais não fazem a menor ideia. Como vou explicar que estou voltando para casa semanas antes do planejado e que meu intercâmbio não valeu de nada? Por mais que a maior parte das despesas tenha sido custeada pelo governo, meus pais também desembolsaram um bom dinheiro. Eles vão ficar muito decepcionados.

Pelo menos Igor não precisa ficar sabendo. Como não vou voltar para a UFSC no fim do semestre, só tenho que ficar em casa quietinha pelas próximas semanas, e meu ex-namorado nunca vai ter a confirmação de que estava certo esse tempo todo.

Não sei por quanto tempo ando sem rumo, mas é o bastante para minhas mãos doerem de frio. Até penso em ir para a próxima aula, mas que diferença faz agora que fui expulsa?

Está gelado demais para a roupa que estou usando, mas aprecio a dorzinha que se espalha das minhas mãos para meus ossos. É uma boa distração da grandessíssima merda que fiz. Fica mais fácil esquecer que sou a pessoa mais burra que já pisou na Universidade de Calgary enquanto estou ocupada achando que vou congelar.

Um toque de mensagem chama a minha atenção, e eu espio o celular.

Justin:

> Por favor, me diz o que aconteceu

> Recebi um e-mail me pedindo pra ir na coordenação no fim da manhã

> Ele descobriu mesmo?

A última coisa que quero é contar a verdade para Justin. Ele vai ficar tão chateado quanto eu, e não consigo lidar com os sentimentos de mais ninguém no momento. Mal consigo lidar com os meus.

Mas preciso prepará-lo para a conversa com o coordenador. E se Justin for punido pelo que fiz? É claro que não contei para o sr. Harrison que ele estava me dando aulas particulares, mas não duvido que culpem Justin por não ter percebido que sou uma farsa. Afinal, ele é o líder do projeto, sua função é justamente supervisionar tudo.

Helena:

> Você pode matar a próxima aula?

Justin:

> Claro

> Onde você tá?

Olho ao redor, percebendo que andei tanto que não faço ideia de onde vim parar. De qualquer forma, não quero encontrá-lo em um lugar público. Já está difícil conter as lágrimas que escorrem devagar pelo meu rosto, vai ser impossível me segurar quando tiver de encará-lo e admitir que estraguei tudo.

Mas também não posso voltar para o quarto, pois teria que explicar para Claire o que aconteceu, e ela já tem problemas o suficiente. Então, peço que ele me encontre na república.

Escrito na neve • 239

Chego antes de Justin e me esgueiro para o seu quarto como tenho feito nos últimos dias, morrendo de vergonha de ser vista por um de seus colegas.

É o típico quarto de um universitário. Os lençóis azuis nos quais passamos a noite estão desarrumados, as roupas estão largadas pelos cantos, o equipamento de hóquei está espalhado por todos os lados e alguns cadernos estão abertos na escrivaninha.

Tenho passado tanto tempo aqui que se tornou quase uma segunda casa. É mais um lugar do qual vou sentir saudade quando for embora.

Na semana que vem.

*Puta merda.*

— O que aconteceu? — Justin pergunta assim que abre a porta, sem nem me cumprimentar. Sua voz está banhada de preocupação, e eu começo a chorar no mesmo instante. De novo.

— Eles me expulsaram — digo enquanto me sento na sua cama, sem forças para continuar de pé.

Justin se ajoelha no chão de frente para mim, os olhos na altura dos meus, e pega minhas mãos. Dá para notar que ele está tremendo, mas, tirando isso, está muito mais controlado do que eu.

— Como assim? — Ele aperta minhas mãos. — Preciso que você me explique direito.

Conto rapidamente sobre a conversa com o sr. Harrison, sem dar muitos detalhes. Não porque quero esconder algo, mas porque não consigo falar direito. Preciso de muito esforço para fazer qualquer palavra coerente sair da minha boca.

— *Semana que vem*? — ele pergunta, deixando a angústia transparecer. — Eu achei que nós ainda tínhamos mais de um mês juntos!

— Eu sei — consigo dizer entre os soluços. — E eu ia... pedir pra ficar... mais um termo.

Isso parece destruir alguma coisa dentro de Justin. Seus olhos ficam vermelhos e ele pisca com força, mas nenhuma lágrima cai.

— Eu vou conversar com o sr. Harrison. Vou falar com o pessoal do *Ice Stars* também. A gente vai dar um jeito! — Não sei se Justin realmente acredita que pode resolver as coisas, mas eu vi nos olhos do sr. Harrison que não tem solução.

Agora só nos resta aceitar.

— Por favor, não faz nada. — Minha voz sai baixinha, derrotada, e cada palavra carrega uma dose imensurável de dor. — A última coisa que eu quero é que o sr. Harrison descubra que você tava envolvido nisso. Não quero que você se ferre por minha causa.

— Ele não vai fazer...

— Justin — peço, mais firme. — Me promete que você não vai se meter!

Por mais que eu queira ficar, e quero *muito*, quero ainda mais que Justin saia ileso do problema que criei. Ele não estaria metido nesta situação se eu não tivesse implorado por sua ajuda. Não é justo que ele se prejudique por algo que eu fiz.

Justin me encara e dá para ver o quanto quer negar. Mas acho que algo em meu rosto o faz mudar de ideia, porque ele suspira e se senta ao meu lado, me puxando para um abraço.

Sentir seus braços ao meu redor acaba com o resto do meu autocontrole. Seguro sua camisa com força, amassando o tecido entre os dedos, e choro. Choro muito mais do que chorei até agora. Choro até parecer que minha cabeça vai explodir.

Justin não diz nada, apenas afaga meu cabelo e faz um carinho no meu braço, fungando de leve de vez em quando.

Vários minutos depois, quando as lágrimas se transformam em uma respiração profunda e dolorida, Justin pergunta:

Escrito na neve • 241

— Ele te disse como descobriu?

— Ele disse que "chegou à atenção" deles. — Faço aspas no ar. — Não me preocupei muito com essa parte, mas imagino que alguém tenha contado pra ele.

Sinto o corpo de Justin retesar. Eu me afasto apenas o suficiente para ver seu rosto, e encontro algo que não via há algumas semanas: ódio. O mais puro ódio. Seus olhos ainda estão vermelhos, e uma lágrima solitária escorre por sua bochecha, mas todo o resto grita que Justin está fervendo de raiva.

— Sebastian — é a única palavra que ele diz, e com uma certeza que me faz estremecer.

— Não! — Balanço a cabeça com tanta convicção quanto Justin. — Ele nem sabia de nada disso!

— Você tem certeza? — Justin ergue as sobrancelhas, seu olhar endurecendo ainda mais, o que nem sequer parecia possível há um segundo. — Você não contou pra Claire?

— Contei, mas ela me prometeu que não diria para ninguém! — eu me defendo, embora tenha de admitir que, quanto mais penso, mais a sua teoria faz sentido. — Não... ela não teria feito isso comigo.

— Tenho certeza de que ela não faria *por mal* — Justin retruca. — Mas você acha mesmo que ela não contaria pro namorado? Até pouco tempo atrás, ela quase lambia o chão em que ele pisava.

Não. Claire não teria feito isso comigo. Teria?

Talvez.

Provavelmente.

Eu com certeza teria contado para Igor quando estávamos juntos. Talvez até contasse para Justin agora. É o tipo de coisa que não enxergamos com tanta gravidade quando é com outra pessoa. E Claire não imaginava que ele fosse me dedurar para a coordenação.

Penso no seu comportamento estranho desde que voltamos a nos falar. Eu presumi que ela estava abalada por tudo que tinha acontecido com Sebastian, mas e todas as vezes que ela me olhou com culpa? E quando disse que precisava conversar comigo, mas eu não dei bola porque estava envolvida demais na minha bolha de paixão com Justin?

Meu Deus, como eu fui burra! Todos os sinais estavam ali, eu só não quis ver.

— Pensa comigo: quem é a única pessoa que quer ferrar com você? — Justin se levanta, e vê-lo de pé em toda a sua altura e raiva é meio assustador. — Quem é a pessoa que quer ferrar *comigo*? Ele sabe que vai me atingir se você for embora.

Quanto mais ele fala, mais provável a sua teoria parece.

— Meu Deus, você acha mesmo? — pergunto, mas sei a resposta.

— Eu tenho certeza — ele diz, sombrio.

E então, para o meu completo choque, Justin sai como um furacão do quarto. Ele marcha pelo corredor com tanta rapidez e firmeza que não tenho nem tempo de tentar impedi-lo. Um segundo depois, ele está esmurrando a porta no fim do corredor.

— Justin, por favor! — Tento alcançá-lo, mas é tarde demais.

Antes que eu consiga chegar, Sebastian abre a porta.

— O que você...

Ele não chega a terminar a frase, porque Justin acerta um soco bem no meio da sua cara.

Escrito na neve • 243

# 34

## EU NÃO TÔ PRONTO
## PRA PERDER VOCÊ

Minha última semana em Calgary é a mais rápida da minha vida. São tantas coisas para resolver que os dias passam em um piscar de olhos. Além dos detalhes que preciso acertar com a universidade, todo mundo parece determinado a encaixar nesses sete dias a lista completa de coisas obrigatórias para se fazer no Canadá. Claire e Sidney me levam para esquiar e Justin me convida para patinar ao ar livre no seu parque favorito, além de me levar para ver uma exposição de estátuas de gelo depois.

É difícil me empolgar de verdade com a minha partida tão próxima e tão repentina, mas me esforço para aproveitar os dias ao máximo e tento esquecer a contagem regressiva. Porque a única coisa pior do que voltar para casa seria voltar para casa sem ter aproveitado o intercâmbio.

Para finalizar, Claire, Sidney e Justin organizam uma festa de despedida no meu último sábado em Calgary. É na república claro, mas tem menos gente do que das outras vezes. É algo mais intimista, apenas com as pessoas que eu conheço. Assim, todo mundo do *Ice Stars* e alguns colegas que fiz durante as aulas aparecem para se despedir. É um momento emocionante e triste.

Sebastian, é óbvio, não foi convidado. Apesar de ainda morar aqui, Justin e Dylan deixaram bem claro que ele não era bem-vindo na festa e que deveria dormir em outro lugar esta noite. Pelo que Justin me contou, eles estão se organizando para chutá-lo da república no fim do termo.

Como o técnico não estava presente quando Justin e Sebastian saíram no soco dentro da casa, a última briga não teve consequências para a carreira de nenhum dos dois, embora tenha sido muito, muito pior do que aquela que aconteceu durante o jogo. Já faz quatro dias, mas Justin ainda está com o olho roxo e a mão machucada.

Sebastian foi pego desprevenido pelo soco, então não foi difícil para Justin derrubá-lo no chão e subir em cima dele. Sebastian ainda teve a cara de pau de soltar um "ela já foi expulsa?" cheio de ironia, o que só resultou em mais socos. Mas ele também não deixou barato, acertando Justin nas costelas e no rosto.

Eu sempre fui contra resolver qualquer coisa com violência, então gritei pedindo que parassem, mas a verdade é que parte de mim estava bem satisfeita de ver Sebastian apanhando como merecia. Não pela minha expulsão, porque sei que é mais culpa minha do que dele, mas por tudo que fez com Claire.

No fim, os dois só pararam de brigar quando Ethan, outro jogador que mora na república apareceu e os separou.

— Eu vou sentir *tanto* a sua falta! — Claire me traz de volta para o presente quando me puxa para si em um abraço. — Desculpa mesmo por ter contado pro Sebastian, eu jamais imaginei que...

— Não precisa se desculpar. — Envolvo sua cintura, meus olhos ardendo só de pensar que são meus últimos dias ao lado dela. — Já te falei que você não teve culpa. Fui eu que menti.

Escrito na neve • 245

— Eu sei, mas se eu não tivesse contado pra ele...

— O sr. Harrison teria descoberto de outra forma — interrompo, querendo esquecer este assunto pelo menos durante a festa.

Desde que contei o que aconteceu, Claire não para de se desculpar. Já se ofereceu para bater ela mesma em Sebastian, quis marcar uma reunião com o sr. Harrison, e me prometeu que daria um jeito de me trazer de volta. Eu entendo que ela se sinta culpada, acho que eu também me sentiria se estivesse no lugar dela, mas a verdade é que ninguém tem mais responsabilidade nisso tudo do que eu, nem mesmo Sebastian. Como o próprio sr. Harrison disse, se eu tivesse sido honesta, nada disso teria acontecido.

A única coisa que me consola é saber que minha expulsão serviu para encerrar de vez o ciclo do relacionamento tóxico de Claire. Ela ficou tão chocada e magoada que não importa o quanto Sebastian implore, tenho certeza de que nunca mais vai voltar com ele.

— Vocês não estão chorando, né? — Sidney aparece e nos envolve em um abraço apertado, a voz muito mais manhosa do que a nossa. — Ainda tá cedo, e eu prometi pra Taylor que não ia chorar hoje!

— Ninguém vai chorar! — Eu desmancho o abraço, tentando conter as lágrimas que ameaçam escapar. — Tá tudo sob controle!

— Trouxe mais cerveja. — Justin aparece ao meu lado, muito mais animado do que nós, o que ajuda a acabar com o clima de enterro.

Ele estende uma garrafa para mim, e o movimento desajeitado me faz perceber que ele bebeu mais do que deveria. É a primeira vez que vejo Justin passar do ponto, mas, considerando como ele ficou pra baixo depois que descobrimos que eu voltaria para o Brasil, entendo que mereça uma distração.

— Obrigada — agradeço e levo a garrafa à boca.

Eu também estou merecendo uma distração.

— Nós vamos deixar vocês a sós. — Claire dá uma piscadela para mim e se afasta, levando Sidney com ela, mas dá para ver o peso que ainda carrega nos ombros.

— Como você tá? — Justin pega na minha mão, fazendo um carinho de leve.

— Bem, na medida do possível. — Encolho os ombros.

— Então vem comigo. — Ele me puxa escada acima antes que eu possa responder.

Eu adoraria ter um momento a sós com Justin, principalmente porque me despedir de todo mundo está me deixando sobrecarregada. Parece que a cada pessoa que vem falar comigo meu peito fica mais apertado, e a vontade de chorar só aumenta. Mas tenho que me lembrar de que é a minha última chance de curtir meus amigos, então não posso me esconder, mesmo que a ideia seja muito tentadora.

— Depois da festa a gente vem pra cá — digo quando ele abre a porta do quarto.

Mas não sei a quem estou tentando enganar, porque não faço nenhum esforço para impedi-lo quando ele me puxa e fecha a porta atrás de si.

Justin se escora contra a parede e me fita, pensativo. Seus olhos percorrem meu rosto e meu corpo com calma, se demorando em cada centímetro, como se quisesse gravar a imagem na memória. E isso faz um arrepio subir pela minha coluna.

— O que você tá fazendo? — pergunto, as bochechas esquentando.

— Só aproveitando o tempo com você. — Ele balança a cabeça e parece acordar de um transe. Então dá os dois passos que nos separam e coloca uma das mãos sob o meu queixo. — A gente precisa conversar.

— Sobre? — gaguejo, o coração disparando de vez.

— Eu não tô pronto pra perder você. — Seu dedo roça de leve na minha mandíbula, lançando um choque que desce pelo meu pescoço e chega em meu umbigo.

— Eu também não — sussurro, sem forças para falar.

E não estou mesmo. Voltar para o Brasil é triste, mas a ideia de que eu talvez nunca mais veja Justin é aterrorizante. Como é possível que uma pessoa que eu nem conhecia até poucos meses tenha se tornado uma parte tão central da minha vida? Como o universo pode querer que eu siga em frente, fingindo que Justin não mudou tudo?

— E se você não for? — Sua voz fica mais baixa e mais grave, quase como se estivesse contando um segredo.

— Como assim? — Franzo o cenho.

— Sei lá, você pode procurar um apartamento perto da universidade e se inscrever de novo pro próximo termo! — Justin está claramente bêbado, mas nem isso justifica essa ideia fazer sentido na sua cabeça.

— Eu perdi meu visto de estudante — explico, embora ele já saiba disso. — E não teria dinheiro pra bancar um apartamento sem o auxílio que recebia pelo intercâmbio.

Justin assente e então, olhando bem fundo nos meus olhos, pergunta:

— E se a gente se casar? — Suas pupilas dilatam e, pela intensidade que ele me encara, tenho certeza de que está falando sério. Só falta ficar de joelhos e tirar uma aliança do bolso. — Você ganharia o visto pra morar aqui, e eu posso te sustentar! Tem um olheiro em contato comigo, se a gente fechar o contrato, vou ter dinheiro mais do que suficiente pra sustentar nós dois!

— Tem um olheiro falando com você? De qual time? — quase grito de tanta empolgação. — Por que você não me contou?

— Porque ainda não é nada certo, e porque o foco agora é você. — Ele ergue meu queixo, e eu fito seus olhos, sentindo uma fisgada no peito ao ver o contorno roxo dos socos que ele levou. — E você não me respondeu. Por que não casa comigo?

— Tenho certeza de que esse é o pedido de casamento mais romântico já feito na história... — Abro um sorriso. — Mas você só tá falando isso porque tá bêbado, Justin. A gente não pode se casar.

— Por que não? — Ele deixa a mão cair ao lado do corpo, chateado com a minha recusa.

— Por que a gente se conhece há uns três meses?!

— Eu não preciso te conhecer a mais tempo pra saber que eu te amo. — Ele segura meu rosto entre as mãos, uma faísca de dor tomando o azul de seus olhos.

Sinto a mesma dor passando das suas palmas para a minha pele. Porque é a primeira vez que Justin diz essas três palavras. Mas não é possível que ele me ame. E eu definitivamente não posso amá-lo.

— Justin, você tá bêbado. — Seguro sua mão por um momento antes de me afastar. Preciso de espaço para respirar e pensar direito.

Eu não esperava uma declaração de amor e muito menos um pedido de casamento quando ele me puxou escada acima.

— Eu sei, mas é verdade! — Ele não deixa eu me afastar, segurando meu rosto de novo. — Eu te amo!

E então Justin me beija. Um beijo diferente daqueles que me causam o friozinho na barriga ao qual estou me acostumando. Este é um beijo cheio de potência. Um beijo de quem quer me beijar pelo resto da vida, mas sabe que esta é sua última oportunidade.

Eu devia me distanciar, mas não tenho a menor capacidade ou força de vontade para interromper o beijo. Só me deixo levar

Escrito na neve • 249

e me envolver pelo momento, permitindo que Justin aproxime ainda mais nosso corpo.

Estou sem fôlego quando ele encosta a testa na minha. Ficamos assim por alguns segundos, tentando estabilizar a respiração. Minhas mãos estão apoiadas em seu peito, e ele ainda envolve meu rosto como se tivesse medo de me deixar ir.

— Eu sinto muito — consigo dizer, mesmo sem saber pelo que estou me desculpando. — Você sabe que eu queria ficar.

— Eu não tô pronto pra abrir mão de você. — A dor está clara em cada uma de suas palavras.

— Eu também não tô. — Puxo sua camiseta com força, querendo me agarrar a ele para sempre.

Nós apenas nos encaramos, tentando absorver o máximo possível um do outro enquanto ainda temos tempo.

— Eu fiz um presente pra você — ele sussurra, sem tirar os olhos dos meus.

— Você *fez*? — Ergo as sobrancelhas, surpresa e intrigada com a escolha de palavras.

Justin tira o celular do bolso, e, poucos segundos depois, o meu toca com uma nova mensagem. Ainda desconfiada, abro a conversa com Justin.

— Eu fiz uma playlist pra você. — Ele tem um tom todo orgulhoso. — Já que você me apresentou alguns artistas brasileiros, achei que tava na hora de retribuir o favor.

A foto da playlist é uma que tiramos no hotel em Banff, os dois sorrindo de orelha a orelha antes do mundo desmoronar ao nosso redor, e o nome é *"Best of Canada"*.

— Esse é... — Levanto a cabeça, sentindo uma ardência repentina nos olhos. — Esse é um dos melhores presentes que eu já ganhei, obrigada.

— Pra você ouvir no avião. — Ele abre um sorriso triste. E, em um tom mais sóbrio, mais no controle do que antes, completa: — Eu entendo você não casar comigo, mas a gente não precisa se separar. Podemos namorar à distância. Eu te visito nas férias, sempre quis conhecer o Brasil.

— Justin...

— Eu sei que você não tá pronta pra entrar em outro relacionamento, mas você sabe que o que a gente tem é muito especial, Helena! — Ele me dá outro beijo esfomeado, desesperado, que me faz perder todos os sentidos. — Você não pode me dizer que não sente o que eu tô sentindo agora.

— Eu sinto, mas...

— Não diz mais nada. — Ele coloca um dedo sobre meus lábios. — Ou melhor, diz. Diz que você vai dar uma chance pra gente. Diz que você tá disposta a correr o risco de se magoar de novo, porque eu tô disposto a fazer o que for preciso pra não perder você.

Meu coração martela tão forte que parece que vai cavar um buraco no meu peito para alcançar Justin.

Eu não estou pronta para namorar de novo, ainda mais um namoro à distância com alguém de *outro país*. Já seria complicado se só pudéssemos nos ver nos fins de semana, mas quando vamos conseguir nos encontrar de novo com dez mil quilômetros entre nós?

Não faço ideia de como poderia funcionar. Mas também não faço ideia de como seguir em uma vida da qual Justin não faça mais parte.

— Tudo bem — digo por fim.

— Eu te amo — ele repete, agora menos desesperado.

Justin me puxa para outro beijo, e sinto cada uma das suas palavras nos meus lábios. Parte de mim quer dizer que o ama, mas sou tomada por tantos sentimentos contraditórios que não sei como realmente me sinto. Ainda não estou pronta para dar esse passo.

Então apenas envolvo o pescoço de Justin com os braços, desejando com todas as minhas forças que esse não seja nosso último beijo.

252 • Thais Bergmann

# 35

## VOCÊ NÃO PODE VIVER
## UM MEIO-TERMO, MORAR
## AQUI ENQUANTO DESEJA ESTAR LÁ

A primeira coisa que faço quando piso no Brasil, é mandar uma mensagem para Justin, Claire e Sidney, avisando que cheguei bem e que estou com saudade. É meio da manhã em Calgary e eles deveriam estar em aula, só que os três me respondem na mesma hora, o que só me faz sentir ainda mais saudade.

Mas me obrigo a focar o aqui e o agora. Em Flávia, que corre para me abraçar assim que passo pelo portão de desembarque, e nos meus pais, que estão me esperando com os olhos cheios de lágrimas. Eles me apertam com tanta força, tão aliviados por me terem de volta, que nem parece que sou uma grande decepção e que acabei de ser expulsa. Minha família é a única coisa capaz de tornar meu retorno mais fácil.

O problema é que não é aqui que eu deveria estar. Eu não deveria estar prestes a desmaiar no calor de Florianópolis, e sim com os ossos doendo de frio enquanto corro de um prédio para o outro no campus da Universidade de Calgary.

É só nisso que penso durante todo o caminho do aeroporto até minha casa. Minha família está animada, me enchendo de perguntas e querendo saber os detalhes de como foi morar fora, mas meus pensamentos estão bem longe do Brasil. Não consigo me empolgar nem quando chegamos ao apartamento e sinto o cheirinho de casa, um cheiro que me fez muita falta.

— O que você acha de camarão pro jantar? — minha mãe sugere, os olhos brilhando de felicidade. — Faço com macarrão e molho rosé, do jeitinho que você gosta.

— Acho ótimo, mãe. — Eu me obrigo a sorrir, mesmo estando com vontade de chorar. — Obrigada.

Se meus pais percebem que tem algo de errado, não falam nada. Eles devem achar que estou cansada e chateada por deixar meus amigos, mas duvido que entendam a extensão da dor que sinto no momento.

Coloco as malas em um canto do quarto e me jogo na cama. Esta é, sem dúvidas, a melhor parte de estar em casa: ter um quarto para mim e dividir o banheiro só com Flávia. Ainda assim, eu trocaria essas coisas pela minha vida no dormitório em um piscar de olhos.

Helena:

Cheguei em casa

Mas meu quarto todo arrumadinho até perdeu a graça

Acho que vou dar uma bagunçada pra matar a saudade da Claire

Justin:

Hahahaha

A Sid disse que ela já tá usando a sua cama como armário

**Helena:**

MAS JÁ?

Ela nem esperou meu corpo esfriar!!!

**Justin:**

Tenho certeza de que é só pra fingir que você ainda tá lá

Não tá fácil pra ninguém

**Helena:**

É, eu sei...

Pra mim também não

Já tô com saudade até do frio, acredita?

**Justin:**

Eu tô com saudade de ter alguém pra esquentar

**Helena:**

Se você estivesse no Brasil, a gente ia ter que manter um metro de distância um do outro

De tão quente que tá aqui

**Justin:**

Hahaha

> Acho que vou deixar pra te visitar no inverno, então

> Eu dei uma conversada com a coordenação de estudantes estrangeiros

> Tem outros programas que você poderia usar pra voltar

> Semana que vem tenho uma reunião com o sr. Harrison

**Helena:**

> Justin, você prometeu que não ia falar com ele!

> Eles não vão me aceitar de volta

**Justin:**

> Você não sabe

> Não custa tentar

Largo o celular, sem saber o que responder. É claro que quero voltar para Calgary. Eu abriria mão de tudo que tenho para continuar estudando desenvolvimento de jogos e ver meus amigos. Mas sei que não é possível. Justin está apenas se agarrando a qualquer possibilidade para não ter que lidar com o óbvio: eu tive minha chance de morar no Canadá e estraguei tudo. Agora, vou ter que me contentar em passar o resto da vida no Brasil.

— Posso entrar? — Flávia dá duas batidinhas na porta, me arrancando dos meus pensamentos.

— Pode ficar à vontade, não tô mais acostumada a ter privacidade — brinco, tentando afrouxar o aperto no meu peito.

Puxo minhas pernas para abrir espaço para ela na cama, percebendo o quanto estava com saudade de ter esses momentos com minha irmã.

— Imagino que esteja sentindo bastante falta deles. — Flávia se senta e apoia uma das mãos no meu pé. — Principalmente do Justin.

— É... — Dou de ombros, mesmo sabendo que não estou enganando ninguém.

— É só questão de tempo até você se sentir em casa de novo. — Ela afaga meu pé com um olhar triste no rosto.

— É, eu sei. — Respiro fundo, sentindo o nó que se formou na minha garganta quando estava no Canadá e nunca mais foi embora. — Não é que eu esteja chateada de voltar, eu tava morrendo de saudade de vocês. Mas é triste não ter ficado nem até o final do termo.

— Eu sei que você se sente culpada pelo que aconteceu, mas foi só um grande azar e...

— Não foi azar — interrompo, a amargura crescendo na minha voz. — É claro que você não entende, você é a filha perfeita que vai ser a médica da família. Mas essa era a minha chance, sabe? Era a minha oportunidade de mostrar que eu posso até não ser a filha que faz medicina, mas pelo menos sou a filha que estudou no Canadá.

— Helena... — A mágoa na voz e na expressão de Flávia é tão grande que no mesmo instante me arrependo do que falei. Não por ser mentira, mas porque ela nunca vai entender. — Você sabe que ninguém pensa assim, né? Isso é só coisa da sua cabeça.

Não é, não. E tenho certeza disso porque Igor fez questão de jogar na minha cara exatamente o que todo mundo pensa de mim. A única diferença é que ele teve coragem de dizer em voz alta enquanto o resto disfarça a decepção.

Escrito na neve • 257

— Tanto faz — respondo. — Eu preciso descansar, o fuso horário tá me matando.

Nós duas sabemos que é mentira. É fim de tarde aqui no Brasil, o que significa que ainda é cedo no Canadá.

— Tá bem. — Flávia faz mais um carinho no meu pé. Quando chega à porta, minha irmã completa: — Eu sei que você precisa de um tempo para digerir o que aconteceu, e tudo bem. Mas acho importante lembrar que você tem duas opções: pode tentar voltar pro Canadá ou aceitar que sua vida agora é no Brasil. O que você não pode é viver um meio-termo, morar aqui enquanto deseja estar lá.

E então ela sai do quarto, como se não tivesse acabado de bagunçar completamente a minha cabeça.

Minha primeira semana no Brasil é terrível, ainda pior do que achei que seria, e eu não esperava grande coisa.

Como é o fim do semestre e não tenho como voltar para a faculdade, passo a maior parte dos dias mofando em casa sozinha. Meus pais me convidam para acompanhá-los no trabalho, mas mal tenho forças para sair da cama, quanto mais para trabalhar. Depois de algumas tentativas frustradas, eles me deixam em paz.

Passo boa parte do tempo deitada na cama, mandando mensagem para Justin, Claire, Sidney e até para Dylan, e acompanhando tudo que eles postam nas redes sociais para fingir que estou compartilhando a rotina deles. Mas não estou. Não importa o quanto eu tente me enganar, não faço mais parte da vida deles. Eu estou no Brasil. Sozinha.

Quero tanto voltar que até já pesquisei formas de estudar no Canadá, mas o problema é que, independentemente do que eu fizer, vai dar errado. Fui aceita no intercâmbio só por causa do erro no meu currículo, por que eu seria chamada desta vez?

Justin e Claire, por outro lado, ainda não aceitaram a realidade. Claire porque se sente responsável, e Justin porque está determinado a me fazer voltar a qualquer custo.

E a verdade é que namorar à distância tem sido ainda mais difícil do que eu esperava. Por mais que a gente passe o dia todo conversando, não é a mesma coisa de antes. Justin tem treinado até tarde, e, quando me liga por chamada de vídeo, já é madrugada aqui no Brasil. Por enquanto, consigo esperá-lo, mas essa rotina não vai durar. Em alguns meses, vou estar de volta à faculdade de que não gosto e ao curso que odeio, e não vou poder ficar acordada até duas ou três da manhã.

Ou seja, estamos apenas adiando o inevitável e nós dois sabemos disso.

Justin:

Olha o que o Dylan fez

Acho que você vai gostar

Justin me manda a imagem de um modelo 3D de um lobo-guará usando um uniforme verde e amarelo. Dá para ver pela falta de detalhes na pelagem que ainda não está pronto, mas fico tão emocionada de saber que eles não se esqueceram de mim que meus olhos começam a arder.

O *Ice Stars* tem sido uma das poucas coisas que me mantêm sã. Logo no dia que cheguei em casa, Justin me pediu ajuda para resolver um problema na programação do sistema *multiplayer*, e, por mais que ele tenha dito que era uma ajuda pontual, tenho trabalhado com eles quase todos os dias. E isso é a única coisa capaz de me tirar da cama.

Helena:

Ficou lindo!

**Justin:**

O Dylan que teve a ideia

Queria te homenagear de alguma forma

**Helena:**

Eu amei!!!!

Qual o nome?

**Justin:**

A gente ainda não decidiu

Ele queria colocar Helena, mas eu achei que era demais hahaha

Aperto o celular contra o peito, deixando uma lágrima escorrer pela bochecha.

Ando chorando por qualquer coisa, parece até que estou em uma TPM infinita. Além da irritação constante, tem também as variações de humor. Em um momento, estou rindo de alguma foto idiota que um deles me mandou, e no seguinte estou em prantos porque gostaria de estar lá, vendo a tal coisa ao vivo. Nem eu consigo me entender.

Antes que eu possa responder Justin, a campainha toca.

É o meio da tarde e estou sozinha em casa, então não tenho escolha além de me levantar. Não penso muito sobre o assunto, imaginando que seja um vizinho precisando de algo. Mas, quando abro a porta, encontro a última pessoa que eu esperava ver.

— Oi — é tudo que Igor diz.

# 36

## É EXATAMENTE ASSIM QUE ME SINTO: COMO SE TIVESSE ACABADO DE VIVER UM PESADELO

O choque é tão grande que não consigo responder.

Apenas encaro Igor, piscando várias vezes seguidas como se ele fosse sumir da minha frente a qualquer momento.

— O porteiro me deixou subir, disse que até tinha estranhado minha demora pra te visitar. — Ele abre um sorrisinho tímido. — Espero que não tenha problema.

É óbvio que tem problema. Tem muito, *muito* problema. Mas não digo nada, apenas o encaro, boquiaberta.

— Posso entrar?

Dou um passo para o lado, meio anestesiada, e deixo que ele passe por mim.

É estranho vê-lo depois de tanto tempo. A última vez que o encontrei foi no dia do nosso término, e definitivamente não é uma boa lembrança, com todos os gritos e as palavras duras.

Apesar de fazer uns cinco meses, Igor continua do mesmo jeito que eu me recordava. O cabelo loiro-claro está quase raspado, e ele está usando a camiseta do Homem-Aranha que lhe dei de presente de aniversário. A única coisa diferente é que agora ele tem um piercing na sobrancelha que não existia antes.

— Como você ficou sabendo que eu voltei? — finalmente consigo perguntar, as palavras arranhando minha garganta.

Nós continuamos de pé na entrada do apartamento, mais próximos do que eu gostaria. Mas não consigo me mexer. Não consegui sequer fechar a porta atrás de mim ainda.

— Sua irmã comentou com uma amiga minha. — Pelo menos ele tem a decência de desviar o olhar, envergonhado.

— Ah...

— Ela disse que o semestre lá funciona de maneira diferente e que acabou mais cedo do que vocês esperavam... — Igor enfim se mexe, sentando no sofá com as pernas abertas e relaxadas como se fosse de casa. Tudo bem que ele conviveu com a minha família por bastante tempo, mas já passou da hora de saber que não é mais bem-vindo aqui. — E você também não tava postando mais nada da viagem.

Saber que ele via minhas fotos me pega de surpresa. Fiz questão de bloqueá-lo depois da nossa briga, o que significa que Igor tem uma segunda conta que me segue. Sou tomada pelo desconforto enquanto tento me lembrar de tudo que postei quando estava em Calgary. Com certeza teria pensado duas vezes antes de publicar certas coisas se soubesse que ele estava vendo.

— O que você quer?

Eu o sigo até a sala, mas continuo de pé, as mãos na cintura para deixar bem claro que não estou feliz com a sua presença e que ele deveria ir embora.

— Conversar... — Igor encolhe os ombros, parecendo ofendido com a minha reação. — As coisas ficaram meio inacabadas entre a gente, né? Tava esperando você voltar pra... ver o que a gente vai fazer.

Tenho que segurar a risada amarga.

Inacabadas? Ver o que a gente vai fazer? Achei que ele tivesse colocado um ponto-final bem grande em nosso relacionamento quando gritou que eu era a pessoa mais inútil que ele conhecia e que tinha vergonha de me namorar.

— As coisas ficaram bem acabadas, Igor. — Cruzo os braços, desconfortável. — Você disse que não podia continuar comigo porque eu estava afundando a sua vida, lembra?

Essa foi uma das coisas mais difíceis de ouvir. Igor, ao contrário de mim, tem muitos planos para o futuro. Ele pretende se formar na faculdade de administração e trabalhar na empresa da família. Falava sobre todas as inovações e melhorias que faria na empresa, já que ninguém tinha a sua formação e seu conhecimento. Ele planejava, inclusive, abrir filiais por todo o Brasil. Eu ouvi esse discurso dezenas de vezes, e sempre acabava com um "e você?".

Só que, como ele mesmo pontuou no nosso término, eu não tinha sonhos, não tinha planos, não tinha nada, então minha resposta era "vou ser sua esposa troféu" em tom de brincadeira.

No dia em que terminamos, Igor disse que eu não teria futuro nenhum e que precisava me deixar para trás porque, senão, eu o arrastaria para o fundo do poço comigo.

— Você sabe que eu não queria dizer aquelas coisas — ele fala, seu olhar suave e arrependido. — Eu não tava num bom momento e acabei descontando em você. Aquelas coisas que eu disse... elas não eram sobre você, eram sobre mim.

— Como assim? — Franzo as sobrancelhas, confusa.

— As coisas não estavam indo tão bem na faculdade como eu fazia parecer. Um dos professores riu do meu plano de negócios e disse que eu ia falir a empresa dos meus pais. — Seu olhar fica mais severo, como se a lembrança o irritasse. — Eu tava num momento muito complicado, mas não queria que ninguém soubesse. Comecei a achar que *eu* não ia chegar a lugar nenhum, e era mais fácil colocar a culpa em você do que em mim.

Escrito na neve • 263

— Você realmente acha que essa é uma justificativa válida? — Minha voz cresce, cheia de indignação. — Igor, você disse que eu podia morrer e meus pais nem sentiriam a minha falta. Que eles ficariam *aliviados* de poder investir todo o dinheiro deles na Flávia!

— Eu sei, eu sei. — Ele desvia os olhos. — Mas é isso que eu tô tentando te explicar, nada disso era sobre você. Era tudo sobre *mim*. Eu tava numa fase ruim e...

— E o que *eu* tenho a ver com isso? — grito enquanto bato a mão no peito, perdendo a paciência de vez. — Você sabe quanto tempo eu fiquei pensando em tudo que você me disse? Achando que você tinha razão e que eu era um peso morto?

— Você sabe que isso não é verdade, Lelê. — Sua voz sai fraca e cheia de ternura. — Você sabe o quanto é especial.

— Não, eu não sei! — retruco. — Você pegou todas as inseguranças que eu compartilhei e jogou na minha cara sem pensar duas vezes no que isso faria comigo.

— Desculpa, desculpa. — Igor se levanta e caminha devagar até mim, como se tivesse medo que eu saísse correndo. Mas eu não me mexo. — Eu sei que foi injusto, mas agora eu tô melhor. Tô num momento ótimo.

— Que bom pra você, porque eu não tô. — Cruzo os braços de novo, querendo criar uma barreira entre nós.

— E eu posso ajudar você a melhorar! — Ele abre um sorriso esperançoso e me segura pelos braços, me apertando com força. — Eu sei que vai levar um tempo pras coisas voltarem a ser como antes, mas se a gente tentar...

Suas palavras morrem no ar, e ele me encara com expectativa.

— Não, Igor — digo, firme. — A gente não pode tentar nada.

— Por favor, Helena. — Ele se inclina, mas dou um passo para trás antes que tente me beijar. — Volta pra mim. Eu te amo. Eu juro que vai ser diferente dessa vez.

Fito Igor por um momento, esperando as reações que estava acostumada a sentir na sua presença: o friozinho na barriga, o coração acelerado. Mas só sinto raiva e nojo.

— É melhor você ir embora. — Caminho com firmeza até a porta, sem olhar para trás.

— Helena...

— Agora. — Indico a porta aberta e dou um passo para o lado.

Igor demora para se mexer, mas enfim sai do apartamento. Ele para no corredor e diz:

— Pensa mais um pouco, a gente pode conversar de novo se...

Mas não deixo ele terminar. Fecho a porta e a tranco, só para garantir.

Meu coração está disparado, mas não daquele jeito gostoso que acontece quando estou com Justin. É de um jeito bem ruim, como quando acordo com susto por causa de um pesadelo. E é exatamente assim que me sinto: como se tivesse acabado de viver um pesadelo. O pior de tudo é saber que, se essa conversa tivesse acontecido antes da minha viagem, eu teria aceitado voltar com Igor. Talvez até tivesse cancelado o intercâmbio se ele pedisse.

Ainda estou tentando controlar a respiração quando noto meu celular aceso em cima da mesa, recebendo uma chamada de vídeo no silencioso. A foto de Justin aparece na tela e faz meu coração se apertar.

Eu não deveria atendê-lo enquanto as palavras de Igor ainda ecoam com tanta força na minha mente, mas preciso ver Justin mais do que tudo.

— Helena? — Ele caminha pelo campus, o cenário cheio de neve do qual sinto tanta falta ao fundo. — Tava com medo de te acordar, mas sobrou um tempinho entre uma aula e outra e eu queria aproveitar pra matar a saudade.

Sinto uma dorzinha no peito, mas não sei se é por Justin ser tão atencioso e pela falta que ele me faz ou se é só mais um efeito colateral da conversa com Igor.

— Não, não. — Tento fingir que não tem um bolo na minha garganta, mas não consigo disfarçar a voz trêmula. — Eu só... tava ocupada.

Não é minha intenção esconder o que acabou de acontecer, mas preciso assimilar tudo antes de contar para alguém.

— Você tá bem? — Justin franze o cenho.

— Tô, eu só... sei lá. — São tantos os sentimentos me sufocando que não sei o que compartilhar com ele, então apenas me sento no sofá, exausta.

— Eu sei que namorar à distância tem sido mais difícil do que a gente esperava, mas é só nesse começo. — Justin parece preocupado, o que acrescenta mais um sentimento em mim: culpa. — Eu tô em contato com aquele olheiro de que te falei, e ele tá bem otimista que vai dar certo. Depois que eu fechar o contrato, as coisas vão ser diferentes. Eu vou poder viajar pra te visitar e pagar suas viagens pra cá!

A voz de Justin até fica mais alta com a empolgação, e era assim que eu deveria me sentir também. Não tem nada que eu queira mais do que a oportunidade de vê-lo com frequência. Mas não consigo me animar. Estou tão sobrecarregada emocionalmente, tão cansada, que só tenho vontade de chorar.

Acho que Justin percebe, porque se apressa em completar:

— Eu também posso ficar um tempo no Brasil, se você quiser! — Ele tenta parecer animado, mas dá para perceber que a minha reação o afetou. — Eu posso trancar a faculdade por um termo e adiar as negociações com o olheiro pra...

— Não! — eu o interrompo, a pressão dentro de mim ameaçando explodir. — Não, entrar pra um time da NHL é o seu sonho, não quero que você faça nada que vá te prejudicar.

Não é justo colocá-lo nesta situação. Não quero ser um peso na sua vida como Igor disse que eu seria, e é exatamente isso que vai acontecer se continuarmos juntos.

— Nada que te faça feliz vai me prejudicar. — Ele soa tão chateado que sou tomada por outro sentimento: a mais profunda tristeza.

E este é o meu limite. Eu simplesmente não consigo absorver mais nada.

Se eu não tivesse acabado de conversar com Igor, talvez conseguisse respirar fundo e dizer para Justin que não estou em um bom momento, que nós deveríamos conversar depois. Mas estou com a cabeça cheia, os ouvidos zunindo e os olhos ardendo com a vontade de chorar. Não consigo segurar mais nada dentro de mim e muito menos controlar o que sai pela minha boca.

— Justin, eu tenho pensado bastante e... — Cada palavra é uma punhalada na minha barriga. — Esse negócio de namorar à distância não tá funcionando para mim.

— Como assim?

Nem eu sei o que estou dizendo. Eu estava disposta a tentar, mas, agora que Justin sugeriu adiar seus sonhos para ficarmos juntos, só consigo pensar que ele vai se ressentir de mim pelo resto da vida. E a única coisa da qual tenho certeza é que não posso estragar o futuro de mais ninguém.

— Eu não tô feliz. — As palavras saem com mais dificuldade do que eu esperava. — Eu sinto muito, mas não posso continuar com você.

— Helena, não...

— Desculpa, mas acabou.

E então desligo a ligação.

# 37

## ESSE É UM PROBLEMA
## PRA HELENA DO FUTURO

Em algum momento, paro de sentir pena de mim mesma e me levanto da cama.

Depois de duas semanas de muito choro e muito arrependimento, ouvindo de cabo a rabo todas as playlists de músicas brasileiras tristes, a dor enfim diminui. Ela não some, mas fica mais branda e para de me atormentar o tempo todo. O único momento ruim de verdade é a hora de dormir, quando meu cérebro decide imaginar como minha vida seria se eu tivesse ficado em Calgary.

As festas de final de ano acabam me ajudando no processo de superação. Como não estava planejando voltar a tempo do Natal, preciso comprar os presentes de última hora, além de ser a filha com mais tempo livre para ajudar minha mãe com os preparativos.

Entre ir ao shopping com a minha mãe e embrulhar a panela de ferro que ela comprou para a minha tia — um trabalho muito mais difícil do que parece —, percebo que passei horas sem pensar em Justin. Ainda estou longe de superá-lo, mas é um começo.

— O que você acha desse? — Flávia me puxa de volta para a realidade e me mostra um biquíni florido verde e amarelo, que é, obviamente, horroroso.

— Muito bandeira do Brasil. — Faço uma careta e pego outro, com uma estampa abstrata em vários tons de azul. — Acho esse mais bonito.

— Vai combinar melhor com a sua pele mesmo — ela concorda e coloca o conjunto na cestinha.

Ela já pegou umas dez opções de biquínis, isso porque viemos comprar um só. Mas fazer compras com minha irmã é assim mesmo, ela nunca consegue se controlar, nem quando as compras não são para ela.

Foi Flávia quem deu a sugestão de sair. Ela disse, sem muita cerimônia, que eu estava precisando de um bronzeado depois de todos esses meses no Canadá, e se ofereceu para me dar um biquíni novo para irmos à praia amanhã. Mas a verdade é que, desde que entrou de férias, Flávia está sempre arranjando as desculpas mais ridículas para invadir meu quarto e me tirar aos tapas da cama. Por mais que isso tenha me irritado *muito* no começo, preciso admitir que foi um dos principais motivos de eu ter retomado o controle da minha vida.

— Mandei um e-mail pra Universidade de Western ontem — digo, como se não fosse nada de mais, quando ela devolve um maiô rosa-choque para o cabide. — Pedi mais informações sobre bolsas de estudo e sobre o ingresso no curso de jogos digitais.

— Lelê! — Flávia exibe um sorriso enorme. Eu não a via sorrir assim desde que nos abraçamos no aeroporto. — Isso é ótimo!

— Eu só mandei um e-mail, não quer dizer que eles vão me aceitar. — Encolho os ombros.

Estou tentando não criar expectativas. Meu currículo não é muito impressionante, e eu não sei até que ponto posso confiar na promessa do sr. Harrison de que minha expulsão

Escrito na neve • 269

não ficaria registrada. Ainda assim, decidir que quero voltar para o Canadá foi um passo muito importante. Não sei se vai funcionar, mas ter um objetivo claro me trouxe certa empolgação. Mesmo que eu não seja chamada para uma faculdade, vou saber que fiz tudo que podia.

O intercâmbio pode não ter servido para o meu histórico acadêmico, mas me ensinou muito sobre mim. Primeiro, que preciso aprender a lidar com situações de estresse, mas, principalmente, que consigo ter paixão pelas coisas.

Depois das minhas experiências desastrosas com letras e ciências da computação, aceitei que nunca gostaria de curso nenhum. Mas trabalhar no *Ice Stars Project* e ter aulas particulares com Justin me mostrou que eu gosto muito de programar jogos. E, como o Canadá tem uma cultura muito forte nesse ramo, é a desculpa perfeita para voltar.

Eu só preciso ser aceita em alguma faculdade.

Claire tem sido ótima. Por mais que eu tenha dito centenas de vezes que não foi sua culpa, ela continua se sentindo mal e está fazendo o possível para me ajudar. É ela quem está pesquisando comigo as melhores faculdades de desenvolvimento de jogos e as que têm bons programas para alunos estrangeiros.

Como Claire se mudou para o Canadá como aluna da universidade, em vez de intercambista, conhece o sistema melhor do que eu. Eu jamais teria descoberto várias questões relacionadas à imigração se não fosse por ela.

Também é Claire quem me acalma e me diz que vou conseguir passar quando começo a entrar em pânico e a achar que vou ser obrigada a voltar para a UFSC.

A conversa com Igor só me deixou com ainda mais medo de voltar para minha antiga faculdade. Mesmo que ele não tenha mais tentado entrar em contato comigo, a simples ideia de esbarrar com ele no campus me tira o sono.

— É óbvio que eles vão te aceitar. — Flávia revira os olhos, como se a alternativa fosse absurda. — Qualquer curso de jogos seria muito sortudo de ter na equipe alguém que trabalhou no *Ultimate Soccer Battle*.

É a minha vez de revirar os olhos enquanto dou um tapa em seu braço. Ela é a única pessoa capaz de fazer piada com este assunto e realmente me deixar mais leve.

— Relaxa que a primeira coisa que eu fiz foi conferir todo o meu currículo pra garantir que não tinha nada de errado. Meu maior objetivo de vida é nunca mais contar uma mentira!

— Você diz isso depois de ter falado pra mamãe que o frango do almoço tava uma delícia! — Um sorriso travesso surge em seu rosto. — Eu ainda não tô convencida de que aquilo não era borracha.

— Foi uma mentirinha inocente! — Balanço a cabeça e faço uma careta. — Meu novo objetivo de vida começa *agora*.

— Então tá bom. — O sorriso de Flávia muda, e sei que vou me arrepender do que acabei de dizer. — Aproveitando sua nova honestidade: como você tá se sentindo em relação ao Justin?

— Na mesma, ué. — Dou de ombros, porque realmente não é mentira.

— Já que você decidiu voltar pro Canadá, vai responder às mensagens dele? — Ela ergue as sobrancelhas, mas parece mais que está apontando uma lanterna na minha cara, pronta para o interrogatório.

Justin e eu conversamos só uma vez depois daquela ligação em que terminei tudo. Ele tentou me ligar no mesmo dia, mas eu estava tão sobrecarregada que não conseguia fazer nada além de chorar debaixo das cobertas. Só depois de muitas lágrimas e de uma conversa bem dura com Flávia, tomei coragem para falar com ele de novo.

Liguei no dia seguinte e expliquei com um pouco mais de calma por que não estava pronta para entrar em um relacionamento, ainda mais à distância. Não foi fácil negar quando Justin tentou me dissuadir, mas eu sabia que estava fazendo o melhor para ele.

Nestas duas semanas, pensei pelo menos uma vez por dia em mandar um "eu me arrependi, por favor, me aceita de volta", mas a verdade é que estou morrendo de medo. Estou apavorada com a possibilidade de ele ter seguido em frente muito mais rápido do que eu. O que eu vou fazer se ligar para Justin e ele me disser que está com outra? Não, a ideia é tão dolorosa que prefiro não arriscar.

— Eu não sei — digo, porque de fato não sei o que vou fazer. — Esse é um problema pra Helena do futuro. *Caso* eu seja chamada por alguma universidade, aí eu decido o que fazer. A Helena do presente só tá preocupada em provar os biquínis.

Flávia balança a cabeça, decepcionada, mas me deixa entrar no provador sem protestar.

Experimento todos os conjuntos que escolhemos, saindo de trás da cortina para mostrar cada um deles para minha irmã. Já que é ela quem vai pagar, nada mais justo do que deixá-la escolher. No fim, ela compra dois, um salmão e o azul que eu adorei.

Foi uma tarde bem divertida, exatamente o que eu precisava para tirar Justin da mente por mais algumas horas. Não dura tanto quanto eu gostaria, mas é bom me distrair.

— Tá a fim de tomar um café no Amarindo? — convido porque é um dos meus lugares favoritos e ainda não tive a chance de ir até lá desde que voltei.

— Essas compras me mataram. — Flávia levanta a sacola como se carregasse chumbo.

— Por favor, eu tô morrendo de saudades da torta de bolacha deles. — Faço um biquinho, porque sei que minha irmã não resiste.

Só que ela faz uma careta e recusa.

É uma resposta estranha, principalmente porque Flávia tem aproveitado todas as oportunidades possíveis para me tirar de casa. Mas preciso admitir que passar horas com a irmã mal-humorada deve ser cansativo.

Quando chegamos ao nosso apartamento, entendo o motivo de Flávia ter negado. Tem um verdadeiro café da tarde me esperando, com bolo, salgadinhos e frutas. Meus pais estão abraçados no sofá da sala, ambos claramente ansiosos. Os dois têm tido bastante dificuldade para lidar comigo desde que voltei. Sei que não estou sendo a melhor filha, mas vê-los se esforçando tanto me amolece.

Prometo para mim mesma que vou tentar melhorar meu humor daqui em diante.

— Vou só guardar as compras e já volto pra gente comer — digo, me apressando.

Mas então abro a porta do meu quarto.

E, sentado na minha cama, está Justin, segurando um buquê de rosas amarelas em uma mão e uma caixa de presente na outra. Mas o que me chama mais atenção é o sorriso esperançoso em seu rosto.

— Helena! — ele diz, e o jeito que meu nome soa em seus lábios é o suficiente para me desmontar.

Escrito na neve • 273

# 38

## QUEM MAIS ME SEGUIRIA
## ATÉ O OUTRO LADO DO MUNDO?

— O quê... Como... Você... — gaguejo, nervosa demais para saber qual das centenas de perguntas que passam pela minha mente devo fazer primeiro.

— Por favor, não entra em pânico. — Justin fica de pé e ergue as mãos em frente ao corpo, o buquê e o presente pendendo perigosamente para o lado. — Eu sei que desde o começo você disse que queria ir devagar e que viajar pra outro país pra te ver não se enquadra em "ir devagar", mas você não tava me respondendo e eu não sabia mais o que fazer.

Dá para perceber, pelo jeito rápido e desesperado que Justin fala, que ele ensaiou esse discurso e estava com medo de que eu não o deixasse terminar. Mas como eu poderia me recusar a ouvi-lo depois de ele ter viajado os mais de dez mil quilômetros entre Calgary e Florianópolis por minha causa?

Não sei o que dizer ou como reagir. Uma parte enorme de mim quer largar a sacola no chão, atravessar o quarto e abraçá-lo com toda a saudade que senti nestas semanas. Mas não consigo me mexer, apenas encaro Justin, boquiaberta, como se ele fosse uma miragem.

— Helena? — Ele franze as sobrancelhas, preocupado, e dá um pequeno passo na minha direção. — Diz alguma coisa.

— Eu não... Eu não sei o que dizer. — As palavras saem, mas meu cérebro ainda não conseguiu processar a situação.

— Diz que você tá feliz de me ver. — A insegurança, algo tão estranho em Justin, enfim me desperta e me faz perceber que ele realmente está aqui.

— É claro que eu tô feliz! — me apresso em garantir. — Eu só não tô... acreditando que é real.

De repente me toco de que toda a minha família está na sala, bisbilhotando nossa conversa. Meus pais não falam inglês direito, mas não duvido que Flávia esteja fazendo tradução simultânea. Então, fecho a porta atrás de mim, mas continuo parada no mesmo lugar.

— Pra você. — Justin estende o buquê de rosas amarelas e o presente, e eu os pego, as mãos trêmulas.

Respiro fundo para sentir o cheiro adocicado das flores — o que é ótimo, porque eu não estava oxigenando o cérebro direito desde que entrei no quarto — e as coloco com cuidado em cima da escrivaninha, para abrir o presente.

É uma caixa quadrada, com cerca de vinte centímetros em cada lado. Tento disfarçar o quanto estou nervosa, mas minhas mãos tremem tanto enquanto rasgo o papel de presente que é impossível que Justin não note.

Dentro da caixa de papelão, tem outra de plástico toda revestida com espuma, onde está o *headphone* mais lindo que já vi na vida. Ele tem acabamento em couro e madeira, com um vazado na lateral para não abafar demais a orelha. Mas a melhor parte é o "*planar magnetic technology*" escrito na lateral. Sempre quis um fone com essa tecnologia, porque tem um controle melhor das vibrações de áudio e, por isso, é muito superior em qualidade.

Escrito na neve • 275

— Meu Deus, eu... não acredito que você comprou um Audeze. — Seguro a caixa com força, sem acreditar. — Sempre quis um, mas não tinha coragem de comprar por causa do valor.

— A vendedora disse que é o sonho de consumo de todo mundo que entende de fone de ouvido. — Justin encolhe os ombros, mas dá para notar como está orgulhoso. — Achei mesmo que você fosse gostar.

— Eu amei. Obrigada — digo, minha voz quase inaudível. E então, porque preciso ter certeza de que não estou sonhando, pergunto: — Você... você realmente veio do Canadá até aqui só pra me ver? Isso tá mesmo acontecendo?

— Sim, Helena. Eu vim do Canadá até aqui só pra te ver. — Ele abre um sorriso tímido, e, por algum motivo, sinto vontade de chorar.

Coloco o fone na escrivaninha e puxo a cadeira. Preciso me sentar, mas também quero manter certa distância de Justin. Ele parece magoado por eu não ter corrido direto para seus braços, mas me respeita e se senta na cama, deixando espaço suficiente entre nós.

— Me explica o que tá acontecendo. — Preciso que Justin coloque em palavras o que veio fazer aqui para garantir que não estou me iludindo.

— Eu tô planejando vir pro Brasil desde que você recebeu a notícia de que ia ter que voltar pra casa. Mandei mensagem pra sua irmã naquele mesmo dia — ele explica, e eu faço uma nota mental para reclamar com Flávia por não ter me avisado. — E daí você terminou comigo do nada... Eu tentei conversar, mas você continuou me ignorando, então não vi outra forma.

— A única solução que você encontrou foi viajar pro outro lado do planeta? — Ergo as sobrancelhas.

— Eu não teria vindo se sua irmã não tivesse me encorajado. Ela disse que você queria ficar comigo, mas tava com medo. — Justin se remexe na cama, mas não se levanta. — E eu *precisava* te ver.

Respiro fundo, absorvendo suas palavras. É claro que eu também queria ver Justin. Senti sua falta desde que nos despedimos no aeroporto de Calgary. Vê-lo aqui no meu quarto é praticamente um sonho se tornando realidade. Mas, no fim, não muda nada. A não ser que eu seja aceita em alguma universidade no Canadá, continua sendo muito complicado ficarmos juntos.

— Você não adiou as negociações com o olheiro pra vir me visitar, né? — pergunto, porque preciso ter certeza de que ele não abriu mão do seu maior sonho por minha causa. Eu seria incapaz de lidar com isso.

— Não, na verdade... — Um sorriso começa a despontar nos lábios de Justin e sua expressão vai mudando aos poucos, quase como se ele estivesse lutando contra a felicidade que toma seu rosto. — Eu assinei um contrato.

— Mentira! — Toda confusão e angústia dentro de mim são substituídas pela mais pura felicidade. — Quando isso aconteceu? Com que time? Quando você começa a jogar?

— Calma que é muita pergunta de uma vez. — Justin solta uma risada baixinha, e seu corpo relaxa. — Eu fechei com o Calgary Flames, começo a treinar com eles ainda este mês.

— Justin, isso é incrível! — Quero pular e abraçá-lo, mostrar o quanto estou extasiada com a sua conquista, porque sei o quanto batalhou por isso, ainda mais sendo o Calgary Flames. Mas não posso ignorar todas as barreiras entre nós. — Você merece muito, parabéns!

— Eu tô muito feliz com o contrato. — Justin se levanta e caminha até onde estou. Ele se ajoelha na minha frente, os olhos ficando na altura dos meus, e segura uma das minhas mãos entre as suas. — Mas nada disso importa se eu não puder ficar com você.

Escrito na neve • 277

Essas palavras, junto de seu toque, remexem tudo dentro de mim. Eu estava me preparando para a possibilidade de nunca mais falar com ele. Vê-lo, então, parecia muito improvável. Por isso, é impossível não sentir um turbilhão de sentimentos conflitantes.

— Eu não devia ter terminado com você daquele jeito, desculpa. Meu ex veio aqui naquele dia e isso mexeu tanto comigo que acabei descontando em você. O que só prova que não tô pronta pra um relacionamento.

— Você tá bem? — A menção a Igor faz uma ruga surgir na testa de Justin, mas ele não parece com ciúme ou bravo, apenas preocupado com o que o encontro pode ter causado em mim.

— Tô, foi só... foi difícil lembrar as coisas que ele me disse — admito, o nó na garganta surgindo como sempre acontece quando toco neste assunto. — Mas já passou, a questão é que isso mostra que ainda estou sensível demais. Você merece alguém que possa se entregar de corpo e alma.

— Eu quero você. — Suas pupilas se dilatam quando ele olha no fundo dos meus olhos, pronunciando cada palavra com calma: — Não quero mais ninguém.

— E se eu não conseguir voltar pro Canadá? — pergunto com um fio de voz, morrendo de medo da resposta.

— Eu vou ficar muito feliz se você voltar, mas isso não muda nada pra mim. Caso você não consiga, a gente namora à distância. — Justin tem um quê de esperança na voz que me causa um friozinho na barriga. — Eu venho te visitar quando der e mando dinheiro pra você ir me visitar também. Eu vou ganhar uma grana legal agora que tô na NHL. A gente faz dar certo.

As últimas palavras saem como uma súplica, como se ele estivesse disposto a viajar a distância que for para garantir que vamos ficar juntos.

Pelo amor de Deus, ele veio para o Brasil por minha causa mesmo depois de eu ter ignorado suas mensagens. Quem faz isso? Quem, além de Justin, se importaria tanto comigo a ponto de passar meses me ensinando programação nas horas vagas para garantir que eu não seria deportada? Quem mais me seguiria até o outro lado do mundo?

Acho que ele consegue ver para onde meus pensamentos estão se encaminhando, porque um novo brilho surge em seus olhos, uma mistura de felicidade, esperança e desejo.

— Eu te amo, Helena — ele diz em um sussurro que acaricia minha pele e derruba todas as minhas barreiras.

Estou tão distraída com seu toque e sua proximidade que demoro um segundo para perceber um detalhe no que Justin acabou de dizer. Ele disse "eu te amo" em português. Com um sotaque bem forte, é claro, mas em português. Só meu nome que continua sendo "Elina", o que, na verdade, deixa o momento ainda mais especial.

Uma lágrima escorre pelo meu rosto quando o puxo pelo pescoço, colando nossos lábios. Apesar do tempo que ficamos separados, não é um beijo cheio de urgência e desespero, é um beijo lento, terno, cheio de amor e sentimento. É um beijo que diz que temos todo o tempo do mundo e que não precisamos ter pressa.

Eu me afasto para encará-lo, para ver de perto seu rosto perfeito, mesmo com o nariz quebrado, do qual senti tanta falta. Encaixo minha mão na sua bochecha e faço um carinho devagar. Justin não chora como eu, mas seus olhos estão avermelhados.

Percebo, finalmente, que não importa o quanto eu tente negar, estou apaixonada. Estou mais do que apaixonada, estou amando. Não importa o quanto eu tente resistir, não tenho controle sobre esse sentimento. Só me resta sentir.

— Eu te amo, Justin.

# 39

## QUEM TROCARIA ESSAS PRAIAS POR NEVE?

Justin tem muitos compromissos como novo jogador do Calgary Flames, então veio passar apenas uma semana no Brasil. Apesar de não ser o bastante para matar a saudade por completo, nós fazemos cada dia valer ao máximo.

É claro que, como estamos em Florianópolis, tenho que mostrar as melhores praias para ele. O trânsito fica horrível por causa da quantidade de turistas na cidade nesta época do ano, mas eu passaria horas trancada em um carro sem problemas só para ver Justin sair do mar de calção, jogando o cabelo molhado para trás.

Hoje é dia de visitar a Joaquina, uma das minhas praias favoritas. Além de ter uma vista linda, com um morro de pedras na lateral, a água é deliciosa e tem uma trilha de que acho que Justin vai gostar.

— Caipirinha é definitivamente a melhor coisa que eu já provei na minha vida! — Justin diz "caipirinha" de uma maneira tão fofa e enrolado que eu tenho que me segurar para não derreter na areia. — Por que a gente não tem algo assim no Canadá?

— Pelo menos vocês têm *poutine*. — Salivo só de me lembrar do prato com molho de carne, batata frita e bacon. — Eu tentei fazer com a Flávia quando cheguei e ficou horrível.

— Eu trocaria todo o *poutine* do mundo por caipirinha num piscar de olhos. — Ele me oferece o copo e, quando nego, toma um longo gole.

— Sou obrigada a concordar que caipirinha é muito superior a qualquer outra bebida.

— Quanto mais tempo eu passo aqui, mais eu me pergunto por que você quer voltar pro Canadá. — Justin se deita na cadeira estendida ao lado da minha e fecha os olhos. Ele está, sem dúvidas, vivendo os melhores dias da sua vida. — Quem trocaria essas praias por neve?

— Você lembra que só tá aqui há uma semana, né? — Reviro os olhos, embora ele não esteja vendo. — Agora pensa nesse calor em boa parte do ano, e você tendo que estudar e trabalhar em vez de ficar pegando sol.

— Contanto que eu possa tomar banho de mar nos fins de semana, tá ótimo.

— Você sabe que aqui a gente não tem hóquei, né?

— Eu podia virar jogador de futebol! — Justin fala com tanta empolgação que até parece que estamos fazendo planos de verdade.

— Fica aqui mais um mês e a gente conversa de novo. — Dou um tapinha em seu ombro, mas me arrependo na mesma hora.

A sensação da sua pele contra a minha, somada à visão das gotas que escorrem lentamente pelo seu peito, é o suficiente para causar dor entre as pernas. Era de se esperar que passar tanto tempo com Justin fosse apagar o fogo dentro de mim, mas acho que vê-lo o dia inteiro sem camisa não está ajudando. Ainda mais porque ele tem o corpo de um jogador de hóquei, pelo amor de Deus! Era muito mais fácil me controlar quando ele passava o dia todo com três camadas de roupa.

— Vou pegar mais caipirinha, você quer? — Eu me levanto em um pulo porque não confio em mim mesma estando a apenas alguns centímetros de Justin.

— Por favor! — Pela inflexão no final da sua voz, acho que é melhor que este seja o último copo.

Então, no lugar da caipirinha, pego uma batidinha de morango, só para colocar um pouco de leite condensado no estômago dele.

Quando volto, Justin está deitado, de olhos fechados, o sol beijando sua pele de um jeito tão delicioso que preciso reprimir o instinto de lamber seu peitoral. Ele vai voltar para o Canadá com um bronzeado lindo. Até seu cabelo está com umas mechas loiras mais claras.

Por um momento, acho que ele está dormindo, mas, assim que me sento, Justin pergunta em uma voz preguiçosa:

— A Sidney pediu pra levar um presente típico do Brasil, você acha que liberam dois litros de caipirinha no aeroporto?

— Meu Deus, Justin! Daqui a pouco vou achar que seu maior motivo pra ficar aqui é a caipirinha, e não eu!

— Prefiro não responder. — Ele abre os olhos só para piscar para mim, depois volta para a posição de antes.

— Você pode levar um par de Havaianas, acho que não tem presente mais brasileiro. Eu mesma sempre ganho pelo menos duas no Natal — digo, já pensando em quais modelos posso comprar para Claire, Sidney e Taylor. — A gente pode dar um pulinho no shopping hoje à noite. Eu te dou uma coqueteleira pra você fazer caipirinha no Canadá.

— Não quero passar nossa última noite juntos no shopping — ele diz como se não fosse nada, mas as palavras "última noite juntos" abrem um buraco no meu peito.

Eu sabia desde o começo que sua estadia no Brasil seria rápida, mas isso não ajuda a diminuir a dor da saudade que se infiltra pelos meus ossos.

Se eu estava determinada a cursar desenvolvimento de jogos no Canadá antes de Justin aparecer de surpresa no meu quarto, essa vontade só se intensificou com ele aqui. Em parte porque conversar com alguém que fez esse curso me ajudou a ter certeza de que é isso mesmo que quero fazer. Sei que não vou amar todas as matérias — acho que isso é impossível em *qualquer* curso —, mas senti uma empolgação trabalhando no *Ice Stars* que nunca tinha sentido antes. E conversar com Justin me fez lembrar do quanto eu gosto de programar jogos.

Mas eu estaria mentindo se dissesse que a vontade de morar perto dele não foi o que mais me influenciou. Sei que as chances de eu voltar para Calgary são minúsculas, mesmo que eu tenha me inscrito para o curso na Universidade de Calgary e em outras faculdades da região. Mas, ainda que eu vá para outra cidade, estar a uma viagem de ônibus ou a poucas horas de avião de distância é infinitamente melhor do que morar em países diferentes.

Justin tem tanta confiança de que vou ser aceita em alguma universidade canadense que começou a fazer planos para quando morarmos perto um do outro. Fala o tempo todo sobre os jogos da NHL que vou assistir e as viagens em que poderei acompanhá-lo.

É muito bom sonhar com ele, mas, no fim do dia, mantenho os pés no chão. Embora Justin tenha me garantido que vamos continuar juntos de qualquer forma, é difícil não me deixar levar pela insegurança, pelo medo de ficar presa aqui para sempre.

Justin acaba cochilando na cadeira ao lado da minha, então pego meu celular para tentar afastar os pensamentos ruins da cabeça.

**Helena:**

O Justin volta amanhã

Quer alguma coisa do Brasil?

Talvez seja a única oportunidade de ganhar um presente daqui

Mando a mensagem para Claire e Sidney, e me arrependo do drama exagerado assim que envio. Fico até com vontade de revirar os olhos.

Sidney nem recebe a mensagem, mas Claire responde na mesma hora.

**Claire:**

Pede pra ele trazer um biquíni

Eu vi as suas fotos e você tá usando uns modelos lindoooos! Sua bunda tá DIVINA!

Quero um verde e amarelo

**Helena:**

Brega!!!!!!

**Claire:**

E que história é essa de única oportunidade?

Já te falei que você vai passar

Claire continua acompanhando meu processo de perto. Por mais que Flávia e Justin também estejam me ajudando e, principalmente, aguentando meus surtos, foi Claire quem colocou a mão na massa comigo. Ela não só pesquisou as universidades com os melhores programas para estrangeiros como me ajudou a escrever a carta de intenção.

Se eu passar, metade do crédito é dela.

Como acontece toda vez que pego o celular, abro o aplicativo de e-mail de maneira automática. Virou quase uma obsessão. Já me peguei até acordando no meio da madrugada para checar se tinha recebido a resposta de alguma faculdade, mas até agora só chegaram confirmações de inscrição.

Até agora.

O primeiro e-mail na minha caixa de entrada é spam de uma marca de calcinhas absorventes que me manda ofertas todos os dias. Mas o segundo e o terceiro são da Universidade de Calgary. Um deles é um e-mail genérico, com o assunto "Oferta de admissão", mas o outro é do sr. Harrison.

Abro esse último tremendo tanto que é difícil não derrubar o celular na areia.

"Cara Helena Macedo,

Imagino que tenha recebido o e-mail oficial da universidade, mas gostaria de convidá-la pessoalmente a ingressar, desta vez de maneira integral, no nosso curso de desenvolvimento de jogos.

Nós analisamos o seu caso com cuidado, levando em consideração a estima que os alunos participantes do *Ice Stars Project* têm por você. Chegou à nossa atenção o grande impacto que a senhorita teve no projeto, em especial na criação do sistema *multiplayer*, e o quanto poderia contribuir para o jogo quando tiver estudos formais no assunto.

Espero que considere nossa oferta com cuidado e que aceite reingressar ao corpo de estudantes da Universidade de Calgary. Nós te aguardamos aqui na próxima semana.

Atenciosamente,
James W. Harrison
Coordenador do centro de tecnologia

— Meu Deus! — sussurro em português.

Justin me espia de lado, mas não diz nada.

Abro o outro e-mail só para ter certeza de que é verdade, e leio a carta com a oferta de uma bolsa integral da universidade.

— Tudo bem? — Justin enfim pergunta.

— Meu Deus! — digo, agora em inglês. — Meu Deus do céu, Justin! Eu passei!

Eu me levanto tão rápido que derramo o restante da batidinha de morango na areia. Mas não estou nem aí, porque eu passei!

Justin também fica de pé e me puxa para um abraço. Ele beija minha cabeça, que deve estar com gosto de areia e sal, e me aperta com força contra si.

— Eu sabia que você ia passar, parabéns! — A felicidade em sua voz é tanta que não consigo segurar as lágrimas. — Qual universidade?

Eu me afasto, querendo olhar em seus olhos quando respondo:

— Calgary! — Cada sílaba sai carregada de alívio e empolgação. — Eu vou voltar pra Calgary!

— Eu sabia que ia dar certo! — A forma como ele diz isso chama a minha atenção.

— Como assim você sabia que ia dar certo? — Semicerro os olhos, lembrando o que o sr. Harrison disse no e-mail.

— Eu não queria te contar pra não te dar falsas esperanças. — Justin encolhe os ombros, apesar de não parecer nem um pouco arrependido. — Mas eu e o resto do pessoal do *Ice Stars* estamos enchendo o saco do sr. Harrison desde que você saiu.

— Você me prometeu que não ia falar nada! — protesto, embora esteja muito grata por ele ter quebrado a promessa.

— Veja bem, o seu namorado não falou nada! — ele se defende, mas está claramente orgulhoso. — Foi o Justin, membro do *Ice Stars Project*, que se juntou aos outros alunos indignados com a sua expulsão pra fazer uma reclamação formal.

— Vocês fizeram o quê? — Arregalo os olhos, surpresa que os outros alunos também tenham se envolvido.

— Nós montamos um documento com todas as suas contribuições pro projeto. — Justin abre um sorriso enorme. — Já tava tudo meio encaminhado quando eu vim pro Brasil, mas eu queria ter certeza antes de te falar.

— Eu não acredito que você fez isso. Obrigada! — Envolvo sua cintura em um abraço apertado.

— Nós vamos morar na mesma cidade — ele sussurra ao pé do meu ouvido, me causando uma série de arrepios.

— Nós vamos morar na mesma cidade — repito, ainda sem acreditar.

Mas é real.

Eu vou voltar para o Canadá.

# 40

## E SE EU FERRAR TUDO DE NOVO?

— Não é justo, sabe? — Flávia limpa a lágrima que estava começando a escorrer e funga alto. — Da outra vez, eu ainda tinha o consolo de que você voltaria em alguns meses. Agora, você não vai voltar nunca mais!

— É claro que eu vou voltar, sua boba. — Empurro seu ombro de leve, mas também estou segurando o choro. — O Justin adorou caipirinha e as praias de Floripa, ele com certeza vai querer voltar todo verão.

— É bom mesmo! — Ela faz um biquinho e funga outra vez.

— Eu prometo que vou cuidar dela — Justin diz em inglês para Flávia.

— Não tô falando com você! — ela responde, também em inglês, ríspida, e se volta para mim com cara de cachorro abandonado. — Eu odeio ele! Ele tá te roubando de mim!

Flávia está apenas fazendo drama. Ela já amava Justin quando eu estava no Canadá e reportava por mensagem tudo que acontecia.

Depois que ele entrou em contato para planejar a viagem surpresa e de fato veio para o Brasil, só faltou Flávia criar um fã-clube. Tenho certeza de que, se tivesse que escolher entre nós dois, ela escolheria Justin.

Ou melhor, eu *tinha* certeza, porque agora ela está prestes a dar um chilique no meio do aeroporto.

Justin já deveria estar em Calgary há quatro dias, mas, quando descobrimos que seu apelo para me aceitarem de novo tinha funcionado, ele deu um jeito de ficar mais um pouco para voltarmos juntos.

Eu disse mil vezes que não queria que ele tivesse problemas com o novo treinador, mas Justin me garantiu que estava tudo bem. Então, como eu não queria passar nem um dia sequer longe dele, concordei.

Foi aí que o ciúme de Flávia começou. Com meus dias aqui no Brasil contados, ela queria passar o *tempo todo* comigo. Não queria que Justin me ajudasse a fazer as malas e muito menos que saísse comigo para comprar os presentes para Claire e Sidney — além das sandálias e dos biquínis, também estou levando uma caixa de brigadeiros que minha mãe fez.

— E se eu prometer te pagar uma viagem pro Canadá? — Justin oferece, sem nem disfarçar que quer *comprar* o perdão dela.

— Para com isso! Você não pode ficar oferecendo coisas pra minha família! — Dou um beliscão de leve em seu braço, mas ele nem parece notar.

— Eu já te falei que ganhei um dinheiro bom com o contrato e quero gastar com você. — Ele dá de ombros como se não fosse nada de mais.

Mas claro que é.

Justin já gastou demais desde que chegou ao Brasil. Além de ter trocado sua passagem de última hora, o que deve ter custado uma fortuna, ele fez questão de pagar pelo upgrade da minha para a primeira classe, comprou uma bolsa caríssima de que minha mãe gostou no shopping e levou todo mundo para

Escrito na neve • 289

jantar no meu restaurante favorito na noite em que recebi o e-mail da universidade.

Ele diz que a conversão do dólar canadense para o real torna tudo mais barato, sem contar que agora está rico. O problema é que, se continuar gastando desse jeito, o dinheiro não vai durar muito tempo.

— Só se não for no inverno. — Flávia o estuda, parecendo desconfiada da oferta. — E eu quero ir de primeira classe.

— Fechado! — Justin estende a mão para ela.

— Você é muito cara de pau — digo, em português, enquanto eles apertam as mãos.

— Você que tem que ser mais esperta. — Flávia abre um sorrisinho, as lágrimas secas de repente.

— A gente precisa ir, meu amor — Justin diz ao pé do meu ouvido, todo cuidadoso, sabendo que ainda não estou pronta. — Tá na hora de se despedir de verdade.

Minha mãe e meu pai, que estão esperando atrás de Flávia, não entendem o que ele diz, mas captam a mensagem geral. Os olhos da minha mãe ficam vermelhos e começam a lacrimejar.

— Eu achei que tinha sido difícil da primeira vez, mas agora é ainda pior. — Ela me puxa para um abraço apertado, e eu também não consigo conter as lágrimas. — Promete que volta pra visitar a gente?

— É claro que eu volto! E, pelo visto, o Justin quer gastar todo o dinheiro dele com essa família, então quem sabe vocês descolam uma viagem também — brinco, porque todos nós sabemos que minha mãe se recusa a colocar os pés dentro de um avião.

— Boa viagem, filhota. — Meu pai me abraça com ainda mais força, fungando, embora eu não veja nenhuma lágrima. — Manda mensagem assim que pousar, por favor.

— Pode deixar — tento dizer, mas o nó na minha garganta torna a tarefa quase impossível.

— E vê se continua me mandando mensagem todos os dias. — Flávia volta a chorar, um pouco mais contida. — Eu sei que às vezes demoro pra responder por causa da rotina, mas eu quero saber de *todas* as fofocas.

— Eu prometo.

Esta é, sem dúvidas, a despedida mais difícil de todas. Nem quando me despedi dos meus amigos no Canadá foi tão dolorido assim. Eu estava tão desorientada com tudo que tinha acontecido que a tristeza se perdeu em meio à confusão. Agora, estou genuinamente feliz. Voltar para o Canadá é a melhor coisa que poderia ter me acontecido, e enfim sinto que estou lutando por um sonho, que tenho um propósito de vida. Mas é triste ter que me afastar da minha família.

Claro que ainda vou vê-los, mas não é como da outra vez, que eu os encontraria de novo em cinco meses. Agora, não sei quando vou voltar, se no final do termo, ano que vem ou daqui a cinco anos.

Nós damos o último abraço, o mais dolorido, e pego a mão de Justin, deixando que ele me guie até a área de embarque.

Ainda temos algum tempo para matar até entrar no avião, então paramos em uma lanchonete para comer um pão de queijo.

— Eu me esqueci de te perguntar como foi a conversa com seu pai. — Puxo o assunto quando conseguimos uma mesa, sabendo que Justin não vai falar sobre isso por inciativa própria. — Ele aceitou bem você jogar no Calgary Flames?

— Ele não tentou me impedir, até porque a gente tinha um acordo, né? — Justin olha para o tampo da mesa, pensativo. — Mas ainda acho que ele preferiria que eu trabalhasse na empresa, mesmo ganhando muito menos.

— Você tem certeza de que não é só insegurança sua? Ele pareceu tão orgulhoso de você naquele jogo.

É claro que Justin conhece o pai melhor do que eu, mas depois de vê-lo gritando a plenos pulmões pelo filho e comemorando seu gol como se fosse a coisa mais incrível do mundo, fica difícil não pensar que muito disso está apenas na cabeça de Justin.

— Talvez seja um pouco, eu me sinto culpado de não fazer o que ele queria — Justin admite com um tom contrariado.

— De qualquer forma, eu tô bem orgulhosa que você foi firme e seguiu seus sonhos. — Afago sua mão por cima da mesa. — Tenho certeza de que seus pais se orgulham muito de você, e de que seu pai não está chateado por você seguir seu próprio caminho.

— É, ele me disse que não está... — Justin encolhe os ombros e então completa, sem nem disfarçar a tentativa de mudar de assunto: — Esse negócio aqui é delicioso! Qual o nome?

— Pão de queijo.

— Pão de queijo — ele repete, com uma pronuncia surpreendentemente boa. — Fica logo atrás da caipirinha!

O tempo ao lado de Justin sempre passa muito rápido e, entre fazermos planos para o futuro e conversarmos sobre o que ele achou do Brasil, as horas passam voando. Quando me dou conta, estamos entrando no avião.

Nunca viajei de primeira classe, por isso aproveito todos os benefícios — menos o fone de ouvido, que nem se compara ao que Justin me deu de presente. Justin também parece fascinado com tudo.

— Tá empolgada? — ele pergunta quando as aeromoças terminam de explicar os procedimentos de segurança.

— Tô, mas tô com medo — digo, o friozinho na barriga ganhando força.

— Do avião? — Ele segura minha mão, tentando me acalmar.

— Não. Quer dizer, também! — Solto uma risadinha para disfarçar o nervosismo quando o avião começa a se mexer. — É só que... da última vez eu tava superperdida, sabe? Eu fui pro Canadá só por ir. E agora eu tô indo porque realmente quero, pra fazer um curso de eu gosto e em que sei que sou boa.

— E qual é o problema? — Ele franze as sobrancelhas, confuso.

— E se eu ferrar tudo de novo? — Aperto a mão de Justin, angustiada só de pensar nessa possibilidade. — É a primeira vez na vida que eu tenho um sonho de verdade. E se não der certo?

Um sorriso surge nos lábios de Justin, um sorriso que transmite compreensão e carinho. Ele dá um beijo demorado na minha testa e pousa a mão na minha bochecha, fazendo meu estômago dar uma pirueta.

— Ter sonhos é bem assustador mesmo, mas você vai ver como é bom realizar cada um deles. — Justin faz carinho no meu rosto, e eu quase me derreto contra a sua mão. — E você ainda vai realizar muitos. E eu pretendo estar do seu lado em todos eles.

É minha vez de sorrir, um sorriso de pura felicidade. Estou do lado de quem eu amo, prestes a fazer algo que quero de verdade. Este é, sem dúvidas, um dos melhores sentimentos do mundo.

Fecho os olhos, aproveitando o calor e o conforto que Justin me traz enquanto o avião decola.

# EPÍLOGO

## DOIS ANOS E MEIO DEPOIS

Faltam quinze minutos para o fim do jogo, e estou a ponto de ter um infarto. Não deve ser comum uma garota saudável de vinte e três anos enfartar por estresse, então talvez eu quebre algum tipo de recorde.

— Meu Deus do céu! — Flávia se levanta e finca as unhas no meu braço.

Nós estamos na primeira fileira da arquibancada da arena oficial do Calgary Flames, o Scotiabank Saddledome. Depois de quase três anos vendo o Justin jogar na NHL, eu deveria estar acostumada com a adrenalina e não deveria mais ficar com os nervos tão à flor da pele. Mas, se eu já ficava nervosa nos jogos da faculdade, é óbvio que estaria prestes a ter um troço vendo o Calgary Flames disputar uma final. Eles precisam da vitória de hoje para garantir a Copa Stanley, só que o jogo está empatado.

— Você não me falou que era assim tão angustiante! — Flávia reclama quando um cara do Florida Panthers, o time que foi campeão no ano passado, tenta acertar o disco no gol e erra por alguns milímetros.

— Falei, sim! Eu sempre reclamo — respondo. Então o Florida Panthers ataca de novo e eu levanto, gritando: — Saaaaai!

Eles erram mais uma vez, e solto o ar, tentando me recuperar do susto. Flávia também respira aliviada.

Justin cumpriu sua promessa e trouxe Flávia para o Canadá nos últimos dois verões, se recusando a deixar que ela pagasse um centavo sequer durante a viagem. Desta vez, a visita caiu bem na semana da final da NHL.

Sentadas do meu outro lado estão Claire e Sidney, que me acompanham a quase todos os jogos. O namorado da Claire, Vincent, também veio. Ele é engenheiro e se mudou de Quebec, uma região aqui do Canadá onde a língua oficial é o francês. Isso significa que os dois passam a maior parte do tempo misturando francês e inglês, mas eu nem reclamo porque é muito bom vê-la feliz de verdade com alguém que a trata como ela merece. A Sidney ainda está com a Taylor, é claro, e as duas já estão praticamente casadas — estão até planejando se mudar para um apartamento no centro quando se formarem no final deste ano.

Os pais de Justin não conseguem ir a todos os jogos, porque teriam que viajar pelo Canadá e pelos Estados Unidos toda semana, mas fizeram questão de vir para a final. Nós nos aproximamos muito desde que Justin e eu começamos a namorar, então mando um monte de vídeos quando vou a algum jogo e eles não — embora eu também não consiga acompanhar Justin em todas as viagens por causa da faculdade.

Não foi fácil, mas, ao longo dos últimos anos, Justin compreendeu que muito do medo que tinha de decepcionar o pai era apenas insegurança sua. Sempre que tem a oportunidade, seu pai ainda fala que ele vai herdar a empresa de jogos, mas também é o pai mais orgulhoso do mundo quando diz que o filho é jogador de hóquei. Qualquer pessoa que passe cinco

Escrito na neve • 295

minutos na mesma sala que ele percebe que seu maior sonho é ver os filhos felizes.

— A gente vai ganhar, eu tô sentindo! — Sidney garante, mas os nós de seus dedos estão brancos de tanta força que ela faz ao apertar a mão de Taylor, que procura meus olhos com uma careta de dor, como quem diz "me ajuda, por favor".

— Eu sei — concordo, com uma certeza que não sinto.

— Quatro minutos — Claire anuncia, um pouco mais calma do que nós.

É então que Justin se levanta do banco para entrar de novo no rinque. Por mais que eu esteja feliz por ele, meu coração fica ainda mais desregulado. Estar na primeira fileira não é mais suficiente, tenho vontade de invadir o rinque de tão ansiosa que estou.

Ele acena na nossa direção antes de pular a borda e disparar pelo gelo como se sua vida dependesse disso.

O placar está dois a dois. Se ninguém fizer um gol, o jogo vai para a prorrogação até desempatar. Mas eu duvido que esteja viva se chegar a esse ponto.

— É agora! — Sidney diz quando Justin domina o disco, e segura meu braço com mais força do que Flávia.

Justin desliza pelo gelo, driblando o rival até chegar perto do gol. Tudo parece entrar em câmera lenta, e a arena se cala ao meu redor enquanto ele movimenta o taco e acerta o disco com toda a sua força.

O disco voa, mas é defendido pelo goleiro.

Uma comoção se espalha pela arquibancada, parte dos torcedores comemorando, parte reclamando.

Só que o goleiro não consegue agarrar o disco. Ele bate na sua perna e cai a poucos centímetros de Justin, que nem hesita em acertá-lo de novo. Desta vez, o disco voa mais alto e vai direto para a rede.

A arena explode em um grito tão ensurdecedor que meus ouvidos zunem. Mas eu não me importo. Apenas pulo para cima e para baixo com Sidney, gritando até minha garganta queimar, enquanto Justin aponta para onde estamos antes de ser sufocado pela comemoração do resto do time.

Em poucos segundos, o alarme do fim do jogo soa, quase inaudível sob tantos gritos desesperados da torcida.

Sidney abraça Taylor, e Claire faz o mesmo com Vincent. Eu dou um rápido abraço em Flávia e continuo pulando no lugar, sem tirar os olhos de Justin. Ele e os outros jogadores do Calgary Flames lançam os tacos e as luvas para cima, deslizando pelo gelo, para comemorar a vitória tão merecida.

Justin sorri, todo orgulhoso, e olha diretamente para mim.

Então, tão rápido que mal tenho tempo de entender o que ele está fazendo, Justin cruza o rinque e pula a barreira lateral. Em questão de instantes, estou em seus braços, apertando-o com força, fazendo parte deste momento tão importante para ele.

— Foi por você — Justin diz ao meu ouvido, gritando por cima da torcida desesperada. — Essa taça é pra você.

— Eu te amo! — É o que consigo responder, as lágrimas de felicidade escorrendo sem controle.

Justin se afasta, mas só para pegar meu rosto entre as mãos e dizer, olhando no fundo dos meus olhos:

— É sempre por você.

Justin está com a agenda lotada de compromissos por causa da vitória. Ainda assim, arranja um tempinho para mim na manhã seguinte. Temos que acordar às seis, apesar de termos ido dormir de madrugada, mas só o fato de ele se importar o bastante para querer estar comigo em meio ao caos das comemorações é muito mais do que eu esperava.

— Aonde nós vamos? — Abro o armário, me perguntando como a namorada de uma estrela do hóquei que acabou de ganhar a Copa Stanley deve se vestir.

— É surpresa. — Justin me dá um sorriso travesso.

— Você pode pelo menos me dizer que tipo de roupa devo usar? — Ergo as sobrancelhas, desconfiada e empolgada ao mesmo tempo.

Não faço a menor ideia do que ele planejou. Nem sei como conseguiu preparar alguma coisa, já que as últimas semanas foram cheias de viagens, treinos e outros compromissos com o time.

— Pode usar uma roupa simples, não se preocupa.

É bom que não estejamos indo para nenhum lugar chique, porque não tenho muitas opções de roupas no apartamento dele.

Como jogador do Calgary Flames com contrato multianual, Justin se mudou da república para um apartamento próprio. Ele tentou me convencer a todo custo a morar com ele, mas eu gosto de dividir o quarto com Claire — e é claro que fiquei assustada, porque esse seria um passo *enorme* no nosso relacionamento.

Agora que Claire está prestes a se formar, Justin tem trazido o assunto à tona de novo, tentando me convencer de que vai ser muito melhor ter um apartamento todo à minha disposição, em vez de ter que dividir um quarto minúsculo com uma estranha. Ainda não tenho certeza de que estou pronta para esse tipo de comprometimento, mas a verdade é que já passo mais tempo aqui do que no dormitório.

Justin escolhe uma camiseta azul e uma bermuda de tecido cinza, então pego um vestido leve quase do mesmo tom de sua bermuda, com uma manga curta bufante. Um dos meus favoritos.

Ele faz mistério durante todo o trajeto, e até faz algumas curvas desnecessárias só para me despistar, rindo o tempo todo, como se não tivesse uma entrevista em poucas horas. Mas não demoro para perceber que estamos indo para o Bowness Park, o parque onde demos nosso primeiro beijo quase três anos atrás.

Como fica longe da universidade e do apartamento de Justin, não é um local que visitamos com frequência, mas nos esforçamos para vir de vez em quando. Ele me trouxe para patinar no aniversário do nosso primeiro beijo e quando completamos um ano de namoro — nós consideramos o dia que ele foi para o Brasil me reconquistar. Só que hoje não é uma data especial, a não ser que ele queira comemorar a vitória de ontem mais uma vez.

— O que a gente tá fazendo aqui? — Fico mais desconfiada a cada segundo que passa.

— Helena, você vai estragar a surpresa desse jeito. — Ele revira os olhos enquanto pega duas sacolas grandes no porta-malas do carro, o sorriso safado ficando ainda maior.

Acompanho Justin pelo parque com um friozinho crescendo no estômago. Como estamos no meio do verão, o lago não está congelado, mas é o cenário perfeito para o piquenique improvisado que Justin preparou. Além da paisagem linda, cheia de árvores ao redor, estar aqui é muito nostálgico. É um dos meus lugares favoritos no Canadá, e Justin sabe muito bem disso.

Ele estende uma lona na grama e coloca em cima uma garrafa de vinho verde, um pacote de bolachas e sanduíches prontos do mercado perto da sua casa.

— Isso é pra gente comemorar a sua vitória? — pergunto quando nos sentamos de frente um para o outro.

Apesar do gesto fofo, continuo confusa e curiosa.

— Você é incansável mesmo, né? — Ele balança a cabeça. — Sim, é pra gente comemorar. E é porque eu queria estar em um lugar especial quando fosse te dar uma notícia especial.

— Uma notícia especial? — Ergo as sobrancelhas, ainda mais surpresa com o rumo da conversa.

Escrito na neve • 299

— Antes de mais nada, vinho! — Ele enche duas taças até a metade.

— Justin, você vai me matar de ansiedade! — reclamo quando ele me entrega uma das taças.

É claro que ele demora mais um pouco de propósito, apenas para implicar comigo. Ele cheira o vinho como se fosse um grande apreciador, depois me fita por vários segundos, alongando ao máximo o suspense.

— Justin!

— Os finalistas do *Pioneer Pixel Awards* saem daqui a algumas horas, mas eu consegui acesso antecipado à lista.

Meu coração para por um momento.

Será que isso significa o que eu acho que significa?

Nós lançamos o *Ice Stars* há alguns meses, depois de muitos anos trabalhando no projeto — foi tanto tempo que a equipe hoje é totalmente diferente daquela que começou a desenvolver o jogo —, e a receptividade do público foi muito melhor do que qualquer um esperava, conquistando uma base fiel de fãs e batendo diversos recordes no dia do lançamento.

O *Pioneer Pixel Awards* é um dos prêmios mais importantes no ramo de jogos digitais, não só pelo prestígio, mas porque os ganhadores recebem uma boa quantia em dinheiro. Nós, como qualquer designer de jogos que se preze, inscrevemos o *Ice Stars* em diversas categorias, mesmo não fazendo ideia se conseguiríamos ficar entre os finalistas em alguma delas.

— Ai, meu Deus! — chio quando consigo encontrar minha voz. — E aí?

— Vocês são finalistas em três categorias! — Justin diz, o orgulho claro em cada ruguinha que o sorriso causa em seu rosto. — Melhor Jogo, Melhor Modelagem 3D e... — Ele finge que está tocando bateria para aumentar o suspense. — Melhor Sistema *Multiplayer*!

— Meu Deus, meu Deus, meu Deus! — Fico tão abismada com a notícia que nem consigo me mexer, apenas encaro Justin catatônica enquanto as palavras saem sem controle. — Eu não acredito! Meu Deus!

— Parabéns, meu amor! — Ele me puxa para um abraço apertado, muito mais calmo do que eu. — Você merece muito.

— Nós merecemos — corrijo.

Apesar de Justin não fazer mais parte da equipe do *Ice Stars*, ele é, sem dúvidas, um dos maiores responsáveis pelo sucesso do jogo. Não só pelo tempo em que participou ativamente da sua criação, mas porque, desde que comecei a cursar desenvolvimento de jogos e voltei para a equipe do projeto, ele tem participado de maneira indireta, me dando dicas e me ajudando a solucionar problemas.

Uma das primeiras coisas que fiz quando me matriculei no curso foi marcar uma reunião com o sr. Harrison. Eu queria conversar e me desculpar pela mentira com mais calma, mas também falar o quanto gostava do *Ice Stars* e por que achava que seria uma boa adição para o projeto.

Depois disso, fui me envolvendo cada vez mais com a programação do jogo. A maioria das minhas aulas era sobre esse tema, e eu passava boa parte do meu tempo livre me aprofundando no assunto. E agora tenho a confirmação de que todo meu esforço valeu a pena.

Pela primeira vez na vida, gosto do que estou fazendo. Amo, na verdade. O intercâmbio não me deu apenas o amor de Justin e dos amigos que fiz em Calgary, ele também me deu uma paixão, algo que achei que jamais teria.

Se antes eu não tinha sonhos ou propósito, hoje tenho uma lista imensa. Realizei o de publicar meu primeiro jogo e o de concorrer ao *Pioneer Pixel Awards*, mas ainda quero ganhar o prêmio e trabalhar em um jogo criado por mim.

Quero desenvolver algo que tenha a cara do Brasil e, quem sabe, levar investimento para uma área que ainda está crescendo lentamente no meu país.

Agora, tenho sonhos até demais, tantos que tenho medo de não conseguir realizar todos eles em uma única vida. Mas esse é um medo gostoso, muito melhor do que o de nunca sonhar com nada.

— Eu tô muito orgulhoso de você. — Justin me dá um beijo cheio de amor. Não é daqueles beijos urgentes ou desesperados, é do tipo calmo, que transmite uma onda de sentimentos. Por fim, ele completa em português: — Eu te amo.

Justin limpa uma lágrima que nem senti escorrer pelo meu rosto, e eu sorrio, apertando sua mão na minha.

— Eu te amo! — digo, e levanto a taça para brindar com ele.

Nós damos um gole, e ele me puxa para sentar em seu colo. Então ficamos em um silêncio confortável, curtindo a paisagem que se tornou uma das minhas favoritas.

Estar aqui com Justin me enche de esperanças para o futuro.

A Helena que veio para o Canadá pela primeira vez estava no fundo do poço. Ela havia passado por um trauma do qual achou que nunca fosse se recuperar e que a fez ter certeza de que nunca amaria de novo — que não era digna de ser amada ou de ser feliz. Mas aqui estou, vivendo meus maiores sonhos ao lado do homem da minha vida e de amigos que me amam.

Aquela Helena só queria provar que não era um fracasso, e não sabia sequer que rumo seguir. A de hoje não apenas provou que é capaz de muita coisa, como pode dizer com toda certeza que é apaixonada pela própria vida.

Primeira edição (junho/2025)
Papel de miolo Ivory bulk 58g
Tipografia Adobe Kis
Gráfica LIS

# AGRADECIMENTOS

A cada livro, maior fica o número de pessoas a quem quero agradecer, o que mostra o quanto estou cercada de pessoas incríveis.

Primeiro, quero agradecer a todo mundo que trabalhou em *Escrito na Neve*. À equipe da minha editora, Astral Cultural, e especialmente à Natália por apostar tanto em mim, confiar nas minhas escolhas e permitir que eu amadureça como escritora — é muito importante saber que posso sempre contar com você para fazermos o melhor livro possível. Obrigada também as minhas agentes, Alba e Grazi, por tanto esforço pela minha carreira e por garantir que estejamos sempre crescendo juntas.

Um obrigada muito especial para a minha família e amigos por estarem sempre presentes e me ajudarem de tantas formas, são vocês que me mantêm no caminho certo mesmo quando penso em largar tudo. Quero agradecer especialmente aos meus pais e ao Cassi, nada disso teria sentido se não fosse por vocês.

E por fim e mais importante, obrigada a todos os meus leitores. Estar aqui escrevendo esses agradecimentos é a realização de um grande sonho que só aconteceu por causa de cada um de vocês. Sei que ainda vamos realizar muitos sonhos juntos!